Hobbit-Presse / Klett-Cotta

Dahlov Ipcar
Der Ruf ins andere Land
Aus dem Englischen übersetzt
von Joachim Kalka

Die Originalausgabe erschien 1978 unter dem Titel „A Dark Horn Blowing" bei The Viking Press New York. © 1978 by Dahlov Ipcar

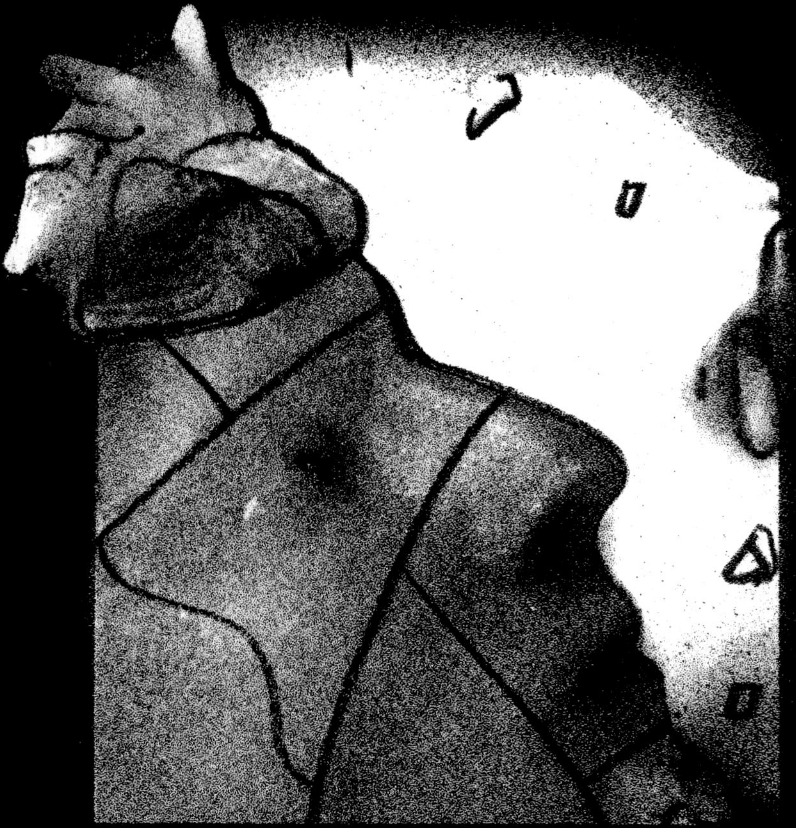

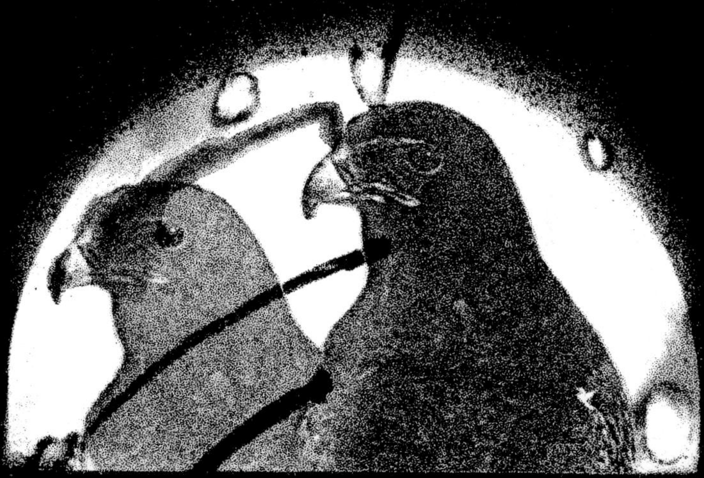

Printed in Germany 1981
Design: Heinz Edelmann
Gesamtherstellung:
Wilhelm Röck, Weinsberg

ISBN 3-12-903621-0

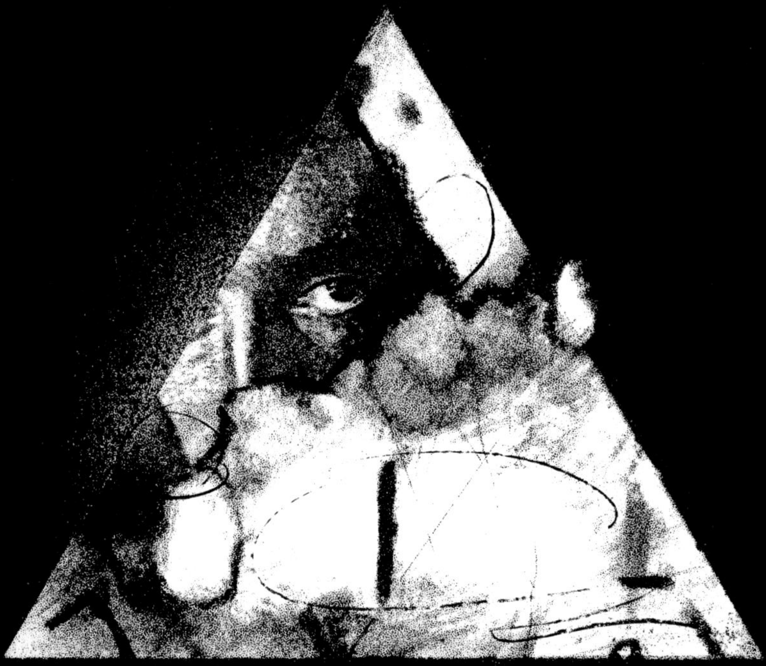

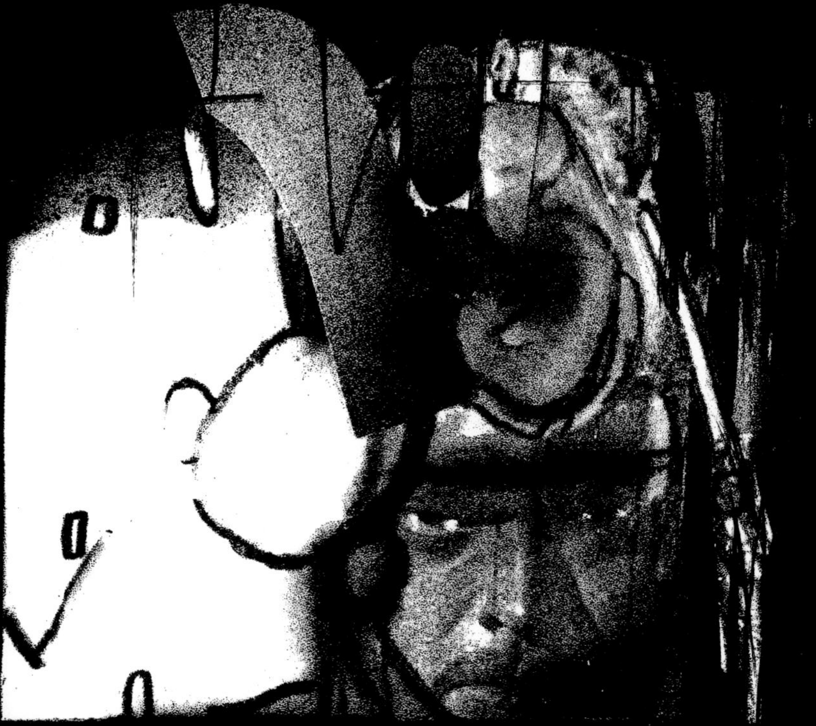

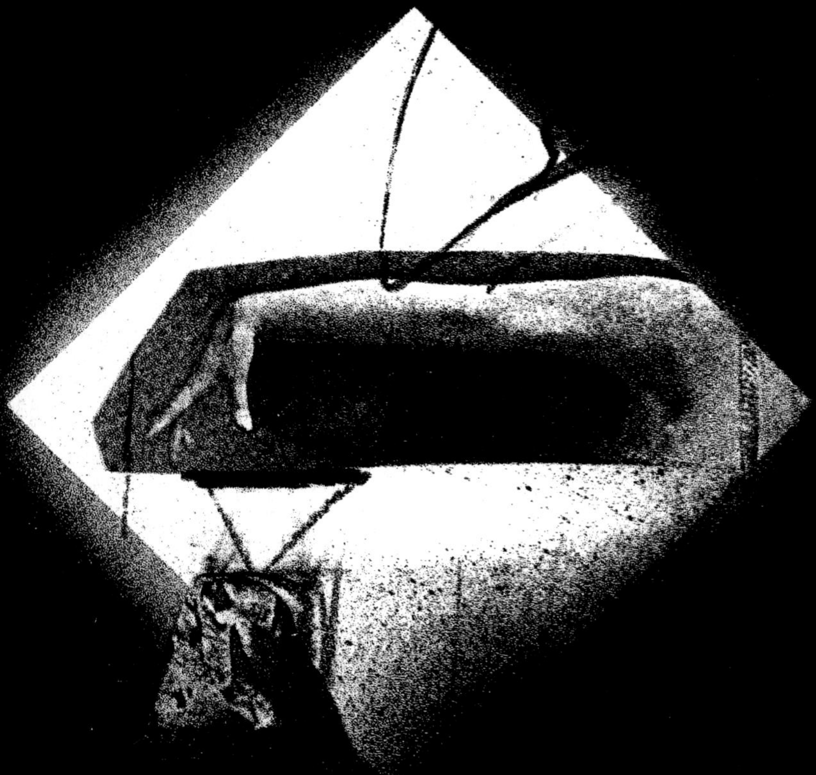

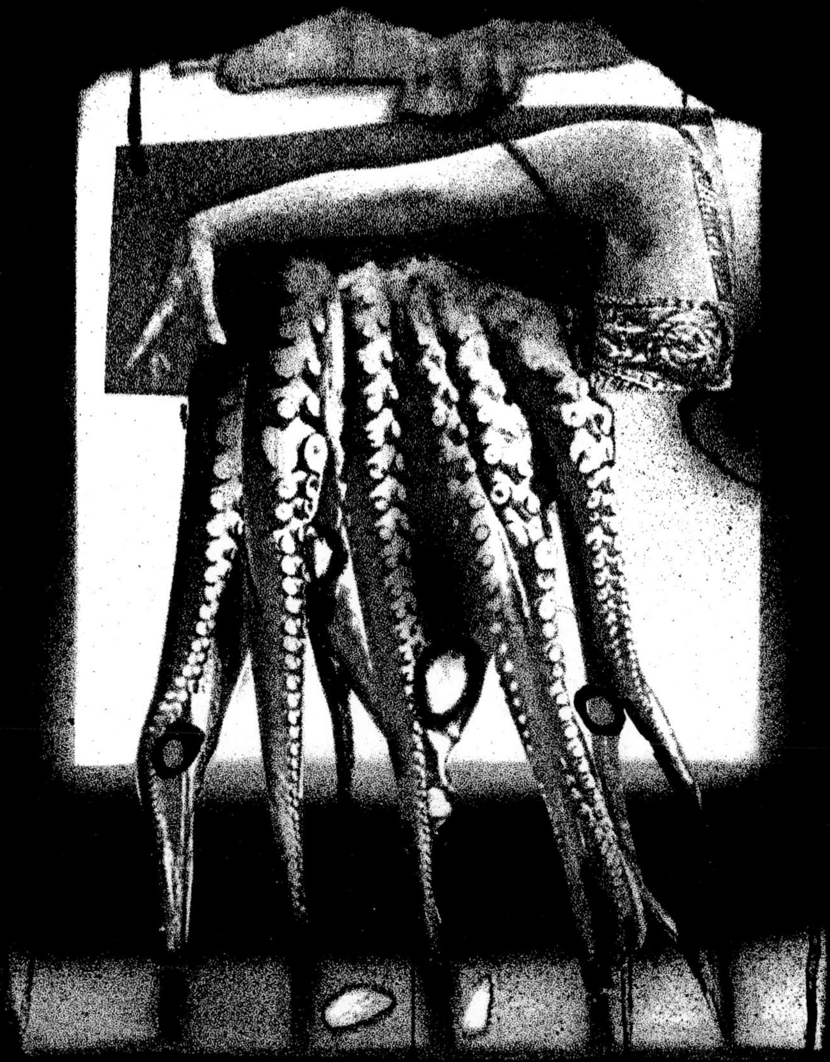

Teil I: Das Schloß

Der Ruf des Horns: Nora. Ich hörte, wie eine Kuh muhte, unten auf der Flur muhte – ein trauriger Laut, ein Ruf. Es rief nach mir, als ich in der warmen Oktoberdämmerung lauschend am Fenster stand.

Eben sagte: »Komm zu Bett, Frau.«

»Ich höre etwas«, sagte ich. »Ach ... es ist nur eine Kuh.« Und doch ging ich nicht zu ihm. Ich wußte, es war mehr als nur eine Kuh. Es war mehr.

»Das ist die schwarzbraune Färse«, sagte er. »Sie spürt wohl die Stiere.«

»Ich geh nur schauen«, sagte ich, mehr vor mich hin als zu ihm. Er sagte nichts. Vielleicht war er schon beinahe im Schlaf, im warmen Bett. Und mein Kind schlief in der Wiege und rührte sich nicht, als ich die Treppe hinabging.

Ich trat hinaus in den Tau und in das tiefe blaue Abendlicht. Um das Bauernhaus standen die großen knorrigen Eichen, und die Fichten drängten sich schwarz um den Rand des Feldes. Weit jenseits der Wiese glänzte blaßblau das Wasser, wo die Bucht die Inseln umschloß. Ich ging hinab durch die Wiese. Hinter mir im dunklen Haus begann mein Kind zu schreien.

In jeder anderen Nacht wäre ich beim Laut dieses Weinens umgekehrt. Oft schon war sein Schrei mir ans Herz gegangen – solch lauter Schrei von so kleinem Kind – mein erstes Kind, erst vier Tage alt! Doch in dieser Nacht hatte sein Schrei keine Macht über mein Herz. Es war das Muhen der Kuh, klagend und traurig, das mich hinzog, immer weiter hinab durch die nassen Felder – hinab zum Ufer, herb und salzig vom Geruch des Meeres.

Ebbe, und der Strand lag weit hinaus in die Bucht silberweiß da. Es erschien mir nicht seltsam, daß eine Kuh hier sein sollte, so weit hier draußen und verlaufen. Ich ging hinaus, geradewegs über den festen Sand, vom Wasser in harte Bänder gepreßt, wo in den kleinen Pfützen, die die Flut zurückgelassen hatte, kleine blaßsilberne Fische um meine bloßen Füße schlüpften und blinkten. Die Dunkelheit wurde dichter um mich, und der Strand verdunkelte sich mit dem Himmel. Nur das letzte Licht hielt sich noch, schmal am fernen Meeresrand glänzend. Bald würde ich ganz allein weit draußen auf dem Ebbstrand stehen, in der Dunkelheit. Aber der Ruf der Kuh! Ich konnte an nichts anderes denken als an diese Trauer, diese Klage. Er füllte meine ganze Seele mit seinem Kummer. Das Muhen einer Kuh ist ein trauriger Laut, doch dies war mehr. Worte riefen in diesen Lauten. Beinahe ein Lied:

Komm, Nora!
Komm, Nora!
Komm zu mir her!
Mußt Amme sein für den Erlprinz
Im Königreich draußen am Meer.

Es war nicht die Kuh, die diese Worte sprach. Es war ein kleiner Mann mit einem Horn, der am Rand der Flut bei einem langen schwarzen Boot stand. Doch ich hätte nicht genau sagen können, wann ich ihn zuerst erblickte oder wann er zum ersten Mal sprach. Das Muhen der Kuh wurde zum Ton des dunklen Hornes, dann war es zu spät – wenn ich je hätte umkehren können, nun konnte ich nicht mehr.

Das Drachenboot: Nora. Als ich in das seichte Wasser trat und meinen Fuß in das schwarze Boot setzte, schien es mir, daß mein Mann, mein Kind, mein Heim und all das, was ich nur einen Augenblick zuvor verlassen hatte, nun so weit entfernt lag, daß meine Gedanken nichts mehr davon erreichen konnten. Ich stieg in das schwarze Boot, und meine ganze Welt versank. Hoch oben an dem geschwungenen Bugspriet wandte sich der Drachenkopf um zu mir; die Zunge fuhr blitzartig hin und her. Der kleine Mann legte sein dunkles Horn beiseite, und das lange Boot glitt in die Strömung hinaus und fuhr lautlos dahin, ohne einen Windhauch oder ein Segel oder ein Ruder, es zu bewegen. Es glitt durch schwarzes Wasser, das so still war, daß die Fahrt des Bootes kaum ein paar schwache Wellen auslöste.

Ich kann mich nicht erinnern, daß ich Furcht oder Erstaunen bei diesem seltsamen Geschehen empfunden hätte. Ich saß ruhig auf dem Boden des Boots zwischen teerigen Seilen und anderen schattenhaften Formen und fühlte mich selbst als leblose Form, als ob ich ein dunkler Mantel wäre, um mein eigentliches Ich gehüllt. Kein Laut war zu hören, nur das Rauschen des Wassers gegen die Planken. Vielleicht schlief ich ein. Vielleicht wachte ich auf und sank wieder in den Schlaf. Und selbst während ich wach war, war ich so müde, daß mich der Schlaf bald wieder überfiel. Es schien, als ob endlose Zeit verginge, aber vielleicht war es nur eine Nacht, denn ich erinnere mich an Sterne, Dunkelheit und Mondlicht, ohne Sonne und blauen Himmel über mir. Der große Drachenkopf ragte, schwarzgekrümmt, vor mir auf, zerteilte den Nachthimmel, und das Zischen des Wassers unter dem Kiel war wie das Zischen des Drachen selbst, der dieselben Worte flüsterte wie das Horn: »Komm, Nora ...«

Auch erinnere ich mich, daß es Nacht war, als das Drachenboot nach der langen Seefahrt sich erstmals einer niedrigen dunklen Küste näherte. Der Mond war hinter Wolken verborgen, aber sein weiches Licht glänzte durch sie hindurch. Als ich halb im Traum im Boot lag, konnte ich sehen, wie die Küste näher kam – wie schwarz sie war! –, und wie sie sich im dunklen Wasser spiegelte.

Wir segelten langsam weiter, dem Ufer folgend, und die dunkle Masse Land teilte sich und formte sich neu und teilte sich wieder, als wir zwischen vielen kleinen Inseln hindurchfuhren, die dicht mit schwarzen, ineinander verwachsenen Fichten bestanden waren.

Dann schwenkte unser Boot in einen schmalen Kanal ein, der sich tief in ein weites Marsch- und Grasland hineinwand. Der Mond brach durch die Wolken, und sein Licht glitzerte über dieses weite Meer von Gras. Zu beiden Seiten sah ich die hohen Halme glänzen; ihre weichen, wie gefiederten Köpfe bogen sich und wogten im Windhauch. Fast schien es, als seien sie aus Silber gesponnen, denn die Strahlen des Mondes gaben ihnen ein kaltes, funkelndes Leuchten. Ich starrte wie verzückt auf die Gräser, die bei unserer Durchfahrt schwankten und nickten, bis meine Augen schwer wurden und ich wieder schlief. Und im Dunkel hinter meinen Augenlidern sah ich die gefiederten Gräser, in endlosen Reihen wiederholt, von beiden Seiten aus der dunklen Nacht auf mich zugleiten, die blasse Wasserstraße vor mir und den großen Drachenbug, der sie mittendurch zerschnitt.

Als ich wieder aus meinem Schlaf herausfand, war es Morgen, eine graue Morgendämmerung, kaum erst hell, und von allen Seiten umschloß uns weicher, leuchtender Nebel. Die Nebelschleier öffneten sich vor uns und schlossen sich hinter uns wieder, während wir einem Wasserpfad mit vielen Windungen durch das hohe Federgras folgten. Ich nickte wieder ein, und als ich von neuem erwachte, war es heller geworden. Aber immer noch konnte ich nur undeutlich sehen, was voraus lag, bis der Nebel, wie ein zarter Vorhang, der plötzlich zerreißt, lautlos zu dünnen weißen Schleiern zerlief, die verströmten, und wir uns tief in einem seltsamen, geheimnisvoll-unheimlichen Sumpfgebiet fanden.

Riesenhafte Bäume wuchsen aus dem dunklen Wasser, die Äste ineinander verschlungen, so dicht, daß wenig Licht durch ihre Kronen in die Wassertiefe drang. Lange, strähnige Klumpen von grauem Moos hingen von den Zweigen und baumelten über unseren Weg, so daß wir durch Schleier von Moos und durch Schleier von Nebel hindurchsteuerten. Nur ein gespenstisches Zwielicht drang vom Himmel zu uns herab. So still war es, daß ich außer dem leisen, regelmäßigen Schlag des Wassers gegen das Boot keinen Laut hören konnte.

Dann fuhr plötzlich ein Lärm auf, der die Stille auf einmal zerbrach: das Kreischen einer großen Zahl von Sumpfvögeln, die aus ihren Nestern im Gezweig eines großen, knorrigen Baumes aufflatterten. Um uns und über uns flogen sie mit wildem, lautem Flügelschlagen – langbeinige, langhälsige Vögel, helle und dunkle.

Wie das Boot weiterfuhr, zogen viele dieser großen Nestbäume vorüber, bedeckt mit einem Gewirr von ineinander verfilzten und verstrickten Zweigen. Oft lagen große Bäume auch über unserem Wasserweg, und die toten Äste versperrten uns die Durchfahrt, doch das Drachenboot fuhr ruhig seinen Weg um sie herum, über sie hinweg, zwischen ihnen hindurch. Verfaulte Baumstümpfe ragten aus dem Wasser, dicht mit grünem Moose bewachsen und bedeckt mit verknäulten Haufen von Vipern, die zischten, wenn wir vorbeiglitten – und der Drachenkopf gab zischend Antwort. Doch immer noch empfand ich keine Furcht und keine Verwunderung.

Langsam traten zwischen den Bäumen die Umrisse des festen Landes schärfer hervor, aber es lag immer noch flach und moosgrün da. Schließlich schwammen wir einen schmalen Fluß zwischen zwei Wänden dichten Waldes hinunter, dessen Bäume uralt, riesengroß und moosbehängt aufragten. Diese Wälder mußten sicherlich voller Wölfe und Bären sein; doch wir sahen nur selten Lebenszeichen. Einmal hob eine Herde von Elchen, knietief im Wasser grasend, ihre großen geweihgekrönten Köpfe, Wasserpflanzen hingen tropfend aus ihren Mäulern, und sie starrten uns nach, als wir vorbeifuhren.

Dann endlich segelten wir aus dem Waldesdunkel auf einen großen, ruhigen See hinaus, in dessen

Mitte eine Insel mit einer altertümlichen Festung lag, einem großen, moosüberwachsenen Schloß aus Stein, mit quadratischen Wachttürmen und hohen Zinnen. Schwärme von Möwen und Raben kreisten durch die Luft, und als wir näherkamen, sah ich, daß auf jeder Zinne ein schwarzer oder ein weißer Vogel hockte.

Das Schloß: Nora. In dem großen Schloß aus Stein erinnerte ich mich an nichts mehr aus meinem früheren Leben – es war leer in mir, als ob man alle meine Erinnerungen ausgelöscht hätte. Wie ein Kind sah ich alles zum ersten Mal, mit einer Art unschuldigen Erstaunens. Doch ich wußte selbst zu diesem Zeitpunkt, daß ich kein Kind war. Ich kannte meinen Namen und konnte die kleinen Alltagsgeschäfte verrichten, mich waschen und anziehen und essen, doch wenig sonst.

Auch entdeckte ich, daß ich nicht sprechen konnte. Ich war völlig stumm, eingeschlossen in eine seltsame tote Stille, als ob jemand den Schlüssel zur Tür meiner Sprache herumgedreht und meine Worte eingeschlossen hätte. Ich konnte Worte denken und hören, aber es gab keine Möglichkeit, sie laut werden zu lassen. Es mußte ein Teil des Banns sein, der auf mir lag – ein Teil des Vergessens.

Meistens lebte ich – wie ich mich jetzt erinnere – in einem traumähnlichen Trancezustand und tat, was man mir auftrug. Doch zuweilen kämpften sich meine Gedanken frei, und Schmerz erfüllte mich und das Erstaunen über diesen Ort, an dem ich mich befand, und die unruhige Frage, warum ich hier war – obwohl es mir nicht einfiel, wo ich sonst hätte sein sollen.

Was das Warum und Wie betraf, so hätte es mir vom ersten Augenblick an klar sein sollen, denn fast sofort, als ich das Schloß betrat, noch bevor man mir nach der langen Seefahrt zu essen und zu trinken gab, hieß mich der kleine dunkle Mann, der mich in dem Drachenboot hergebracht hatte, ihm zu folgen, und führte mich eine lange Steintreppe hoch in einen der großen Türme hinauf.

Die steinernen Stufen stiegen steil in den dicken Mauern des Schlosses empor, eine schier endlose Treppe, die einen im Dämmer liegenden Gang hinaufführte, dessen Decke und Wände riesenhafte Blöcke von rauhem, grauem Granit bildeten. Nur schmale Strahlen des Tageslichtes glitten durch enge Schlitze tief in den starken Mauern. Draußen mußte sich der Himmel bedeckt haben, denn ich erinnere mich an die flammenden Fackeln, die auf jedem Absatz in eisernen Haltern steckten. Wachtposten mit stählernen Helmen und Kettenpanzern standen neben großen, eisenbeschlagenen Türen, die aus dem Treppenhaus hinausführten, und große graue Hunde hockten neben jeder Tür und knurrten leise, wenn ich vorbeiging.

Müde und atemlos kam ich schließlich am Ende des letzten Treppenabsatzes an. Dort gingen wir, vorbei an den Wachen und den Wachhunden, in ein Zimmer mit geblümten Wandbehängen von schönem Rosa, und mit Teppichen auf dem Boden, so daß es mir schien, als ob ich plötzlich in ein geheimes Kästchen, mit hübschem Papier ausgeschlagen, geraten wäre. Ich weiß noch, wie mir dieser Gedanke kam, und wie ich mich zu erinnern versuchte, wo ich ein solches Kästchen mit solch rosablumigem Papier gesehen haben könnte? Jetzt weiß ich, daß es die Erinnerung an mein eigenes Nähkästchen war, doch damals hatte das Bild keine Bedeutung und verwirrte mich. Oft noch plagten mich nach meiner Ankunft im Schloß solche flüchtigen

Gedanken, die wie Teile eines Traumes wirkten. Und immer, wenn diese kleinen Erinnerungsfetzen durch mein Bewußtsein trieben und, wie Schatten, die an der Sonne vorbeiziehen, ein Gefühl momentaner Kälte hinterließen, empfand ich Traurigkeit und das Gefühl eines entsetzlichen Verlustes.

In der Mitte des Zimmers stand ein großes geschnitztes Bett mit Vorhängen von tiefem Nachtblau, und um jeden Bettpfosten schlangen sich Schnitzereien von Weinlaub und Blumen, alles hübsch bemalt, und mit Blumen waren auch die blauen Samtvorhänge bestickt.

Eine Dame lag im Bett, auf viele weiche Kissen gestützt. Ihr Haar war lang und glänzte wie feine Seide, hell wie feingekämmte Wolle, und es fiel um ihr weißes Gesicht mit den großen silberblauen Augen. In einem großen geschnitzten Lehnstuhl neben dem Bett saß ein Mann, wuchtig und grau. Er schien eins zu sein mit den grauen Granitblöcken des Schlosses, eins mit den grauen Wachhunden. Er trug einen grauen, mit dunklem Pelz besetzten Umhang und einen breiten goldenen Gürtel, von dem ein großes Schwert hing. Sein bärtiges Gesicht war breit und flach, die Stirn sprang vor; er war von einer Häßlichkeit, die der Gegensatz zu der zerbrechlichen, blassen Schönheit der Dame zu sein schien.

Meine Augen verließen die wilde Häßlichkeit des Mannes, aber das Gesicht der Dame zog sie wieder an, und ich betrachtete sie mit erstaunter Bewunderung. Mein dunkler Führer verbeugte sich tief und befahl mir, vor dem König und der Königin von

Erland niederzuknien. Selbst damals schien es mir, daß ich wußte, was das bedeutete, und es beunruhigte mich, vor königlichen Hoheiten zu stehen. Es war mir, als hätte ich kein Recht dazu, doch die Königin sprach mich freundlich an, hieß mich aufstehen und herkommen. Leise fragte sie mich: »Woher bist du gekommen, Nora?«

Selbst wenn ich hätte sprechen können, hätte ich keine Antwort gewußt, denn ich wußte nicht mehr, woher ich kam.

Da lachte der König, und sein Lachen war wie ein Hammerschlag.

»Sie ist richtig«, sagte er. »Sie hat ein hübsches Gesicht.«

»Nicht ihr Gesicht brauchen wir«, sagte die Königin in dünnem, kaltem Ton.

Er saß da und betrachtete mich prüfend.

»Mir scheint, daß nichts fehlt. Wenn mein Sohn leben wird, macht ihm ein hübsches Gesicht ebenso Spaß wie seinem Vater.«

Die Königin lächelte schwach, wandte sich zu meinem Führer und sagte: »Du hast deine Sache gut gemacht, Clootie. Du wirst dafür sorgen, daß Nora gut bewacht wird. Du wirst sie hüten und ihr Kämmerer sein.«

Dann winkte sie einer der Dienstmägde, die war tend dabeistanden. Die Magd trat zum Bett, beugte sich über sie und hob ein kleines in Weiß gewickeltes Bündel hoch. Als sie es aufnahm, gab es einen dünnen Schmerzensschrei von sich. Der Laut drang auf mich ein und ließ mich zittern wie nichts zuvor.

Die Magd gab mir das kleine Bündel in die Arme

und sagte einfach: »Das ist der Erlprinz. Ihr müßt ihn nähren.«

Und sogleich drückte ich das kleine, wimmernde Ding an meine Brust. Ich war so glücklich, dies arme kleine Ding zu halten und ihm Milch geben zu können. Obwohl ich keine Erinnerung an mein eigenes Kind hatte, wußte ich, was zu tun war. Und ich spürte, daß dieses Kind mich verzweifelt brauchte. Es war so hungrig, sein kleines häßliches Gesichtchen so faltig und grau wie das Gesicht eines alten, alten Mannes, und die dünnen Arme wie zerbrechliche Zweige im Winter. Aber ich fühlte Liebe zu dem armen kleinen Ding, beinahe von dem ersten Moment an, als ich es in meine Arme nahm.

»Dies ist mein Sohn, Prinz Elver«, sagte die Königin leise, die Stimme voller Gram. »Pflege ihn gut, Nora, denn ich kann es nicht.« Mehr sagte sie nicht; dann wandte sie ihr Gesicht ab, und vielleicht weinte sie lautlos.

Das Kind und ich wurden dann zurückgeführt, in einen Raum unten im Schloß, ein großes Zimmer, das nach der einen Seite auf einen blühenden Garten blickte, nach der anderen auf den See. Ein rauhes, kahles Steinzimmer war es, doch auf dem kalten Steinboden verstreut lagen Fellteppiche. Eingerichtet war es mit Stühlen, einer niederen Kommode, ein paar Hängeschränkchen und einem schweren Tisch. Es gab ein breites Bett mit Bettvorhängen für mich und eine Wiege für das Kind, aber in kalten Nächten, als es auf den Winter zuging, nahm ich ihn oft mit in mein Bett, um ihn warmzuhalten – denn er war so schwächlich, daß er sich leicht erkältete. Nicht, daß wir es je zu kalt oder ungemütlich gehabt hätten, denn in dem großen Kamin brannte immer ein hochaufgeschichtetes Feuer.

Ich hatte ein Kindermädchen, das mir half, mich um den Kleinen zu kümmern. Sie hieß Menia, ein großes, unbeholfenes, schwachköpfiges Mädchen, aber gutmütig und sehr still. Clootie aber (wie die Königin ihn genannt hatte) war ständig zugange, und sein Gerede war mehr als genug. Er gab alle Anweisungen wegen des Essens und aller Dinge, die wir benötigten. Die anderen nannten ihn Hjuki, aber für mich blieb er immer Clootie, denn so hatte die Königin ihn genannt.

Ich lernte ihn gut kennen, aber ich mochte ihn nicht. Ein boshafter Zwerg, das ist noch das Beste, was ich über ihn sagen kann – in seinem schmalen Gesicht lag nur Spott und Bosheit. Kohlschwarz war sein Haar, oben wurde es grau – und seine blassen Augen fingen das Licht und glitzerten wie Eissplitter, wenn er seine Witze machte. Ach, er hatte eine Zunge, scharf wie ein Schlachtermesser! Oft und oft verhöhnte er die arme Menia und nannte sie pfuisches Vieh, blödischen Klotz, Das Große Ochsenkalb, oder er sang Spottlieder auf sie:

Wie ein Brunnenschacht ihr Mund offensteht,
dreh sie herum, wie das Mühlrad geht!

Sie trinkt ihre Milch wie die Kuh, wenn sie
[säuft,
dreh sie herum, wie das Mühlrad läuft!

Die Ohren stehn ihr wie dem Esel vom Kopf,
dreh sie 'rum, sie bleibt doch ein blöder Tropf!

»Setz deinen großen glotzenden Wanst in Bewegung!« schrie er sie an. »Oder muß ich dir mit dem Schürhaken nach?«

Einen schwarzen, boshaften Spott hatte er! Immer war etwas Schwarzes um ihn – seine Kleider schwarz wie seine Natur, und ein Lachen wie eine rostige Türangel, die hoch aufkreischt, wenn die Tür sich schließt.

Menia mußte immer ihre Tränen herunterschlukken, und ich war zornig auf Clootie. Die ganze Dienerschaft behandelte er so gemein und brutal, daß ich oft große Wut auf ihn verspürte. Aber er lachte über meine drohenden Blicke, und dann bekam ich seine scharfe Zunge zu spüren.

»Was schaust du so mürrisch drein, arme Kuh?« fragte er. »Du machst uns alle krank mit deiner schlechten Laune. Soll ich Hänschennarr oder Hüpfdenranzen für dich tanzen und dich aufheitern?«

Und ich wußte kaum, was all dies bedeuten sollte. Seine Zunge stach mich nicht. Ich mochte Clootie nicht, und manchmal haßte ich ihn gründlich, doch ich nahm ihn hin wie ich alles hinnahm, was mir geschah.

Vielleicht einmal in der Woche schickte die Erlkönigin nach mir, damit ich ihr das Kind bringen sollte. Sie war krank, seit ich sie zuerst gesehen hatte, aber dann lächelte sie, nahm den kleinen Prinzen in ihre Arme und summte ihm Liebkosungen vor.

»Ach, wie schön er geworden ist!« sagte sie dann. »Mein Prinzlein, mein leuchtendes Juwel, mein Süßchen. Mein kleiner schöner Sohn mit seinen blauen Augen!«

Es stimmte. Seine häßliche, faltige Greisenmiene war verschwunden. Er war immer noch klein und schwach, aber ein wunderschönes Kind, mit weichen blonden Locken und einem reizenden Lächeln. Seine Mutter jedoch wurde es immer bald müde, ihn zu halten, besonders seit er lebhafter geworden war und in ihren Armen strampelte. Seufzend gab sie ihn mir zurück, und ich ging mit ihm in das Kinderzimmer aus grauem Stein.

Manchmal kam auch der Hofarzt, um nachzusehen, ob das Kind wohlversorgt und bei guter Gesundheit sei. Es war ein kleiner, dunkler Mann namens Raekkin. Er wie Clootie waren fast Zwerge, aber während Clootie dünn und scharfgesichtig war, wirkte Raekkin stämmig, mit zerfurchtem, beinahe abstoßendem Gesicht. Er hatte eine ebenso seltsame Art wie Clootie und war oft grob und übelgelaunt, aber unter seiner Grobheit lag eine Freundlichkeit, die Clootie fehlte.

Nie durfte ich das Zimmer verlassen, es sei denn, man führte mich zur Königin. Doch ich konnte aus den Fenstern in den von Mauern umschlossenen Garten blicken, die Arbeit der Gärtner und den Wandel der Jahreszeiten sehen. Die Blumen blühten und welkten, und neue Blumen traten an ihre Stelle. Schöne Damen in bestickten Gewändern ergingen sich dort, geleitet von Herren in ebenso reichen und bunten Kleidern, und häufig war auch der König unter ihnen. Manchmal brachten sie Musikinstrumente mit und spielten süße Musik, den warmen Nachmittag lang um den Brunnen sitzend. Die Fontäne stieg sprühend hoch in die Luft, die Sonne ließ die Wasserschleier in den Farben des Regenbogens glitzern, und um den Rand des Brunnens, in den das Wasser zurückstürzte, hockten, aus Stein gemeißelt, seltsame Wesen – Nixen, Seepferde und riesige Frösche.

Wie ein Zaubertheater war der Garten, dem ich zusehen durfte, das aber so fern und unwirklich war, daß ich niemals dachte oder hoffte, selbst dort eintreten zu können.

Nach der Seeseite sahen meine Fenster auf eine andere schöne und noch traumhaft-unwirklichere Landschaft. Oft glitten Boote auf dem weiten dunklen See vorbei, und jedes der zerbrechlich wirkenden Schiffchen glänzte im Licht, wenn es mit Kurs auf die nebelverhüllte Küste vorüberfuhr. Oft wogte und glitzerte das schwarze Wasser unter dem Wind, aber zuweilen war es still und glatt wie poliertes Ebenholz. Von den vorbeiziehenden Booten glich keines dem anderen, aber sie waren alle vom selben Bau – ganz weiß, wie aus Elfenbein geschnitzt, und überaus kompliziert gefertigt. Manchmal war die Struktur so fein gearbeitet, daß sie wie Reiherfedern oder Spitzen wirkte. Die Schiffe hatten anmutige Formen, mit einem glatten, schlank und hoch aufragenden Bug und mit vielen fächerförmigen Segeln, die sich wie zarte Insektenflügel nach beiden Seiten breiteten. Lautlos bewegten sie sich, sanft am Schloß vorbeigleitend, bis sie schließlich, weit draußen auf dem See, im blassen Vorhang des Nebels verschwanden.

Und meine Tage zogen vorbei wie die weißen Boote, die sich im Nebel auflösten. Obwohl mich oft ein vages Gefühl eines Verlustes anrührte, war ich meist zufrieden und kümmerte mich um das Kind, das ich so sehr lieb hatte.

Und doch gab es Augenblicke, wo ich nachts erwachte, von einer seltsamen Unruhe ergriffen, voll Angst und Kummer, so daß ich nicht länger schlafen konnte. Dann stand ich auf und ging durch das vom Flackern des Feuers erhellte Zimmer zu den Fenstern und starrte in ihre nächtlichen schwarzen Spiegel. Und da sah ich mein eigenes Gesicht, das zurückstarrte, bleich, in ein unbekanntes Schicksal ergeben – ein Gesicht, das immer das einer Fremden schien, so wenig kannte ich mich selbst.

Das dunkle Bild des Drachenbootes zog dann stets durch meine Gedanken, und ich sehnte mich danach, laut aufzuschreien: »Wer bin ich? Woher bin ich gekommen? Wie war mein früheres Leben?«

Aber ich konnte nicht rufen, und niemand war da, der geantwortet hätte.

Die Dohle: Nora. Ich kann mich erinnern, wie das Sonnenlicht Schattenreflexe des Wassers über die Steinmauern spielen ließ und wie die Schwäne unter den Fenstern vorbeiglitten. Ich warf ihnen Brotstückchen zu, und mein kleiner Prinz streckte die Hände nach ihnen aus und rief mit Kinderlauten.

Ich hielt ihn fest und ließ ihn sich aus dem hohen, schmalen Fenster in der dicken Mauer hinauslehnen. Im dunklen Wasser des Sees sah ich die Spiegelbilder der weißen Schwäne – der Bogen des Halses beugte sich hinab und traf wieder den Bogen des Halses, wie der weiße Umriß eines dunklen Herzens. Manchmal schwebten ein paar weiche weiße Federn auf dem ruhigen Wasser; vielleicht kam ein Fisch an die Oberfläche, schnappte nach einer Feder und versank wieder ins Unsichtbare.

So, wenn ich es mir ins Gedächtnis zurückrufe, war es auch an jenem Tag – ich, mit dem Kind, warf Brotbrocken zu den Schwänen hinab, und Clootie fischte, aus dem nächsten Fenster gelehnt, und pfiff eines seiner Lieder dazu. O wie ich sein Pfeifen haßte! Es war voller mißtönender Noten, unangenehm wie der Ruf einer Krähe, aber noch schriller – mehr wie das Kreischen einer Dohle. Er fing einen Fisch, wie ich ihn noch nie gesehen hatte, und zog ihn hoch – der Fisch zuckte und klatschte seinen Schwanz gegen die rauhe Steinmauer, ein großer Fisch mit glänzenden Schuppen, leuchtend wie ein Blumenbeet, ein einziges Glitzern im Sonnenlicht. Sein Mund öffnete und schloß sich, stumm nach Atem ringend.

Ich bin wie dieser Fisch, dachte ich. Auch ich bin

aus meinem Element gerissen, stumm und hilflos. Ich spürte, wie mir die Tränen in die Augen stiegen und wie sie langsam meine Wangen hinabrannen. Ich wandte mich weg vom Fenster und wiegte das Kind in meinen Armen.

Das Lichterspiel des Wassers glitt und tanzte über die Steinwände des Zimmers, als ich das Kind in seine Wiege legte und es sanft schaukelte. Er strampelte und stieß mit den Füßen, und ich begann ein Schlaflied zu summen. Die Worte fielen mir ein, weich und leise; Worte, die mir seltsam fremd vorkamen. Ich wußte nicht, wo ich sie gelernt hatte:

Sing still still schuscha lulla
Sing still still schuscha lu.

Langsam ließen die Worte Bilder in mir aufsteigen, Bilder eines Hauses von Stein, aber ganz anders als dieses Schloß. Ein kleines Bauernhaus mit geteertem Dach, in einem kleinen Herbsthain von großen Bäumen mit roten Blättern. Ein langer steingepflasterter Flur führte in einen weißgekalkten Raum, und ein rotes Feuer brannte im Kamin. Mehr der Worte tauchten in mir auf:

Mag uns jetzt nichts bedrohen,
  Meinem Kind und mir kein Weh,
Der böse wilde Wassergeist,
  König Owens Totenfee.
Mag Sankt Marie uns gnädig sein,
  Legt ein gut Wort im Himmel ein.
Sing still still schuscha lulla
Sing still still schuscha lu.

Mein Summen tat mir selbst ebenso wohl wie dem Prinzenkind. Ich fühlte Frieden und doch einen großen Verlust. Auch fühlte ich, daß ich sprechen könnte, wenn ich es nur versuchte. Langsam, mit zögernder und wie eingerosteter Stimme, wiederholte ich laut:

»Mag Sankt Marie uns gnädig sein, legt ein gut Wort im Himmel ein ...«

Meine eigene Stimme klang mir seltsam in den Ohren, doch mein Erstaunen ging unter in dem Erschrecken über einen anderen Laut – ein entsetzliches, kreischendes Aufheulen, wie von einem Tier in wahnsinnigen Schmerzen. So unerwartet und überraschend war es, daß ich angstvoll aufsprang. Ich drehte mich um und fand Clootie hinter mir stehen. Er hatte diesen Laut ausgestoßen; da stand er, sein Gesicht wutverzerrt, zitternd vor schrecklichem innerem Zorn. Es schien, als ob er sich auf mich stürzen wollte, aber er rührte sich nicht, er starrte mich nur an, und als er schließlich Worte fand, waren sie schrill und haßerfüllt.

»So hast du also deine Stimme wiedergefunden, Hündin! Nichts wird es dir nützen!« Und in seiner seltsamen wilden Wut schwang er den Arm und schleuderte den Fisch nach mir. Er schlug mir voll ins Gesicht, bevor ich meine Hand schützend erheben konnte.

»Clootie!« schrie ich. »Hör auf!«

Und was nun geschah, war von allem das Seltsamste. Es gab ein lautes, knackendes Krachen, als ob der ganze Raum wie ein Ei zerbrechen wollte. Zu meinen Füßen lag, schwach zuckend, der Fisch, aber

Clootie war verschwunden! Hinter mir hörte ich das ängstliche laute Weinen des Kindes. Erschreckt wandte ich mich nach ihm um, und als ich mich umdrehte, spürte ich einen Sturmwind durch das Zimmer fegen und hörte Schreien und Flattern wie von vielen Vögeln. Aber ich sah nichts. Der Laut schwoll an, aus allen Ecken dröhnend und widerhallend. Es ist ein Erdbeben, dachte ich entsetzt. Ich riß das schreiende Kind in meine Arme und lief zur Tür, aber bevor ich die Schwelle erreicht hatte, hörte ich eine schrille kleine Stimme, und ihre Worte waren so merkwürdig und doch so vertraut, daß ich innehielt und kaum glauben konnte, was ich gehört hatte. Dann drehte ich mich um, und mitten auf dem Fußboden kauerte ein schwarzer Vogel mit grauen Kopf- und Nackenfedern – eine Dohle! Seine Worte waren ein mitleiderregendes Krächzen: »Jack, ist ein tapfrer Vogel! Jack ist ein tapfrer Vogel!« – wie um mir zu versichern, daß er kein Feigling war.

Ich war es, der ich mir wie ein Feigling vorkam, denn ich bebte am ganzen Leib. Aber der Vogel wirkte so komisch und verärgert, wie er da hockte, daß ich Gelächter in mir aufsteigen fühlte, das in meinem Hals stockte. Ich glaubte zu spüren, daß ich ihn vielleicht zu anderer Zeit gekannt hatte, aber auch, daß er kein Freund war, ebensowenig wie Clootie einer gewesen war. Sein kaltes, helles, glitzerndes Auge sah zu mir auf; das schwarze Gefieder war wie in Angst gesträubt. Er schien wie von einem Schlag betäubt, zusammengekauert und lautlos keuchend. Vielleicht hatte ihn jener seltsame Windstoß zum Fenster hereingetragen. Ich hatte schon Vögel so gesehen, betäubt vom Flug gegen eine Mauer.

Ich stand da und streichelte das Kind sanft, um es zu beruhigen, und starrte den Vogel an – ich versuchte, eine mir entgleitende Erinnerung festzuhalten. »Jack?« fragte ich zögernd, meine neugefundene Stimme erprobend. »Bist du es, Jack?«

Er kam hastig zu meinen Füßen gelaufen und sah so rührend hilflos aus, daß ich mich hinunterbeugte und meine Hand aufhielt. Er hüpfte hinauf. Das Kind hörte auf zu weinen und streckte seine Hand aus, um den Vogel zu streicheln, lachend und vor Freude plappernd.

Es war so seltsam, jedoch nicht seltsamer als all das andere. Von Anbeginn hatte ich alles hingenommen, was mir geschah, und nun nahm ich das Erscheinen der Dohle ebenso hin.

Ich konnte mir nicht vorstellen, warum Clootie so schrecklich wütend geworden oder wohin er verschwunden war, obwohl ich verstehen konnte, daß er davonlief, nachdem er mit dem Fisch nach mir geworfen hatte. Ich hatte ihn schon oft wütend gesehen. Wenn er wirklich wild vor Wut war, änderte er sein spöttisches Wesen. Er wurde kalt und giftig, beherrschte sich aber dabei völlig. Ach! Er hatte ein Schlangenherz. Aber diesmal war er wie besessen gewesen, er hatte mich wirklich erschreckt. Einen Augenblick lang hatte ich das Gefühl gehabt, er wollte mich töten – und am Ende hatte ich schließlich nur einen kalten, nassen Fisch ins Gesicht bekommen! Unangenehm, aber harmlos.

Zweifellos war Clootie jetzt irgendwo im Schloß und kam sich lächerlich vor. Vielleicht schämte er sich – sofern Clootie sich überhaupt schämen konnte, was ich wirklich bezweifelte. Er hatte wohl nur boshafte Gefühle. So voller Bosheit war er, daß sie überall, wie die Stacheln eines Igels, aus ihm herausstach. Aber ich hatte nie zuvor Ursache gehabt, ihn zu fürchten. Ich war vor ihm sicher, abgesehen von seiner scharfen Zunge, weil der kleine Prinz mich brauchte. Und die Erlkönigin war auch immer gut zu mir und sprach freundlich mit mir, weil sie wußte, daß ich ihr Kind so sehr liebte wie sie selbst.

So saß ich da, das Kind ruhig in meinen Armen wiegend, und dachte schöne, tröstende Gedanken, nun, da wir allein waren. Das Lichterspiel des Wassers an den Wänden war so beruhigend – so beruhigend, fast wie eine Melodie für die Augen. Es war angenehm, mit dem Kind allein zu sitzen. Die Dohle hüpfte wie ein kleiner böser Geist über den Fußboden und pickte nach Krumen, aber das Stückchen Erinnerung, das der Vogel mir kurz gebracht hatte, war wieder verschwunden.

Ich streifte den goldglänzenden Ring von meinem Finger und zog ein langes Band hindurch. Das Kind und ich schauten belustigt zu, wie ich den Ring vor dem Vogel baumeln ließ und wie er daran zerrte und versuchte, mit ihm fortzufliegen. Es war ein törichtes Vergnügen, aber ich hatte so schon oft mit dem kleinen Kind gespielt und dachte nichts dabei.

»Ach, Jack, du warst schon immer ein böser Dieb!« sagte ich leise vor mich hin, während ich ihn mit dem hell funkelnden Ring neckte. Es überraschte mich, daß ich »schon immer« gesagt hatte, und auch, daß die Worte, die mir in den Sinn kamen, sich nun endlich laut aussprechen ließen. Das war wie ein schweres Gewicht, das ich abgeworfen hatte. Ich fühlte mich leichter und glücklicher. Nun konnte ich fragen, wenn mir nur die richtigen Fragen einfielen. Ich wußte, es gab viele Dinge, die ich wissen wollte. Aber welche waren das? Es fiel mir nichts ein, meine Gedanken waren leer. Es ist einerlei, dachte ich; jetzt kann ich endlich sprechen. Wenn ich Fragen habe, kann ich sie stellen.

Das Kind wurde ruhig und schläfrig. Ich legte es nicht in die Wiege zurück, sondern lehnte mich in den großen geschnitzten Sessel und hielt es. Ich zog meine Füße unter mich, schob mir die Kissen in den Rücken und schaukelte es sanft; sein kleiner Kopf lag dicht an meinem. Ich war so müde und entspannt, daß mir die Augen noch vor ihm zufielen. Ich ließ den goldenen Ring fallen und spürte es nicht, als die Dohle mir das Band aus der Hand zog.

Traumgedächtnis: Nora. Ich schlief mit dem kleinen Prinzen in meinem Arm so fest, aber ich träumte – o ich träumte! Und meine Träume waren voll von dem Leben, das ich verloren hatte, von Dingen, von denen ich nie geträumt hatte, seit ich auf das Schloß in Erland gekommen war.

In meinem Traum stand ich an der Tür des Bauernhauses aus Stein, von dem ich wußte, daß es mein verlorenes Heim war, weit über dem Meer. Ich ging hinaus in die Hitze des Spätnachmittags und schritt über den staubigen Hof. Langsam ging ich zum Stall und sah mich voll Freude um, Freude darüber, wieder daheim zu sein, und sei es nur im Traum. Ich fühlte den warmen Windhauch in meinen Haarsträhnen, fühlte den warmen Staub durch meine dünnen Schuhe. Alles schien klar umrissen, wirklich – wirklicher als das wirkliche Leben es je ist. Selbst Gerüche – der süße starke Geruch der Kühe, der scharfe saure Geruch der Schweine. Und kleine Geräusche: das Zwitschern von Schwalben, das hohe Tschilpen der Sperlinge, das leise Gurren und Gackern der Hühner, die sich um meine Füße drängten und eine Handvoll Körner erwarteten. Ich besah mir meinen Besitz voll Freude, erkannte jeden einzelnen Vogel, jede Lieblingshenne: die mit den goldenen Federn an ihrem dunklen Hals; die graue, feingezeichnete Brahmanenhenne, so weich und schwer mit ihren wuschelig gefiederten Füßen; meinen silbernen jungen Hahn! Jedes einzelne war so schön und so vertraut. Sogar die fünf grimmigen Graugänse, wie sie ihre langen Hälse bogen und ihre Schnäbel hoben und mich anzischten. Ich hätte gerne die samtgrünen Köpfe der Rouen-Erpel gestreichelt, aber keiner von ihnen war zahm genug. Ebens schwarz-weiße Collie-Hündin kam über den Hof gelaufen, wedelnd und ihr dickes Hinterteil zur Begrüßung schwenkend. Ich kniete im Staub nieder und begrüßte sie auch, ließ sie mit ihren Schmutzpfoten meine saubere Schürze fleckig machen und kümmerte mich nicht darum. Dann stand ich auf und ging weiter zum Stall.

Eben nahm der Stute das Geschirr ab; ihr Füllen hatte sich herangedrängt und versuchte, an ihr zu saugen. Der Schwanz des Füllens wischte hin und her – so lustig, so eifrig. Ich stand, wie ich dies alles erlebte, etwas abseits und betrachtete Eben. Ich wußte, daß ich träumte, und ich wußte, daß eine Ewigkeit vergangen war, seit ich ihn gesehen oder an ihn gedacht hatte. Mein Mann! Ich stand da und betrachtete ihn, seine braunen, muskulösen Arme, seine starken Finger, wie sie die Schnallen des Geschirrs lösten. Mein Herz empfand es wie einen großen Sturm der Liebe, der durch seine weiten leeren Kammern brauste. Und dann war die Szene nicht mehr länger ein Traum, sondern wie ein Theaterstück, in dem ich mitspielte, und ich durchlebte wieder meine Vergangenheit.

Eben wandte sein Gesicht zu mir.

»Ich habe dir ein Geschenk mitgebracht, Nora«, sagte er.

»Ist es der Kattunstoff, von dem ich dir gesagt habe, daß ich ihn gerne möchte?«

»Kattun? Den muß ich ganz vergessen haben.«

»Ach! Machst du dich lustig über mich? Aber

wenn du ihn wirklich vergessen hast, lächerliches Zeug wie bunte Bänder oder ein paar neue Kämme, das will ich nicht.«

Eine seltsame, hohe kleine Stimme hinter mir rief: »Krah! Krah! Jack ist ein tapfrer Vogel!«

Ich fuhr zusammen und schaute mich um, daß Eben laut auflachte. Er ließ das Geschirr sein und stieg auf den Marktwagen und hob einen großen Weidenkäfig zu mir herunter. Ein kleiner schwarzer Vogel saß darin, der schrill krächzte und mit seinen schwarzen Flügeln schlug.

»Hat er gesprochen?« fragte ich, halb ängstlich, denn es schien ein gottloses Ding, mehr ein böser Geist als ein Vogel.

»Du wolltest einen Vogel, der sprechen kann«, sagte Eben. »Da hast du ihn. Einen klügeren als ihn wirst du nirgendwo finden. Es ist eine Dohle.«

Ich hob den Käfig hoch, immer noch halb in Angst und doch halb glücklich, denn ich liebte alle Lebewesen. Und es stimmte: Ich hatte schon als kleines Mädchen immer einen sprechenden Vogel haben wollen. Mein Vater war Schiffskapitän gewesen, mit einem grünen Papagei, der auf seinen Segelfahrten mitfuhr, aber meine Mutter wollte ihn nicht im Haus haben.

Wieder sprach die Dohle: »Herzensfreude! Herzensfreude!«

Wahrhaftig, ein sprechender Vogel war mein Herzenswunsch gewesen! Die Weisheit dieser Worte erstaunte mich.

Das Traumbild verblaßte und ging in ein anderes über. Ich fand mich in der Kühle meiner eigenen

Küche auf dem Fliesenboden stehen. Ich streckte mich und hängte den Vogelkäfig an einen der Haken in der niederen Zimmerdecke. Eben saß am Tisch, wo ich ihm kaltes Fleisch und Käse hingestellt hatte, denn an diesem heißen Tag hatte ich das Feuer ausgehen lassen.

Ich ging in den kühlen Keller hinab, um einen Krug Bier zu zapfen, und wiederum überkam mich das freudige Erstaunen, daß ich daheim war. Alles war so wahr – das kühle Dunkel des Kellers, der feuchte Geruch des Fußbodens aus gestampfter Erde, die Schüsseln auf dem langen Bord, in denen die Milch abkühlte und der goldene Rahm nach oben stieg, die großen runden Käseräder im Schrank. Mir war, als müßte ich alles berühren. Ich wollte es fühlen, wie ich es sah und roch. Die beiden großen Eichenfässer standen Seite an Seite, eines mit Most und eines mit Bier. Als ich mich über den Zapfhahn beugte und den Krug mit Bier füllte, schaute ich zu, wie der Schaum stieg und ließ meine Finger langsam, mit einem Gefühl reiner Lust, über das glatte Holz des Fasses gleiten.

Ich kam in die Küche zurück. Als ich Eben am Tisch sitzen sah, erfüllte mich die Liebe zu ihm, so daß ich mich über ihn beugte, den Krug vor ihn hinstellte und meine Wange eng und warm an sein Gesicht lehnte. Wir küßten uns, und die Freude dieses Kusses erfüllte mich.

Ich war in Ebens Armen, aber irgendwie hatte sich die Szene wiederum verändert. Er trug mich in unserer Hochzeitsnacht die Treppe hinauf; unten war unsere Küche voll von fröhlich lärmenden

Freunden. Plötzlich wurde es still, und alle schauten uns nach. Dann begannen die Geigen und Flöten wieder, und alle Tänzer klatschten und stampften.

»So leicht stehlt ihr euch nicht davon!« rief Ebens Bruder Nat.

Er riß eine Pfanne vom Haken und folgte uns die Treppe hinauf, mit einem Schöpflöffel darauf herumtrommelnd. Andere kamen hinterher und schlugen auf Töpfe und Eimer, bis der Krach ohrenbetäubend war.

»Ich bring dich um – morgen früh!« sagte Eben, als er mich niedersetzte und die Tür vor Nats Gesicht zuschob.

Sie schlugen und trommelten auf ihrem Blech herum, bis sie schließlich müde wurden, aber Eben und mir war es einerlei. Die ganze Liebesnacht hindurch schien die traumgleiche Musik immer weiterzugehen: zuerst der Rhythmus der Fiedler und Tänzer unten, bis das ganze Haus wie ein Schiff schwankte; später, als endlich das Tanzen aufhörte, konnten wir die Musik zu sentimentalen Liedern übergehen hören. Man sang »Sonny Doon« und »Willie der Wanderer« und »Die Blumen im Walde«.

Während ich dalag, eng von Ebens Armen umschlungen und der Musik lauschend, überkam mich Müdigkeit. Jemand sang »Das Schloß von Dromore« und wieder verschob sich das Traumbild. Ich war ein kleines Mädchen in den Armen meiner Mutter, halb im Schlaf auf ihrem Schoß vor dem Feuer. Ihre weiche Stimme sang mein schönstes

Schlaflied, während ihre Hände mir sanft das Haar kämmten:

Die Blätter fallen all im Herbst
  Um Schloß Dromore da weht der Wind.
Doch drinnen ist es hell und warm
  Mein liebes schönes Herzenskind.
Die Blätter fallen und vergehen,
  Meine Frühlingsblume du.
Sing still still schuscha lulla
Sing still still schuscha lu.

Mag uns jetzt nichts bedrohen,
  Meinem Kind und mir kein Weh,
Der böse wilde Wassergeist,
  König Owens Totenfee.
Mag Sankt Marie uns gnädig sein,
  Legt ein gut Wort im Himmel ein.
Sing still still schuscha lulla . . .

Und dann, in meinem Traum, war ich es selbst, die meinem kleinen Sohn das Lied vorsang, ihn in seiner Wiege schaukelnd:

Sing still still schuscha lu.

»Owen Kimbell.« Ich flüsterte seinen Namen in der weichen Dunkelheit. »Owen«, nach meinem Vater genannt. Nun schlief mein Kind, und ich ging hinüber, um das Fenster zu schließen. Von ferne hörte ich das Muhen, das traurige Muhen einer Kuh. Ich stand und lauschte in der Dämmerung.

Eben sagte: »Komm zu Bett, Frau.«

Aber ich konnte nur an das Muhen der Kuh denken, das mich rief. In meinem Traum verließ ich mein Kind, das in der Wiege schlief, und meinen Mann, halb eingeschlafen im Bett. Ich ging hinab über die Wiese, das nasse Abendgras kalt unter meinen bloßen Füßen. Hinter mir in dem dunklen Haus begann mein Kind zu schreien, aber ich ging weiter, hinab zur Küste und zum Ebbstrand, der silberweiß weit in die Bucht hinausreichte. Das Muhen der Kuh zog mich vorwärts, bis dorthin, wo das schwarze Boot wartete und das Horn mich rief – wo Clootie mich rief mit dem dunklen Horn: »Komm, Nora ...«

Beim Anblick des Drachenbootes, beim Anblick von Clootie erstarrte ich. Im Traum blieb ich stehen, und das Entsetzen überlief mich. Das dunkle Horn rief mich, rief mich, aber auf irgendeine Weise konnte ich mich losreißen, ich wandte mich um und rannte zurück, voll Angst durch meinen Traum fliehend, mit dem Schrecken des Alptraums, zurück über den Sand in der Dämmerung, zurück über die weite Wiese, zurück in mein Haus und die Treppe hinauf. Ich riß mein Kind aus seiner Wiege und weinte vor Erleichterung, erleichtert, daß ich entkommen war, erleichtert, daß ich immer noch mein eigenes Kind in den Armen hielt ...

... Ich erwachte aus meinem Traum des Erinnerns. Ich erwachte weinend, die Augen blind vor Tränen. Ich konnte nicht aufhören, zu weinen, selbst als ich endlich ganz erwacht war, denn mein Traum blieb mir vollständig und klar im Bewußtsein. Ich wußte, daß alles wahr war, alles – alles außer dem Ende. Das war das Leben, das ich verloren hatte. Alles war mir wieder eingefallen, und der Kummer des Verlorenen war zu groß, als daß ich hätte aufhören können zu weinen.

Der kleine Prinz, das Kind, das nicht mein eigenes war, lag immer noch in meinen Armen, wach nun und hungrig, laut mit mir zusammen weinend und mit seinen kleinen Händen gegen meine Brust stoßend: Er wollte seine Milch. Ich konnte seinen Hunger nicht abweisen, und ließ ihn saugen. Doch während ich ihn stillte, fielen meine Tränen weiter und liefen über mein Gesicht, denn mein Herz fragte und fragte: Was ist aus meinem kleinen neugeborenen Sohn geworden? Wie konnte ich ihn verlassen? Wie konnte ich?

Die Sonne stand nun tief, und die über die Wände spielenden Lichtreflexe hatten sich rosa gefärbt, ein immer dunkleres Rosa, das langsam zu Rot wurde, bis das Zimmer in Flammen schien, die in Wellen über die im Dunkel versinkenden Wände wogten und zogen.

Ich saß und weinte in dem Raum, von dem ich nun wußte, daß er mein Gefängnis in einem fremden Land war.

Der Mann: Eben. Nora kam in jener Nacht nicht mehr zurück ins Bett. Ich hörte, wie sie vom Fenster zur Türe ging. Ich wollte sie zurückrufen, aber es gelang mir nicht mehr, ganz wach zu werden. Ich konnte mich noch nach ihr umdrehen, aber ich sah nur, wie sie ging, wie sie durch die Tür verschwand, sah ihr weißes Hemd in der dunklen Türöffnung und ihr langes schwarzes Haar, das ihr über den Rücken hing.

Schläfrig fühlte ich Enttäuschung, das war alles, ein wenig Beleidigtsein. Zum Teufel mit ihr, dachte ich. Was will sie jetzt noch unten? Ich hörte auch, wie die Kuh muhte, einen fernen Laut wie ein Hornruf, aber es schien nichts Besonderes, nichts, worum man sich hätte kümmern müssen. Ich lag im Bett; meine Glieder wurden mir schwer. Es war nicht der Schlaf, sondern ein Gefühl toten Gewichts, so schwer, daß ich hellwach wurde und einen verschwommenen Schrecken empfand. Etwas stimmte nicht mit mir. Etwas stimmte nicht! Und Nora blieb zu lange fort. Ich wollte aufstehen, aber ich konnte nicht. Es war, als ob ein Gewicht auf mir lastete, mich an das Bett heftete. Panik überkam mich, als ich versuchte, mich zu befreien. Ich konnte meinen eigenen schweren Atem in dem ruhigen Zimmer hören. Auch das Kind mußte ihn gehört haben, denn es brach in lautes Weinen aus, das anhielt und anhielt und nicht enden wollte. Ich konnte es nicht ertragen. Ich versuchte zu schreien, aber nicht einmal das brachte ich fertig. Eine übermächtige Gewalt hielt mich fest, hilflos und stumm im Bett. Die Hilflosigkeit hatte etwas Alptraumhaftes.

Dann plötzlich war ich frei, als ob ich mich von klebrigem Leim gelöst hätte. Ich sprang auf, kam stolpernd auf die Füße und taumelte wie ein Betrunkener durch das Zimmer. Ich beachtete das Kind nicht, Nora wollte ich finden. Etwas war nicht in Ordnung, etwas, was ich nicht verstand, aber spürte.

Ich sah ihre Spuren, wo sie durch die feuchte Wiese gegangen war. Das Gras, schwer vom Abendtau, war zur Seite geschoben; ich folgte hinab zur Küste. Ihre Fußspuren führten über den Ebbstrand, in einer schnurgeraden Linie bis zum Rand des Wassers, und die Flut hatte begonnen! Schreckerfüllt rannte ich, wie ein Verrückter, über den Strand bis zum Wasser. Ich watete weiter, rief und schrie, versuchte in der Dunkelheit irgendein Zeichen von ihr zu Gesicht zu bekommen, aber unter dem niedrigen Halbmond lagen nur die dunklen Wellen des Meeres.

Ich wollte mich ertränken, wie sie es getan haben mußte. Was sonst hätte ich denken können? Es gab keinen Grund für sie, hier ins Meer hinaus zu gehen. Doch obwohl ich weit hinauswatete und meine Kräfte nachließen, wie ich schrie und um mich schlug, vermochte ich es nicht, mich auf den Grund sinken zu lassen. Endlich stolperte ich zurück an den Strand und lag da, triefnaß und eiskalt, vor Erschöpfung keuchend und schluchzend.

Schließlich erhob ich mich und ging das Ufer entlang. Ich ging die ganze Nacht, zuerst in die eine Richtung, dann in die andere. Meile nach Meile. Ich konnte nicht anhalten. Ich suchte irgendein Zeichen. Die Kälte spürte ich nicht. Innerlich war ich wie betäubt, aber ich klammerte mich noch an eine schwache Hoffnung, daß ich sie finden würde. Ich wußte, daß sie gut schwimmen konnte; es würde ihr nicht leichtfallen, sich zu ertränken. Wenn ich es nicht konnte, so dachte ich, konnte sie es auch nicht. An diesem Gedanken hielt ich mich fest, aber ich fand sie nicht in dieser Nacht und nicht am nächsten Tag. Ich weiß nicht, wann ich aufhörte zu suchen, aber ich dachte endlich an Owen, meinen kleinen Sohn. Ich dachte an Owen und ging endlich heim.

Als ich mich dem Haus näherte, erwartete ich, das Kind vor Hunger brüllen zu hören, aber alles war still. War er tot? Hatte ich ihn auch sterben lassen? Mein Herz stürzte wie ein Stein in einen grundlosen Brunnenschacht, und voller Furcht stieß ich die Tür auf. Bab Magga stand da und hielt Owen in den Armen, ihr rotes Haar fiel verworren nach allen Richtungen aus dem Knoten, der es zusammenhalten sollte, und ihre dunklen Augen glänzten erregt.

»Du bist mir ein schöner Vater!« begrüßte sie mich. »Läßt das kleine Kind ganz allein. Wär ich nicht vorbeigekommen, weiß Gott, was er dann hätte anfangen sollen! Was zum Teufel hast du denn getrieben, Eben? Und wo steckt die Mutter von dem kleinen Liebling hier?«

Aber ich konnte es ihr nicht sagen. Ich wußte die Antwort nicht.

Sie grinste mich an, wie eine Katze mit einem Topf Sahne.

»Über und über naß! Und im Nachthemd! Was hast du gemacht? Vielleicht deine Frau ertränkt?«

Mir war plötzlich schlecht.

»Verschwinde! Fort!« sagte ich, aber meine Stimme war so schwach, daß es wie ein ersticktes Flüstern klang. Ich wollte sie anschreien, aber ich besaß nicht mehr die Kraft dazu.

»O nein«, sagte sie. »Wer würde sich um den lieben kleinen Jungen kümmern? Tom Haggett kam vorbei und fand dein Haus ganz verlassen, und der Kleine schrie sich die Lunge aus dem Leib. Tom konnte sich ums Vieh kümmern, aber das Kind konnte er nicht gut füttern, hm? Da hat er mich geholt. Ich habe dem Kleinen schon drei Fläschchen Milch gegeben, so hungrig war er.«

»Du bringst ihn noch um«, sagte ich.

»O nein, mein Guter. O nein! Da gibt es nicht viele, die wüßten, wie man die Milch für so ein kleines Kind mischen muß, beinahe neugeboren. Niemand sonst hier in der Gegend, das steht einmal fest. Aber mach dir keine Sorgen, mein Lieber. Ich weiß, wie ich mich um ihn kümmern muß.«

Das Glitzern in ihren Augen hielt mich fest. Ich fühlte mich wie ein Kaninchen, das in der Schlinge erstickt. Meine Beine begannen zu zittern. Ich fiel in einen Stuhl am Tisch und vergrub mein Gesicht in den Händen. Es war mir so schlecht, daß ich ihren Anblick nicht aushalten konnte.

Zum ersten Mal hatte Bab Magga mein Haus betreten, und das allein war Schreck genug, denn ich hatte gedacht, ich wäre sie endlich los. Vor langer Zeit, als ich ein Junge war, war sie ein zerlumptes rothaariges Gör, das uns Beschimpfungen nachschrie und mit Dreck warf, wenn wir Jungen an der elenden Hütte vorbeikamen, wo sie mit ihrer alten

Mutter lebte. Wir nannten ihre Mutter eine Hexe, aber sie war ein harmloses altes Wesen, verglichen mit Bab Magga. Denn es kam eine Zeit, wo sie plötzlich eine junge Frau war, ihr Temperament und ihr Haar wie Feuer, voller Teufelei, mit einem wilden Lachen und einer Art, daß ihr die Jungen hinterherliefen. Es machte ihr nichts aus, einen Jungen ins Gebüsch zu zerren, wenn sie danach aufgelegt war, und wenn nicht, dann fiel sie über dich her und biß und kratzte und schrie und trat wie der Satan. Sie brachte uns immer gegeneinander auf, und wir brachten uns blaue Augen und blutige Nasen bei, und sie lachte und ging nicht immer mit dem Sieger.

Ich wußte nie, daß sie mich den anderen vorzog – bis ich anfing, mit anderen Mädchen zu gehen – und dann lauerte sie mir auf und sagte: »Mit dir hab ich ein Hühnchen zu rupfen!« O ja, und sie rupfte es kahl. Sie schrie herum und machte mir eine Szene, daß ich sie vernachlässigen würde. Aber sie zeigte ihr Gefühl nie in der Öffentlichkeit, nur wenn sie mich allein abfing. Manchmal konnte sie dann honigsüß sein, und manchmal bekam sie mich dann herum, und manchmal nicht. Es war Liebe und Haß zwischen uns von Anfang an, oder doch was ich für Liebe hielt. Aber als ich dann Nora traf, entdeckte ich, was Liebe ist. Bab Magga hatte von da an kein Glück mehr bei mir.

Jetzt war es mir, als ob mein ganzes Leben in einer Nacht auf den Kopf gestellt und zerstört worden wäre. Was mir geschah, ging über menschliches Verstehen – Nora verschwunden und Bab Magga, die dastand und meinen kleinen Sohn in ihren

Armen wiegte, mit ihrem Sahnetopf-Grinsen auf dem Gesicht.

Ich könnte sagen, daß ich sie wegen des Kindes bleiben ließ. So dachte ich mir es zumindest damals. Nun weiß ich, daß ich von Anfang an unter ihrem Bann stand, und daß ich damals, als ich sie dort fand, bereits hilflos gegen sie war. Es gab keinen Weg für mich, ihr zu entkommen.

Alles, was ich von diesen ersten Tagen behalten habe, ist das, daß ich krank am Herzen war und beinahe verzweifelt über meiner Liebe zu Nora. Es war mir völlig gleichgültig, wer sonst noch im Haus war. Ich konnte nur an Nora denken. Ich mietete mir ein kleines Boot, denn damals besaß ich selbst noch keines, und verbrachte Tage damit, die Küste abzusuchen, voller Angst, ich würde ihren ertrunkenen Leichnam finden, aber immer weitersuchend. Nun weiß ich kaum mehr, wie ich die Tage überstand, aber abends ging ich gleich in das Dorfwirtshaus und saß dort und trank bis zur Besinnungslosigkeit, bis Jeb, der Wirt, mich hochzerrte und aus der Tür schob. Ich erinnere mich, daß ich allein sein wollte; die Gespräche, die stattfinden mochten, waren mir gleichgültig.

Aber eines Nachts sah ich auf und sah meinen Freund Johnny Huntley, und es kam mir auf einmal merkwürdig vor, daß er all die Abende nichts mit mir gesprochen hatte, die ich dort gewesen war.

»Setz dich her, Johnny, mein Alter«, sagte ich. »Trink ein Glas mit mir.«

»Mit solchen, die ihre Frau ersäufen, trinke ich nichts«, sagte er kurz, und ich war starr. Ich saß da und konnte nicht glauben, was ich gehört hatte.

»Wie zum Teufel soll ich das verstehen?« fragte ich ihn.

»Wie du willst«, antwortete er. »Wir denken es alle, aber nur du weißt, ob es wahr ist oder nicht.«

»Du bist kein Freund, wenn du das denkst!« Ich stand auf und rief den Wirt. »Jeb!« schrie ich. »Was zum Trinken für alle hier, aber nicht für diesen verleumderischen falschen Hundesohn, der kein Freund von mir ist!« Und ich leerte meine Taschen auf den Tisch aus.

»Nein«, sagte Jeb, »du kannst hier trinken, denn ich hab ein öffentliches Gasthaus, aber mit dir trinkt hier niemand. Also steck dein Geld wieder weg.«

Da schaute ich mich um und sah die Gesichter der Männer dort. Es waren alles meine Freunde gewesen, oder doch zumindest meine Nachbarn, aber keiner gab mir irgendein Zeichen der Freundlichkeit. Einige sahen weg, und andere starrten mich mit unbewegtem Gesicht an. Es war klar, daß sie alle dachten wie Johnny, und der Zorn überkam mich, daß sie denken konnten, ich hätte Nora je irgend etwas getan.

»Ihr sollt alle in eurer eigenen stinkenden Galle ersaufen«, schrie ich sie an. »Euch soll das Getränk in den Gläsern zu Salzwasser werden, und ihr sollt alle am Durst krepieren! Ich biete euch nichts mehr zum Trinken an!« Und ich verwünschte sie alle mit ihren Mordgedanken, ging und kam nie mehr dorthin zurück.

Von da an trank ich mein Quantum daheim. Mein Kummer war so mächtig, daß nur das Trinken mir das Leben überhaupt noch erträglich erscheinen ließ. Aber ich hätte meine Sorge besser in einem Eimer Schweineschlempe ersäuft, denn alle diese Abende endeten, einer wie der andere, damit, daß Bab Magga mich tröstete und daß ihre Arme um mich waren, und sie in meinem Bett, und ich doch nichts von ihr wollte. Wie das Trinken schien sie mir zu helfen, meinen Schmerz zu ertragen, oder so schien es mir doch zunächst. Vielleicht trieb mich die Bitterkeit, die ich meinen Freunden gegenüber empfand, sie zu heiraten, oder vielleicht hatte ich auch gar keine andere Wahl. Jetzt bin ich gewiß, daß sie das Gerücht in Umlauf gesetzt hatte, ich hätte Nora ertränkt. Hätte ich es damals gewußt oder auch nur gedacht, hätte ich sie eher getötet als geheiratet.

Aber ich habe sie geheiratet. Es war keine kirchliche Hochzeit, denn davon wollte Bab Magga nichts wissen. Wir wurden jenseits der Grenze getraut, wo es nur zwei Zeugen braucht, und nicht einmal einen Geistlichen, damit es gesetzlich ist. Als Zeugen hatten wir zwei alte Weiber in Schwarz, die gackerten und kicherten wie Krähen über einem Stück Aas.

Es war ganz anders als meine erste Hochzeit in der alten Kirche von St. Inigoes in Fenwyck-Free. Ah! Das war herrlich! Und als ich Nora den Ring ansteckte und sie küßte, wußte ich, daß ich der glücklichste Mann auf Gottes grüner Erde war.

Nora King war sie vor unserer Heirat gewesen, und sie lebte mit ihrer verwitweten Mutter in Fenwyck-Free. Elf Meilen waren es über das Moor von unserem Bauernhof, wo ich mit meinem Bruder Nat lebte. Seit Vater und Mutter gestorben waren, hatten wir den Hof zusammen bewirtschaftet. Nat ging unter die Soldaten nach meiner Heirat, und jetzt ist er tot, und seither habe ich ihn oft vermißt. Nicht daß er nicht eine große Plage gewesen wäre, als ich damals um Nora warb. Er konnte sehen, daß es mir ernst war, und versuchte immer, mir Knüppel zwischen die Beine zu werfen.

Da war der Abend, an dem ich Nora zu einem Tanz abholen sollte, und ich hatte das Geschirr geputzt, bis sich die Sonne verstecken konnte. Ich zog mein bestes Sonntagszeug an und ging hinaus; die braune Stute hatte ich vor die Kalesche gespannt. Die braune Stute war auch noch da, aber der Wagen war weg. Ich fluchte und schrie nach Nat, ich wußte ja, daß er irgendwo im Versteck lag und sich kaputt lachte. Ich konnte nichts anderes nehmen, denn der Karren stank nach Mist, und dem Marktwagen fehlten zwei Räder, die im Teich lagen. Der Heuwagen stand in der Scheune, noch hoch mit Heu beladen. Ich war so verzweifelt, daß mir sogar der Gedanke kam, das Heu abzuladen und mit dem Heuwagen zum Tanz zu fahren. Aber als ich mit einer Forke hinaufkletterte, sah ich die Kalesche hinter dem Heuwagen in der Scheune stehen, wohlversteckt. Ich mußte die Arbeitspferde anschirren, um den Heuwagen herauszuziehen, bevor ich an die Kalesche konnte. Ich verfluchte jede Minute dieser Arbeit und ließ das Gespann und den Wagen im Hof stehen. Als er mich endlich in der Kalesche wegfahren sah, kam Nat heraus und wollte sich ausschütten vor Lachen. Wenn es nicht schon zu spät gewesen wäre und ich nicht noch elf Meilen vor mir gehabt hätte, wäre ich noch einmal abgestiegen und hätte es ihm besorgt. So ging es die ganze Zeit. Jeder kleinste Schritt meiner Brautwerbung war wie ein Hürdenrennen. Nat auf der einen und Bab Magga auf der anderen Seite. Aber alles war es wert, Nora heimführen zu können. Sie hat mir gesagt, daß sie vom ersten Mal, als ich mit ihr ausging, nie im Zweifel war.

Wir waren erst zwei Jahre verheiratet, als ich sie verlor, und wie ich jemals töricht genug sein konnte, Bab Magga ins Haus zu lassen, ganz zu schweigen davon, sie zu heiraten – das habe ich nie begriffen, nicht einmal, während es geschah. Sie machte da auch keinen besonders guten Fang, denn mit dem Herzen war ich nicht dabei. Immer öfter kam es zu Händeln und dann zum offenen Streit zwischen uns. Es gab keinen Frieden in unserem Haus, Tag und Nacht. Und das Schlimmste war, daß ich meinem armen jungen Sohn kein Vater war. Dafür sorgte Bab Magga. Sie verdrehte uns beide so und hetzte uns so gegeneinander, daß wir schließlich unseren bloßen Anblick haßten. Ja, so etwas wußte sie immer schlau anzustellen.

Der Sohn: Owen. Ich heiße Owen, nach meinem Großvater. Der ist auf See geblieben. Meine Mutter habe ich auch verloren, als ich gerade vier Tage alt war, und mein Vater hat Bab Magga geheiratet, die schlimmste Frau, die es je gegeben hat.

Weil ich erst ein neugeborenes Kind war, hat er sie ins Haus gebracht, denn er konnte mich nicht versorgen, als meine Mutter weg war. Nur Bab Magga hatte das Wissen und die Hexerei, um mich am Leben zu halten. Aber dann konnte man sie nicht wieder loswerden. Dann war es ihr Haus.

Sie sagten im Dorf, mein Vater habe meine Mutter ertränkt, aber ich wußte, daß es gelogen war. Mein Vater hörte nie auf, um sie zu trauern. Im Rausch, wenn er starken Whisky trank – er und Bab Magga zusammen, wie sie es Nacht für Nacht beim Lampenlicht taten –, erzählte er immer, wie er unter einem Bann gelegen hatte und hörte, wie meine Mutter aus dem Haus ging – und er konnte nicht aufstehen – seine Glieder gehorchten ihm nicht – da lag er und hörte sie gehen, wie in einem Alptraum. Als er aufstehen konnte, folgte er ihr. Es war leicht zu sehen, wo sie gegangen war, durch die feuchte Wiese. Er folgte der Spur, die zur dunklen Küste hinabführte. Und ihre Fußspuren, die über den Strand bis ans Wasser führten. Die Flut kam, und kein Zeichen mehr von ihr.

Er rief und schrie und ging beinahe bis zu den Schultern in das kalte Wasser und schrie ihren Namen, aber er konnte sich nicht ertränken, so wie sie es sicher getan hatte. Was konnte man sonst denken? Nur, daß sie ins Meer hinausgegangen war und sich ertränkt hatte. Den Grund dafür konnte er nicht fassen.

»Ein Bann lag auf uns beiden«, sagte er zu Bab Magga.

Und Bab Magga sagte dann immer: »Ah, das war der Bann eines Seegespensts. Und ach, wie schade! daß sie nicht wußte, wie man den Zauber abwenden kann! Wenn es nun wieder käme – *mich* bringt niemand hinab ans Meer, um *mich* unter Wasser zu ziehen. Böse Gespenster leben im dunklen Wasser, aber mich könnten sie nie fangen, weil ich weiß, wie man sich gegen sie hüten muß. O ja, und ich weiß auch, wie man den bösen Zauber gegen die wendet, die mir schaden wollen!«

Und sie wußte auch weh zu tun, wußte, wie man ein Kind dazu bringt, daß es etwas falsch macht, damit sie es bestrafen kann, und wie man aus einem Kind etwas macht, was nie aus ihm hätte werden sollen, und sich dann höhnisch daran freut, was aus ihm geworden ist. Sie hat aus mir eine Kreatur voll Haß und Furcht gemacht. Sie hat sogar meinen eigenen Vater gegen mich gekehrt, daß er meinen Anblick haßte, und niemand da war, mir zu helfen.

Ich glaube, als ich klein war, muß Bab Magga sanft mit mir umgegangen sein, denn ich kann mich nicht an die Angst erinnern, die dann später kam. Vielleicht war sie sich in diesen ersten Jahren ihrer Macht über meinen Vater noch nicht ganz sicher und behandelte mich deshalb vorsichtig. Aber als ich älter wurde und groß genug war, meinem Vater auf dem Hof zu folgen, da, erinnere ich mich, begann ihr Haß sich um mich zusammenzuziehen, und es kamen die Strafen, die ich nicht vermeiden konnte, auch wenn ich versuchte, brav zu sein. Ihr Lachen und ihre Wut waren dasselbe – beide grausam. Mit kleinen Grausamkeiten fing es an. Sie überlistete mich, so daß ich ungehorsam war, und bestrafte mich dann. Oder sie zwickte mich plötzlich hart unter dem Tisch, beim Essen, daß ich in Tränen ausbrach und mein Vater ärgerlich wurde und mich ohne Essen ins Bett schickte. Sie verängstigte mich mit schrecklichen Drohungen und erzählte mir, die Seegespenster würden kommen und mich holen, wie sie meine Mutter geholt hatten. Diese Drohung erfüllte mich mit besinnungsloser Angst, aber schließlich schienen mir selbst die Seegespenster weniger schrecklich als Bab Magga.

Als ich klein war, nahm sie mich jeden Abend mit in den Kuhstall, wo ich auf einem Schemel an der Wand saß, während sie die Kühe fütterte und molk und den Dung wegharkte. Die Stallkatzen flohen, wenn sie kam, und verbargen sich im Schatten, wo ihre Augen wie grüne Funken im Laternenlicht glühten. War mein Vater im Stall, so kamen die Katzen schnurrend und rieben sich an seinen Beinen. Eine alte, dreibeinige Katze war besonders freundlich. Mein Vater sagte, es sei der Liebling meiner Mutter gewesen. Eines Abends, als Bab Magga oben auf dem Heuboden war, strich mir diese alte Katze schnurrend um die Füße, so daß ich sie in die Arme nahm und mein Gesicht und all mein Elend in ihrem weichen warmen Fell vergrub.

Da plötzlich wurde mir die Katze aus den Armen

gerissen; sie kratzte mich, als sie am Schwanz weggezerrt wurde. Ich fuhr hoch und schrie, aber Bab Magga war voll kalter Wut. Vor meinen Augen hieb sie die schreiende Katze mit voller Wucht gegen einen Balken. Als sie das Tier zu Boden schleuderte, lag es schlaff und zerbrochen da. Voller Angst schluchzte ich laut, aber sie lachte und hieß mich wieder auf meinen Schemel sitzen. »Hinsetzen, du quiekendes Ferkel!« flüsterte sie zornig. »Und wenn du heulst, mach ich's mit dir genauso. Sollst sehen! Ich schlag dich zu blutigem Brei!«

Wie betäubt saß ich da und verschluckte meine Tränen. Ich erstickte beinahe an der Angst, die mir den Magen umdrehte und die mich nach diesem Abend nie mehr verließ.

Bab Magga behielt mich immer bei sich, und immer hatte ich Angst vor ihr. Ich wäre lieber mit meinem Vater gegangen, aber sie sagte: »Dein Vater will nicht, daß du ihm ständig hinterherläufst. Du erinnerst ihn zu sehr an deine Mutter, dafür haßt er dich.« Ob es wahr war oder nicht, das war's, was sie mir immer sagte, so oft, daß ich es schließlich glaubte.

Sie hatte immer etwas für mich zu tun, selbst als ich noch klein war. Und wenn ich meine Arbeit getan hatte, nahm sie mich mit, wenn sie wilde Kräuter und Pilze sammelte, und alle möglichen widerlichen Dinge – alte stinkende Knochen und Larven und Aaskäfer, die sie aus verfaulten Kadavern herausstocherte. Sie scheuchte selbst Schlangen unter Steinen hervor und fing sie mit einem gegabelten Stock und warf sie in ihren Jutesack. Das

Zeug nahm sie dann mit nach Hause und kochte es in einem großen Kessel zusammen, und bei dem Geruch wäre es einem Pferd schlecht geworden.

Ich war sicher, daß mein Vater nichts mit mir anzufangen wußte; aber wenn er mich haßte, haßte er doch Bab Magga auch. Er stand früh auf und kam spät nach Hause, nachdem er lange nach Sonnenuntergang noch auf den Feldern gearbeitet hatte. Vielleicht hielt er den Geruch im Haus nicht aus, obwohl ich mich nur an ein Mal erinnern kann, wo er darüber etwas zur ihr sagte.

»Als Nora hier war, war dieses Haus voller Blumen«, sagte er. »Jetzt stinkt es wie der Tod, oder noch schlimmer.«

Aber Bab Magga schrie: »Die Nora! Wenn man dich hört, dann konnte sie kopfüber in einen Misthaufen springen, und hinterher noch nach Rosen riechen!«

Mein Vater schrie zurück, und ich dachte, er würde sie schlagen, aber etwas schien ihn plötzlich zurückzuhalten, wie ein Pferd, das man scharf am Zügel zieht. Dann fing Bab Magga zu lachen an, und er drehte sich einfach um und warf die Türe hinter sich zu. Meistens redete er gar nicht mit ihr, außer wenn sie spätnachts zusammen tranken.

Ich war etwa fünf Jahre alt, als ich beschloß, wegzulaufen. Ich stand einfach eines Morgens auf und ging fort. Ich nahm nichts mit. Ich fing einfach an zu gehen, ohne der Straße zu folgen. Ich wanderte durch die hintere Wiese und durch den Wald und den Hügel hinauf. Als ich über die Felder, Täler und Wiesen auf der anderen Seite sah, erblickte ich die dunklen Hügel und die Berge dahinter, violett, neblig-verschwimmend und fern. Ich wußte, daß ich dorthin gehen würde, und kam mir vor wie auf einer Reise ans Ende der Welt.

Als ich den nächsten Hügel erstiegen hatte, war ich erhitzt und müde, und so setzte ich mich inmitten einer Schafherde nieder und sah den Schafen zu. Sie rupften das karge Gras zwischen den grauen Steinblöcken des Abhangs und beachteten mich nicht. Ich hatte Hunger und Durst, aber es gab nichts zu essen oder zu trinken. Ich wünschte mir, wie ein Schaf Gras essen zu können.

Ein Schwarm schwarzer Vögel flog über mich hinweg, und Furcht durchzuckte mich. War unter ihnen Bab Maggas Dohle, die mich ausspionieren sollte? Ich stand auf und lief den Hügel hinunter; meine Beine flogen mechanisch auf und ab, und das Herz pochte mir wie eine Faust gegen die Rippen. Ich kletterte über Steinmauern und kämpfte mich durch das Bett ausgetrockneter, mit Gebüsch überwachsener Bäche und ging Meile nach Meile. Ich fand einen Elfenring von Pilzen, die ich aß, und Wasser in einer Quelle, aber meine Füße schmerzten, und ich war todmüde und ausgehungert, als ich am Spätnachmittag ein Bauernhaus und Stallungen unter mir am Hang liegen sah. Ich freute mich sehr, denn ich dachte, hier endlich einen sicheren Ort, weit weg von Bab Magga, erreicht zu haben.

Die Bauersfrau gab mir einen Becher Milch und etwas Brot, und ich war so erleichtert und zutraulich, daß ich Dummkopf ihnen meinen Namen sagte. Der Bauer sattelte ein Pferd.

»Komm mit, mein Junge«, sagte er. »Ich bring dich dann heim.«

»Nein!« schrie ich und wich zurück. »Nein! ich will nicht heim!« Und ich begann zu weinen.

»Dann machen wir einfach einen kleinen Spazierritt«, sagte er lächelnd, und ich, armer kleiner Blödian, lächelte zurück und wischte mir die Tränen ab. Er setzte mich vor sich aufs Pferd und fort ging es. Es gefiel mir ausnehmend gut, hoch oben im Sattel. Wir ritten lange durch die Hügel in der Abenddämmerung. Ich schlief schon beinahe, als er das Pferd anhielt und zu jemand sprach.

»Hier ist euer kleiner Junge«, sagte er. »Weggelaufen ist er.«

Ich öffnete die Augen, und es war schon fast Nacht. Da stand Bab Magga wie ein böser Traum, und wir waren in unserem eigenen Hof.

»Vielen Dank, daß Ihr den lieben Kleinen zurückgebracht habt«, sagte sie, ganz honigsüß. »Ach, weglaufen würde er nie. Er muß sich verirrt haben. Er wandert gerne in der Gegend herum.«

Ich wollte nicht absteigen, aber der Mann hob mich vom Pferd, und dann hielt mich Bab Magga am Arm fest, und die Furcht in mir war so groß, daß ich nicht wagte, zu schreien oder zu widersprechen. Ich wußte, daß ihr zuckriges Gerede falsch war.

»Ihr bleibt doch und trinkt einen Schluck Whisky«, sagte sie.

»Nein, das tu ich nicht«, antwortete er grob. »Gute Nacht.« Und er ritt den Weg zurück, den wir gekommen waren.

Ich konnte nur daran denken, daß er mich an Bab

Magga verraten hatte und daß ich niemandem auf der Welt je wieder trauen würde.

Als er in der Dunkelheit verschwunden war, fiel Bab Magga über mich her.

»Du Teufelsbraten«, zischte sie, jetzt wieder voller Gift. »Weglaufen willst du also!« Und sie gab mir eins über den Kopf. »Dein Vater und ich haben einen ganzen Tag damit verschwendet, nach dir zu suchen, und du bist keine Kerze wert, um dir den Weg zur Hölle zu leuchten! Er ist jetzt noch draußen und läuft durch den Wald, anstatt seine Arbeit zu besorgen. Ah, du wirst sehen, wie er dich verprügeln wird, wenn er zurückkommt!«

Mein Vater hatte mich nie geschlagen, obwohl er mich oft genug angeschrieen hatte. »Er wird mich nicht prügeln!« rief ich. »Er wird es nicht!« Ich war mir durchaus nicht sicher, daß er es nicht tun würde, weil ich wußte, daß ich etwas Furchtbares getan hatte. Aber ich stellte mich gegen sie und schrie: »Du kannst es tun. Es ist mir gleich. Aber ich weiß, er wird es nicht tun!«

Dies versetzte sie so in Wut, daß sie mich mit beiden Armen griff und mich durch den Hof zum Schweinestall zerrte. Sie hob mich hoch über ihren Kopf, während ich strampelte und kreischte.

»Weglaufen will er!« schrie sie. »Ich sorge dafür, daß du nicht mehr wegläufst! Ich werf dich der alten Sau vor, die frißt dir die Füße ab! Auf den blutigen Stümpfen läufst du nicht mehr weit!«

Die große fette Muttersau war unter mir in ihrem Pferch, schnaubend und grunzend, als mich Bab Magga durch die Luft schwang. Das riesenhafte Tier mit seiner langen stinkenden Schnauze ragte vor mir auf.

»Was zum Teufel soll das geben, du schwarze Höllenhexe?«

Es war meines Vaters Stimme.

Er tauchte so unerwartet auf, daß Bab Magga erstarrte, mich immer noch hocherhoben haltend.

»Das Gör ist weggerannt«, keuchte sie, »aber er wird nicht noch einmal wegrennen!« Und sie warf mich hinunter in den stinkenden Schlamm des Schweinekobens.

Die Sau quiekte und wich aus, aber dann drehte sie um und kam auf mich zu; die großen Kiefer mahlten, lange Speichelfäden hingen von ihrem Kinn. Ich schrie und stolperte im Dreck herum – ich rutschte aus, als ich weglaufen wollte. Dann war plötzlich mein Vater über den Zaun gesprungen und hatte mich in seine Arme gezogen. Ich schrie noch lauter; ich konnte den Zorn in seinen Händen spüren. Doch sein Zorn galt nicht mir. Er hielt mich fest, preßte mich eng an sich und trug mich, der ich mich strampelnd wehrte, zum Haus. Sein rauhes bärtiges Gesicht war gegen meines gedrückt, während er schreckliche Flüche murmelte.

»Verdammt!« sagte er. »Verdammt soll die üble Hexe sein! Verdammt zur Hölle! Ich bring sie um, Junge. Sie wird dein Leben nicht wie meines zu einer Hölle machen. Jetzt ist es gut, mein Junge, jetzt ist es gut.« Er beruhigte mich und umarmte mich. »Sie wird dir nichts tun, Kleiner. Sie sagen, ich hätte die Mutter ertränkt. Du weißt, daß das gelogen ist. Das weißt du, Junge. Nie hätte ich Nora etwas angetan.

Aber, vor Gott sag ich's, Bab Magga ersäufe ich. Ich will verdammt sein, wenn ich es nicht tue!«

Er fuhr fort, sie zu verfluchen, aber die Flüche klangen mir wie Liebkosungen. Langsam wurde mir klar, daß ich in Sicherheit war, und aus meinem Schreien wurde Schluchzen, als ich mich an ihn klammerte.

Ich kann mich erinnern, wie er mir den Schmutz abwusch, liebevoll und vorsichtig, aber ich weiß nicht mehr, wie ich zu Bett gebracht wurde oder einschlief. Ich weiß, daß ich schlief, tief und erschöpft, und friedlich, da ich wußte, daß ich die Liebe meines Vaters wieder hatte, wie eine warme dicke Decke, in der Dunkelheit um mich geschlagen.

Aber als ich erwachte, war mein Vater verschwunden, und Bab Magga mit ihm. Sobald ich mir den Schlaf aus den Augen rieb, spürte ich, daß ich allein im Haus war, aber ich fühlte mich sicher. Ich dachte nach. Er hat sie weggebracht, dachte ich, und spürte wilde Freude. Ich hoffte, er hätte sie in seinem Boot aufs Meer hinausgefahren und sie ertränkt. Ich wußte, daß sie beide fort waren, und doch suchte ich ihn im Hof und in den Stallungen. Fadge, die alte Collie-Hündin meines Vaters, lief mir nach und winselte kläglich.

Vom Schweinestall hielt ich mich fern, obwohl ich die Schweine schrill nach ihrem Frühstück quieken hörte. Ich holte Körnerfutter und gab dem Geflügel zu fressen und suchte nach Eiern. Unter einem Brombeerstrauch fand ich ein Gelege. Ich trug die warmen Eier ins Haus und holte mir die blaugeblümte Schüssel herunter, die ich nie anrühren durfte. Eins nach dem anderen schlug ich alle die Eier hinein. Ich nahm einen Laib frischgebackenes Brot und brockte es in die Schüssel, bis sie voll war. Den Rest vom Brot bekam Fadge. Dann ging ich in den Keller an das Milchbord, wo die Reihen der Milchschüsseln standen, auf denen oben dick und golden der Rahm schwamm. Ich schöpfte mir einen großen Löffel Rahm ab und goß ihn in meine Schüssel. Ich holte mir den Honigtopf aus der Speisekammer und nahm mir reichlich. Dann streute ich zwei Händevoll getrockneter Johannisbeeren darüber und setzte mich an den Tisch, um zu essen.

Zum ersten Mal seit vielen Jahren fühlte ich mich sicher. Ich aß langsam und genoß jeden Löffel, und dieses Frühstück schmeckte mir besser als irgendeines, an das ich zurückdenken konnte. Und die ganze Zeit dachte ich daran, daß mein Vater Bab Magga mitgenommen hatte, um sie zu ertränken.

Doch als der Tag verging und die Sonne heißer schien, begann ich zu überlegen, wann mein Vater wohl zurückkommen würde. Dann wurde mir wieder Angst, weil ich an die Seegespenster dachte. Vielleicht waren sie Bab Magga zu Hilfe gekommen und hatten meinen armen Vater in seinem Boot hinuntergezogen in das schwarze Wasser. Ich hoffte nun, daß er sie lieber auf den Galgenberg geführt hätte, um sie dort aufzuhängen. Oder vielleicht hatte er ein großes Feuer aufgeschichtet und sie verbrannt.

Den ganzen Tag stellte ich mir vor, wie sie sterben würde, viele langsame Tode und alle schrecklich, bis sich die Sonne schließlich im Westen senkte und lange Schatten über den Hof und die Felder warf. Ich saß mit dem Hund auf den Eingangsstufen, spürte, wie es kühler wurde, sah, wie die kleinen graublauen Wolken eine nach der anderen aufleuchteten, wie ihre Ränder erst rosa wurden, dann feuerrot wie Kohlen glühten. Das wäre alles, was von einer verbrannten Hexe übrigbliebe . . .

Und da, als ich über die dämmerige Wiese blickte, sah ich Bab Magga zurückkommen, und mein Herz versank im Dunkel, sank zurück in seine Nacht der Angst. Sie kam zurück und zog an einer Kette eine große braune Ziege hinter sich her.

Erwachen: Nora. Als ich im Schloß erwachte – als ich aus dem Traum der Erinnerung erwachte –, konnte ich nur noch weinen. Ich haßte Tränen. Ich hatte Tränen immer gehaßt. Aber es bedurfte einer großen Anstrengung, mit dem Weinen aufzuhören und mich zu zwingen, ruhig nachzudenken. Das Kind war eingeschlafen, und ich legte es in seine Wiege, aber ich selbst wagte nicht zu schlafen. Zu sehr hatte ich Angst davor, mein neugefundenes Gedächtnis wieder zu verlieren.

Ich klammerte mich an meine Vergangenheit wie an mein Leben, und wie ich dasaß, zurückblickend, kamen immer mehr Erinnerungen, sie fielen übereinander, durcheinander wie ein Gewirr verschiedener Fäden. All die kleinen Einzelheiten meines Lebens mit Eben, die glücklichen Augenblicke und die traurigen, der furchtbare Schmerz des Gebärens und die Freude an meinem Kind. Ich wurde in einem großen Schwall von Erinnerungen hin- und hergeworfen, die bis in meine früheste Kindheit zurückführten. Liebevoll verweilte ich bei jeder Szene: Ich half meiner Mutter in der sonnenhellen Küche meiner Kindheit, Krapfen zu machen, und schlug Eier in die blaugeblümte Schüssel meiner Ehe, ich füllte die Wärmekruke mit glühenden Kohlen in einer schwarzen Winternacht, ich fegte knisternde Herbstblätter über den Fliesenboden unserer Küche. Jede Kleinigkeit, aus der mein Leben bestand, wurde geprüft und freudig bestaunt.

Erinnerungen an meinen Vater kamen mir. Ein fröhlicher, schwarzbärtiger Mann in Kapitänsuniform. Beinahe ein Fremder für mich, als ich klein war, denn er war zwei, drei Jahre von zu Hause weg, und dann nicht für lange daheim. Aber ich erinnerte mich auch an den Kummer meiner Mutter, als die Nachricht kam, daß sein Schiff in einem Sturm untergegangen war. Auf See geblieben! Wie uns diese Worte ängstigten. Deshalb war ich früh entschlossen, schwimmen zu lernen. Deshalb war es meine Mutter so zufrieden, daß ich einen Bauern geheiratet hatte, obwohl sie glaubte, ich hätte unter meinem Stand geehelicht; sie hatte so sehr Angst gehabt, ich würde einen Seemann nehmen. Bilder blitzen vor meinem inneren Auge auf: Matrosen in gestreiften Hemden tanzten unter chinesischen Lampions, die, in allen Regenbogenfarben leuchtend, von der Takelage hingen. Ich sah meinen Vater auf dem Deck seines großen Schiffes stehen, der *Sarahnora,* benannt nach meiner Mutter und nach mir – bei einem herrlichen nächtlichen Fest zur Feier einer erfolgreichen Fahrt in das Chinesische Meer. Und die Geschenke, die mein Vater von dieser Fahrt zurückbrachte! Chinesische Puppen in roter und goldener Seide, ein riesiger, aus Papier gefalteter Drache, kunstvolle Holztiger mit vielen Gelenken, mit denen ich herrlich spielen konnte. Und für meine Mutter Seidenbrokat, ein Teeservice aus Kanton, Tontöpfe mit Ingwer und große quadratische Teekisten, in Blumenpapier eingeschlagen. China mußte ein Märchenland sein, dachte ich damals.

Märchenland. Ist dies ein Schloß im Märchenland, fragte ich mich? Ein Märchenland, ganz anders, als ich es mir je vorgestellt hatte. Doch im Nachdenken über den Ort, wo ich nun war – dieses grimmige Schloß aus Stein, das jetzt im Dunkel lag –, fühlte ich das Seltsame, Unwirkliche, Fremdländische. Da stand ich auf, zündete alle Kerzen auf dem Tisch an und sah mich um; ich versuchte, herauszufinden, wo ich wohl sein könnte. Dies war kein englisches Schloß, noch eines, wie ich es in Büchern je gesehen hätte. Schon die Möbel waren so merkwürdig, so seltsam geschnitzt, und die Ornamente der bemalten Hängeschränke waren anders als alles, was ich irgendwann gesehen hatte. Alles schien sich zu verschlingen und zu verdrehen, sich in phantastischen Arabesken ineinander zu verketten und zu verweben. An Tisch und Stühlen lugten groteske geschnitzte Gesichter hinter knorrigen Ästen hervor, und Fabeltiere jagten sich hinauf und hinunter. Ich besah mir die Kleider, die ich trug. Auch sie waren fremd, aus reichen Stoffen, bestickt mit seltsamen Mustern. Und das Kind, das in der Wiege schlief – dieses Kind war nicht mein Kind. Dies war der schrecklichste Gedanke von allen, und wieder überfielen mich die Tränen.

Die Fenster wurden langsam heller, und ich stand auf und sah in eine Zwischenwelt von grauem Nebel hinaus, in der nichts sichtbar war. Ich hatte viele solcher nebliger Morgen gesehen, aber nun war es mir, als ob das ganze Schloß seine Wirklichkeit verlöre, als ob es in Wolken schwebte, als ob es vielleicht draußen keine wirkliche Welt gäbe.

Der Fisch, mit dem Clootie nach mir geworfen hatte, lag immer noch auf dem Steinboden, leblos jetzt und stumpf, ohne seine glänzenden Farben. Ich betrachtete ihn; dann nahm ich ihn beim Schwanz und ließ ihn aus dem Fenster fallen. Ich hörte das Aufklatschen unten im See. Dies gab mir Sicherheit – es gab eine wirkliche Welt dort draußen! Wenn ich mein Gehör anstrengte, konnte ich die schwachen Rufe der Möwen in der Ferne hören, und vor der eisenbeschlagenen Tür hörte ich die Schritte und Stimmen der Wache.

Die Wachen! Mir fiel ein, daß ich jetzt sprechen, daß ich mit ihnen reden konnte! Ich ging zur Tür – sie war nicht verschlossen, und ich machte sie auf. Ich starrte die beiden Männer an, die hier postiert waren. Zum ersten Mal war mir klar, wie fremd ihre Rüstung, ihre Helme waren! Der eine Helm war wie ein Eberkopf geformt, mit Elfenbeinhauern, der andere trug ein Hirschgeweih.

Ich holte tief Atem.

»Wo ist Clootie?« fragte ich. »Ich muß ihn sehen. Bitte sagt ihm, daß ich ihn zu sehen wünsche.«

Sie starrten zurück.

»Sie spricht«, sagte der eine zum anderen.

»Ja, das höre ich«, antwortete der.

»Ich muß Clootie sehen. Gleich. Jetzt sofort!« sagte ich nachdrücklich.

»Von wem redet sie da?« sagte Eberkopf zu Hirschgeweih.

»Du kannst nicht davon ausgehen, daß man Leute von Draußen versteht«, sagte Hirschgeweih und sah durch mich hindurch.

Waren sie schwachsinnig? Natürlich mußten sie mich verstehen. Mit einem leichten Erschrecken wurde mir klar, daß ich *ihre* Sprache redete und nicht die meine.

»Ich muß Clootie sehen«, wiederholte ich fest. »Oder die Erlkönigin. Den einen oder die andere, sofort!«

Die beiden starrten mich grimmig an.

»Sie spricht von der Königin!« knurrte Eberkopf.

Sogar der Wachhund knurrte mich an. Ich sah hinunter, direkt in die Augen des Tieres. Sein Knurren wurde tiefer, und er entblößte bleckend seine Zähne. Dann bellte er plötzlich tief und dröhnend auf und sprang mich an. Ich warf die Tür voll blanken Entsetzens zu. Welch ein Ungeheuer! Der Hund, der mich sonst nie beachtet hatte! Ich war völlig fassungslos.

Ich ließ mich in einen Lehnstuhl sinken und blickte aus einem der Fenster nach Osten in graue Leere. Die Dohle erschien im Fensterrahmen.

»Guten Tag!« piepste der Vogel. »Schlimmen Tag. Tag bricht an. Und als der Himmel plötzlich brach, da ging es durch mich wie ein Schlag. Schläge auf Jacks Rücken! Jacks Rücken!«

»Guter Jack!« sagte ich zärtlich. Um zum ersten Mal bemerkte ich, daß der goldene Ring von meinem Finger verschwunden war. »Elender Vogel!« rief ich. »Du bist der Dieb, der du schon immer warst. Aber du hast meine Erinnerungen zurückgebracht ... Ich glaube, ich sollte dir dafür dankbar sein.«

Aber plötzlich landete ein großer schwarzer Rabe neben Jack auf der Fensterbank. Jack sah ihn erschrocken an und stahl sich vorsichtig mit hochgezogenen Schultern zur Seite. »Brich dir den Rükken! Brich dich in Stücke!« murmelte er.

»O geh fort, häßliches Ding! Husch!« rief ich und schwenkte meine Arme. Aber der Rabe blieb; Jack war es, der erschrocken fortflog.

»Krrrrrraack«, krächzte der große schwarze Vogel. »Und als die Vögel aufgeflogen, erbebte der hohe Himmelsbogen!« Seine Stimme war tief und heiser, sie klang wie durch ein wollenes Tuch hindurch, ganz verschieden von Jacks schrillem Schreien, aber klar wie Menschensprache.

Seine langen Federn zitterten. »Du bist eine Närrin! Mir müßtest du danken. Ich bin Munin. Ich bin das Gedächtnis.«

»Zwei sprechende Vögel«, rief ich. »Das ist zuviel!«

»Zuviel! Zu, zuviel«, wiederholte der Rabe, glukkend wie eine Henne. »Zwei sind im Spiel. Drei sind zuviel.« Und er wandte sich um, breitete seine weiten schwarzen Flügel und schwang sich ins Grau davon.

Ich sprang auf und lehnte mich aus dem Fenster. Aber da war nichts zu sehen, gar nichts.

»Einer wie der andere!« sagte ich laut, ungeduldig. »Einer wie der andere – sprechende Vögel! Was sie sagen, klingt, als ob es einen Sinn hätte, aber es ist Unsinn. Wo bin ich? Wo *bin* ich? Bin ich nirgendwo?«

Es schien wie nirgendwo. Nur Nebel, endlos, unergründlich, undurchdringlich. Wie Erbsensuppe, hätten die Matrosen gesagt. Und er hatte tatsächlich eine leichte grünliche Färbung! Langsam stieg der Garten aus dem Dunst auf. Zuerst nahmen die Bäume Gestalt an, als die Sonne begann, den dichten Nebel zu durchleuchten. Ich war erleichtert – die lange Nacht war vorüber. Ich lehnte über das Fenstersims und sah zu, wie der Garten erschien, erst in weichen, schmelzenden nassen Farben, dann klarer und klarer. Ich konnte hören, wie die Vögel zwitscherten und wie das Wasser der Fontäne sprudelte. Es war ein Zaubergarten, mit exotischen Bäumen und Blumen, wie ich sie nie gesehen hatte. Doch nun erkannte ich zum ersten Mal seine wahre Fremdheit. Und, mehr noch, ich konnte an meine Heimat und mein vergangenes Leben zurückdenken.

Die Erlkönigin: Nora. Die Königin sah mich lange mit ihren silberblauen Augen an, und ich spürte die Kühle von Schnee in diesem ruhigen Blick. Es war, als stünde ich in der Mitte endloser Stille. Ich stand in dem rosenfarbenen Zimmer, und wo ich einst Wärme gespürt hatte, gab es nun keine Wärme mehr.

»Majestät«, sagte ich, »ich habe mich daran erinnert, wo ich hergekommen bin und was ich alles zurückgelassen habe. Ich bin gekommen, um Eure Hilfe für meine Heimkehr zu erbitten.«

Ich wollte weiterreden, aber die Königin unterbrach mich.

»All das wissen wir, Nora«, sagte sie. »Wir wissen alles über dich. Aber sag mir, Nora, wo ist Hjuki?«

Ich war verwirrt. Wenn sie alles über mich gewußt hatte, warum hatte sie mir nie gesagt, wer ich war? Warum hatte sie mich nicht schon lange heimgeschickt?

»Komm, Nora«, sagte die Königin, und etwas Ungeduld zeigte sich in ihrer kühlen Stimme. »Etwas ist Hjuki zugestoßen. Sag mir, wann hast du ihn zuletzt gesehen?«

Es war Clootie, nach dem sie fragte, obwohl sie ihn jetzt Hjuki nannte.

»Als er den Fisch nach mir warf«, sagte ich. »Clootie geriet in eine große Wut, er warf den Fisch nach mir, ich rief, er solle aufhören, und dann war er verschwunden, und meine Dohle kam durch das Fenster geflogen. Es war alles sehr merkwürdig, und ich verstehe es jetzt noch nicht ganz.«

Ihr Gesicht schien noch blasser zu werden, ihre Ruhe schien nun geheime Beunruhigung zu verbergen. Alles Licht im Zimmer war in ihren Augen konzentriert, deren Silber heller und heller in den dunklen Augenhöhlen glänzte.

»Hast du ihn Clootie genannt?« fragte die Königin.

»Ja, natürlich habe ich das. Als er den Fisch nach mir warf.

»Der Fisch ist gleichgültig, Nora! Aber daß du, ein Mensch von draußen, Clootie bei seinem wahren Namen genannt hast, das war etwas Entsetzliches! Es ist meine Schuld. Ich hätte dir nie seinen wahren Namen enthüllen sollen, doch wie hätte ich vorhersehen können, daß du deine Sprache zurückgewinnen würdest? Als du Clooties Namen nanntest, mußte er seine Gestalt wechseln. Das war sein einziger Schutz. Die Dohle, das ist Clootie. Aber nun muß er eine Dohle bleiben, bis er dir einen Dienst erweisen kann, den niemand sonst tun kann.«

»Die Dohle kann nicht Clootie sein!« widersprach ich. »Die Dohle ist aus meinem anderen Leben. Nie war sie anders als boshaft und unartig, und jetzt hat sie mir schon wieder meinen goldenen Ehering gestohlen!«

Ihre Stimme war scharf, die Klinge eines Eisschwertes, eine Klinge aus mondhellem kaltem Metall.

»Einerlei, Nora!« sagte die Königin. »Versprich mir, daß du ihn nie wieder, ob er nun als Mann oder Vogel erscheint, Clootie nennen wirst!«

»Nun gut, Majestät«, sagte ich. »Ich verspreche, Clootie nie wieder bei diesem Namen zu nennen, aber die Dohle ist aus meinem alten Leben. Die kenne ich gut.«

Die Tränen stiegen mir in die Augen, denn mit der Dohle waren der Traum und die Erinnerungen gekommen. Ich wischte mir die Augen – warum konnte ich nie meine Tränen unterdrücken? Aber sie flossen fort, und ich konnte nicht aufhören.

»Warum weinst du, Nora?« fragte die Königin, und die Kälte trat zurück, das Eis schmolz wie zu einer süßen Waldquelle, einem Brunnen geheimnisvollen Kummers, den wir teilen konnten. »Weinst du um deinen goldenen Ring? Ich gebe dir einen ganzen Beutel Gold als Ammenlohn. Du hast mein Kind gut gehütet. Du brauchst nicht zu weinen, Nora. Dein Dienst ist mir wertvoller als der aller anderen. Bitte sag mir, was dich quält.«

»Ich weine um mein eigenes Kind«, brachte ich schließlich heraus. »Ich habe es verlassen, als es erst vier Tage alt war. Was mag aus ihm geworden sein ohne seine Mutter? Ich weiß nun, wie sehr es mich braucht, und ich muß heim!«

»Du kannst noch nicht heim, Nora!« sagte die Königin, und ihre Worte waren wie ein Urteilsspruch, der über mich verhängt wurde. »Du mußt den Erlprinzen pflegen, bis er stark genug ist, um allein stehen und gehen zu können – und wenn noch ein Dutzend Jahre vergehen!«

Ich hob den Kopf und sah die Königin direkt an: ihre kalte Schönheit, den Fluß des silbernen Haares – und diese silbernen Augen! Nun verstand ich erstmals, warum man mich hierhergebracht hatte. Es war furchtbar, was sie getan hatten – mich meinem eigenen Neugeborenen wegzunehmen und übers Meer hierherzubringen, in dieses Land, wo alles fremd war.

Die Erkenntnis versetzte mich in so tiefen Zorn, daß er meine Tränen überwand, und ich schrie: »Warum habt Ihr mir das angetan? Warum konntet Ihr Eurem Kind keine Amme in Eurem eigenen Land finden?«

Das Gesicht der Königin war bei meinen Worten streng geworden, aber in ihrer Stimme lag immer noch tiefe Traurigkeit, eine überwältigende Traurigkeit.

»Mir geht es nur um mein Kind. Ich habe Macht, Nora, und ich gebrauche sie so, wie ich sie gebrauchen muß. Es war notwendig, dich hierherzubringen, denn ich konnte meinen eigenen Sohn nicht nähren. Ich bin krank seit seiner Geburt, und nicht einmal Raekkin kann mir Heilung bringen. Ich hatte keine Milch für mein Kind. Du wurdest ausgewählt, Nora, weil du eine Königstochter bist, und nur eine Königstochter kann die Amme eines Königskindes von Erland sein.«

»Eine Königstochter!« rief ich. »Ihr müßt doch wissen, daß das nicht stimmt. Mein Vater war ein Kapitän. Wenn Ihr eine Königstochter braucht, dann sucht Euch eine Königstochter für Euer Kind und laßt mich gehen!«

»Ach, Nora! Du bist aus königlichem Geschlecht, obwohl du es vielleicht nie wußtest. Du stammst direkt von König Owain ab, der vor langer Zeit in Strathclyde herrschte!«

Diese Worte machten mich sprachlos. Wie die

Geschichte mit der Dohle schien es zu phantastisch, als daß ich es hätte glauben können.

»Ich habe versucht, dafür zu sorgen, daß es dir gut geht, Nora«, fuhr die Königin fort, und ihre Stimme war nun sehr müde, wie Schnee, der leise durch den Raum wehte. Ach, die Weiße, die Stille, die Leere ihrer Stimme! »Du hast keinen Grund zu weinen. Am besten vergißt du dein früheres Leben. Wenn du es nicht aus deinem Bewußtsein löschen kannst, müssen wir sehen, wie wir dir das Vergessen verschaffen können. Es ist alles Raekkins Schuld, weil er mit Munin in Verbindung steht – wäre der nicht gekommen, wäre dein Gedächtnis auch nie zurückgekehrt. Wir werden uns darum kümmern, wenn Munin geht.«

In diesen letzten Worten lag etwas Endgültiges, das mich kalt werden ließ. Nun sah ich nur noch frostige Kälte im blassen Gesicht der Königin, und diese Kälte griff nach meinem Herzen. Meine Erinnerung zu verlieren, das wäre wie Sterben. Es war, als stünde der Tod zwischen uns, und könnte seine Hand ausstrecken und die eine oder die andere berühren.

Die Königin war krank gewesen, seit ich sie zum erstenmal gesehen hatte, und an diesem Tage sah sie noch blasser aus als sonst; ihre Haut schien beinahe durchsichtig, man sah die Knochen ihres Gesichts. Ich wußte, daß sie dem Tod näher war als ich, und mein Zorn erstarb, denn ich konnte nicht zornig sein mit jemand, der so schwach und krank war. Aber meine Stimme war bitter, als ich sagte: »Es besteht keine Notwendigkeit, mir wieder meine

Erinnerungen zu stehlen. Ich liebe Euer Kind so sehr, wie ich meines je geliebt habe. Ich werde ihn gerne weiterpflegen, wie ich es diese langen Monate getan habe, aber ich halte mich an Euer Versprechen, daß ich gehen darf, sobald er stark genug ist, allein zu stehen und zu gehen.«

»Ich danke dir, Nora«, sagte die Königin leise, und es war wie das Flüstern von Blättern in einem Wald, fedrigleicht wie Schwanenflaum gegen meine Wange, »auch ich werde mich an dein Versprechen halten. Gib gut acht auf meinen kleinen Sohn.«

Dann wandte sie sich ab und sagte zu ihrer Magd: »Ich bin jetzt sehr müde und muß ruhen. Aber erst werden wir Nora einen Beutel Gold aus meiner Schatztruhe geben.«

»Ich will Euer Gold nicht«, sagte ich. »Wollt Ihr mich belohnen, dann gebt mir die Freiheit, im Schloß hin- und herzugehen, wohin ich will, und laßt mich in den Garten. Ich ertrage es nicht, in einem Raum eingeschlossen zu sein.«

Die Königin antwortete lange nicht. Ihr inneres Licht war erloschen, ihr Strahlen – wie brennender Schnee – erstarb. Ihre Haut war nun matt, wie eine ausgelöschte Milchglaslampe. Wie erschöpft lag sie mit geschlossenen Augen in den Kissen. Schließlich hob sie die Hand und preßte sie gegen ihre Augen. Als sie sie wieder aufschlug, schienen sie beinahe blind, ihr silberner Glanz stumpf und getrübt.

»Gut, Nora«, sagte sie. »Es sei, wie du dir erbittest. Doch das Gold gehört trotzdem dir.«

So folgte mir ein Page, als ich in das Kinderzimmer zurückging, der ein Kästchen mit einem Beutel Gold trug. Mir aber war weh ums Herz bei dem Gedanken an all die Monate, die vor mir lagen, und als ich mir das Erlkind besah, das in seiner Wiege schlief, erfüllte mich eine tiefe und schreckliche Bitterkeit.

Der kleine Prinz regte sich und schien erwachen zu wollen. Er verzog das Gesicht und schloß und öffnete seine kleinen Fäustchen. Dann schlug er seine blauen Augen auf und sah mich mit freudigem Lächeln an, und mein Herz hob sich in mir. Ich nahm ihn in den Arm und hielt ihn dicht an mich gedrückt.

»O nein«, flüsterte ich. »Ich hab dich doch lieb, mein armer Liebling. Ach, wie könnte ich dich nicht lieben. Du bist meine einzige Freude!«

Es war wahr. Ich liebte ihn. Er war nicht mein Kind, aber ich liebte ihn, und er hielt mich fest, als hätte er Angst, ich könnte ihn verlassen.

Erbe des Zaubers: Nora. Und so konnte ich endlich das Zimmer verlassen, das mir schon wie mein Gefängnis vorgekommen war, und ich ging hinaus in den Zaubergarten. Die Bäume hingen voller Früchte. Birnen, Äpfel, Pflaumen, Feigen und Weintrauben hingen von den Zweigen, Zitronen und Orangen, und Früchte, deren Namen ich nicht kannte, und alle strömten ihr Aroma aus, so daß die Luft voll würzigen Geruchs war. Ich ging umher und atmete die süße Luft ein und hörte den Vögeln zu. Spätblühende Blumen leuchteten golden und purpurn. Den kleinen Prinzen trug ich auf dem Arm, wohin ich auch ging; ich war glücklich, zu sehen, wie er sich über die Blumen und den Sonnenschein freute.

Clootie kam nicht zurück, und die Königin wies Raekkin an, seinen Platz einzunehmen. Ich kannte ihn als den Hofarzt, aber er erklärte mir, daß er nicht ein Kämmerer wie Clootie sein sollte, sondern eher eine Art Hofmeister und Lehrer für den kleinen Prinzen.

»Prinz Elver wird bald ein Jahr alt sein«, sagte er. »Es ist an der Zeit, daß er Erlische Weisheit erlernt und die Dinge, die ein Prinz wissen muß.«

Ich dachte, der Grund hierfür müsse sein, daß die Königin ebenso ungeduldig wie ich darauf wartete, daß der Prinz heranwuchs – denn was brauchte ein einjähriges Kind einen Lehrer?

Raekkin kam oft und verbrachte viel Zeit mit uns. Er versuchte nicht, dem Prinzen das Buchstabieren beizubringen oder auch nur ihn im Reden zu unterweisen, aber nach wenigen Monaten schwatzte Elver schon mit großer Geschwindigkeit. Er war immer noch so schwächlich und zerbrechlich, daß er kaum aufsitzen und vorwärtskriechen konnte, aber sein rascher Verstand war seinem Körper weit voraus.

Raekkin tat nichts anderes, als mit dem kleinen Prinzen zu spielen und mit ihm zu reden, während er ihm neue Kinderspiele erklärte. Bei einem Spiel zog Raekkin seinen Mantel aus, drehte ihn von innen nach außen und zog ihn wieder an. Er fuhr mit dem Arm in einem leeren Ärmel auf und ab und sagte: »Schau! Ich bin ein Elefant!« Dann zog er Prinz Elvers Jacke aus, drehte sie um und zeigte ihm das rote Futter. Und er sagte: »Schau! Du ziehst deine Jacke auf die eine Weise an, und sie hat eine bestimmte Farbe. Aber wenn du sie umdrehst, hat sie eine andere Farbe. Alles kann umgekehrt werden. Aber anders als bei der Jacke ändern sich dann nicht nur die Farbe, sondern auch die Form und sogar die Grundbeschaffenheit, die Natur. Das ist die wichtigste Lektion von allen, denn die erste Umkehrung ist sehr schwierig; aber dann wird es immer neue Umkehrungen geben.«

Und er zeigte dem Prinzen ein Spiel, ähnlich wie das Fadenspiel, das die Kinder »Abnehmen« nennen, das er das Netz des Scheins nannte. Raekkin sagte: »Alle Dinge sind wie dieses Netz. Du nimmst zwei Fäden – so – und bewegst sie herüber und hinüber – so – und du hast ein neues Muster! Die Veränderungsmöglichkeiten sind endlos, obwohl du manchmal sehen wirst, daß sich einige wiederholen. Herr dieser Veränderungen zu werden, ist ein langes Studium.«

So redete Raekkin, während er mit dem Kinde spielte. Prinz Elver gefielen diese Spiele, auch wenn er die Reden nicht verstand, die Raekkin dabei führte. Wie konnte er! Ich verstand selbst sehr wenig davon.

Ich brachte dem Kind die Spiele bei, die ich als kleines Kind gelernt hatte: »Hoppe, hoppe Reiter«, »Zehn kleine Finger« und »Ich sehe was, was du nicht siehst«. Es machte ihm Spaß, aber die Spiele Raekkins waren ihm viel wichtiger und spannender.

Die Dohle kam und verschwand wieder. War der Vogel da, machte er bei den Spielen in der Kinderstube mit. Er konnte so gut wie irgendein Mensch das Stäbchenspiel spielen. Jack war schon immer ein kluger Vogel gewesen, aber seine Boshaftigkeit war manchmal nicht zu ertragen. Oft saß ich da und strickte und sah plötzlich, daß er mein Knäuel aufgewickelt und hin und her verknotet hatte, oder er schnappte einen Zipfel meines Kopftuches und zog es mir weg und flatterte kreischend damit durch das Zimmer.

Alle im Schloß schienen zu glauben, daß die Dohle Clootie war. Tatsächlich konnte ich es fast selber glauben, wenn ich dem Vogel zusah. Es war, als hätte er Clooties Eigenarten studiert. Doch dann dachte ich daran, daß Jack, lange ehe ich Clootie gekannt hatte, zu meinem Haushalt gehört hatte. Er war Teil meines früheren Lebens, und Clootie nicht.

»Jack ist kein Dieb! Jack ist kein Dieb!« schrie er, wenn ich mit ihm schimpfte.

Ich bat Raekkin, mir einen Käfig zu besorgen, damit ich Jack einsperren konnte, aber Raekkin sah mich böse an und sagte: »Prinzessin Nora, Ihr habt ihn schon in einen Käfig schwarzer Federn eingesperrt. Ich werde Euch nicht dabei helfen, ihn nochmals in einen anderen Käfig zu sperren!«

Raekkin nannte mich stets Prinzessin Nora. Das mochte ich nicht, denn andere taten es ihm nach, und ich kam mir lächerlich vor. Als ich ihm das sagte, antwortete Raekin: »Ihr könnt, wenn Ihr mögt, ein Milchmädchen oder eine Seemannstochter in Eurem eigenen Land sein, aber dies ist Erland, und hier seid Ihr eine Prinzessin und eine Königstochter, ob es Euch beliebt oder nicht!«

Dies war nicht meine einzige Auseinandersetzung mit Raekkin. Er erzog das Kind auf seine Weise und ich auf die meine, und wir versuchten beide, uns dabei nicht in die Quere zu kommen. Aber manchmal gab es einen Zusammenstoß. Als die Monate verstrichen, versuchte ich immer wieder, Prinz Elver zum Gebrauch seiner Beine zu ermuntern, aber sie sackten kraftlos unter ihm zusammen, und er fing an zu schreien, als ich ihn aufrecht hielt.

»Laßt ihn in Ruhe!« sagte Raekkin einmal, und seine Stimme war hart, beinahe wütend. »Laßt ihn in Ruhe. Er wird stehen, wenn er bereit ist. Manch ein Mann ist hundert Jahre aufrecht gestanden und nie ein rechter Mann gewesen!«

»Aber er muß es versuchen – ein Kind lernt durch den Versuch.« Ich bestand darauf. »Er ist alt genug, um zu gehen.«

Raekkin schnappte zurück: »Das Gehen selbst ist völlig unwichtig! Auch wenn er gar nicht gehen könnte, könnte er doch ein Mann und ein König und ein Krieger sein. Es gibt Welten des Geheimnisses und des Zaubers, die nur das Bewußtsein erobern kann, aber dieser Kampf ist härter, als daß normale Menschen ihn ertragen könnten. Wenn es ihm nötig sein wird, zu gehen, wird er gehen. Er will es jetzt nicht, weil es den Verlust seiner Mutter bedeuten würde.«

»Den Verlust seiner Mutter!« Dieser Gedanke erstaunte mich. »Wie könnte es Königin Elva irgendwie verletzen, wenn er geht?«

»Ich spreche nicht von Königin Elva«, sagte der kleine Mann, und in seinen Augen lag ein seltsamer Blick, als er mich anstarrte. »Königin Elva ist sehr krank. Wenn der Prinz zu laufen beginnt, wird das ihren Zustand nicht ändern. *Euch* wird er verlieren, wenn er es lernt, und für ihn wäre das, als wäre seine Mutter gestorben.«

»Wie kannst du so reden?« rief ich. »Ich bin nicht seine Mutter – nur seine Amme!«

»Eine Mutter ist die, die uns liebt und für uns sorgt, nicht nur die, die uns zur Welt bringt!« sagte Raekkin.

Das traf mich tief.

»Ich weiß, daß ein Kind so fühlen mag«, sagte ich ruhiger. »Aber wie könnte das Kind wissen, was mir die Königin darüber gesagt hat, was es bedeutete, wenn er stehen und gehen lernte? Wie könnte ein so kleines Kind das wissen? Oder verstehen?«

»Was für ein Kind, glaubt Ihr, zieht Ihr hier auf?« fragte Raekkin.

»Dann sag mir, was für ein Kind er ist!« forderte ich ihn heraus.

»Er ist Prinz von Erland. Er ist der Erbe der Zaubermacht«, antwortete Raekkin. Seine Stimme vibrierte tief, als er dies verkündete. »Prinz Elver versteht viel mehr, als Ihr begreift. Er kennt nicht nur das Versprechen, daß Ihr seiner Mutter gegeben habt. Er kennt auch Eure Gefühle wegen des Zwanges, der Euch hier festhält.«

Ich erschrak. Konnte das Kind wirklich wissen, daß ich ihn verlassen wollte?

»Was für ein Zauber ist das?« rief ich. »Was für ein Zauber würde einem Kinde meine geheimsten Gedanken entdecken?«

»Das ist kein Zauber«, sagte Raekkin, und er sagte es mürrisch und grob. »Alle Kinder verspüren viel mehr, als die Erwachsenen glauben. Und dieses Kind ist feinfühliger als andere!« Und mehr wollte er mir nicht sagen.

Ich lernte viel von Raekkin, obwohl mir seine Art zu reden oft unverständlich blieb. Trotz seines mürrischen Wesens war er sehr geduldig. Er lehrte mich, ihre Schrift zu lesen – Runen, wie er sie nannte, und diese Lettern waren seltsam genug, wie Hennenkratzer im Sand. Aber die Bücher, in denen sie geschrieben standen, waren wunderschön, mit bunten, in leuchtenden Farben glänzenden Seiten, deren Ränder mit Fabelwesen und phantastischen Blumen verziert waren. Ich liebte es beinahe ebenso, die Seiten umzublättern und mir die in den winzigsten Einzelheiten genau ausgeführten Malereien zu besehen, wie es mir gefiel, die Geschichten von Zaubereien zu lesen. Seltsame und unwahrscheinliche Geschichten waren es, von Göttern und Riesen und

Zwergen, etwa wie die Märchen, die ich als Kind gehört hatte; aber in diesem fremden Land hier schienen sie wirklicher.

Trotz seines abweisenden Wesens mochte ich Raekkin. Er redete grob mit mir, aber er war bei allem rücksichtsvoll, und ich vertraute ihm völlig, was das Kind betraf. Manchmal nahm er den kleinen Prinzen zum Spielen mit nach draußen und gab mir so ein, zwei Stunden, in denen ich in Ruhe nähen oder lesen konnte. Oder ich ließ ihn und das Kind in der Kinderstube und ging selbst an die frische Luft. Oft stieg ich die Treppen bis zur Turmkrone hinauf, und dort lehnte ich mich über die Steinbrüstung und sah weit über See und Wald zum Marschland hinüber und noch weiter. An einem klaren Tag konnte ich das Glitzern des Meeres in der Ferne sehen. Hoch oben auf dem Turm sandte ich meine Gedanken nach Eben aus, mit ihm zu sprechen. Es war, als ob das Alleinsein dort mich ihm näher brächte. Dann fragte ich ihn, wie es Owen ging und ob das Wetter für die Ernte gut stand, ob die jungen Lämmer gediehen und ob meine Hennen noch fleißig legten. »Ach, Eben«, sagte ich wohl, »Owen kann jetzt sicher schon gehen. Sicher ist er gesund und stark! Könntest du das arme schwache kleine Ding hier sehen, das ich pflege, tät er dir leid. Ich bin wie die scheckige Kuh mit ihrem Winterkalb, dem armen schwachbrüstigen Geschöpf. Als es dann zum Grasen kam, wurden seine Knochen gerade, das weiß ich noch. Wenn Gras meinem Prinzchen helfen könnte, gäb ich ihm Gras zu essen! Vielleicht ist meine Milch zu dünn, denn er wächst nicht, wie er sollte. Sie wären besser beraten, eine andere Amme für ihn zu finden, aber sie sagen, nur eine Königstochter dürfe ihn stillen. Sie glauben, ich sei eine Königstochter! Sie nennen mich sogar Prinzessin Nora. Ach, wenn du hier wärst, Eben, könnten wir zusammen darüber lachen! Aber die Jahre, ach, die langen Jahre, die vergehen!«

Tränen traten mir in die Augen, aber der Wind trocknete sie, wie sie mir in verschlungenen Spuren über die Wangen liefen. Über mir schrieen die Möwen und die Raben, aber ich hörte sie nicht, so nahmen mich meine Gedanken an Daheim gefangen.

Wenn nur der Körper des jungen Prinzen so stark wie sein Verstand gewesen wäre, hätte ich mich weniger bedrückt gefühlt. Aber selbst als er drei Jahre alt war, konnte er noch kaum kriechen. Ich versuchte immer wieder, ihn zu ermuntern, seine Beine zu gebrauchen. Ich kann an einen Tag zurückdenken, als er im weichen grünen jungen Gras des Gartens saß und mit einem Lederball spielte. Als ich ihm sagte, er müsse seinen Ball selbst holen, sah er mich so böse an, seine Augen so sehr wie die scharfen Augen eines Adlers, daß mir wieder das alte Schlaflied einfiel, und ich ihm dort im Garten vorsang:

O laß dir Zeit mein Adlerkind
  Im Garten von Dromore
Wenn deine Schwingen gewachsen sind
  Dann fliegst du hoch empor.
O laß dir Zeit! Denn später
  Läßt es die Welt nicht zu.
Sing still still schuscha lulla
Sing still still schuscha lu.

»Das hier ist nicht der Garten von Dromore«, sagte er bestimmt. »Das ist Schloß Ellorgore. Wo liegt Dromore?«

Aber das konnte ich ihm nicht sagen, es war nur ein Lied.

»Du bist aber dumm«, sagte er. »Du weißt gar nichts. Ich frage Raekkin.«

Ich wußte, daß ich ihn dafür hätte schelten sollen, aber ich brachte es nicht übers Herz. Er war so eifrig dabei, zu lernen, so voller Fragen, endloser Fragen. »Warum weht der Wind?« fragte er, oder »Woraus ist der Himmel gemacht?« Und seine blauen Augen sahen mich an, groß und voll tiefen Nachdenkens, wenn ich nach einer Antwort suchte.

Eines Tages erzählte ich Prinz Elver, daß sein Name, Elver, »junger Aal« bedeutete, und er lachte darüber.

»Dann nenn mich Aal, Nora!« sagte er.

»Nein, nicht Aal – junger Aal. Oder soll ich dich Eelie nennen? Auch das bedeutet kleiner Aal.«

Der Laut dieses Wortes entzückte ihn, und er wiederholte den Namen ein ums andere Mal, »Eelie, Eelie, Eelie!«, bis er laut lachte und vor Freude schrie.

»Still, Prinz Elver«, sagte ich. »Das ist dein geheimer Name. Ich bin die einzige, die dich so nennen wird, und nur, wenn wir allein sind.«

»Nein, Nora«, sagte er, »es ist nur ein Spitzname. Ich werde dir meinen geheimen Namen sagen, meinen wahren Namen, aber bei diesem Namen darfst du mich nie nennen – außer vielleicht, du brauchst Hilfe, wirklich Hilfe!« Er sah mich mit seinen blauen

Augen an, voll Vertrauen und erfüllt von seinem Geheimnis. »Denn mein wahrer Name ist Hjälper, das bedeutet Helfer, weißt du. Ein geheimer Name gibt Macht, aber es macht mir nichts, wenn du Macht über mich hast, weil du meine Nora bist, die ich lieb habe.«

»O Eelie, o mein lieber, lieber Junge!« lachte ich mit Tränen in den Augen und umarmte ihn. Denn obgleich ich die seltsame Geschichte mit den Namen nie ganz verstand, wußte ich, daß ein wahrer Name hier in Erland ein überaus kostbarer Schatz war, und es rührte mich, daß mein kleiner Prinz mir den seinen anvertraute.

Dann, an einem Sommertag, als er vier Jahre alt war, saß ich auf der steinernen Umrandung des Lilienteichs im Garten, und Prinz Elver stand auf Zehenspitzen, den Bauch gegen den Rand gedrückt, und lehnte sich weit über die Einfassung, mit spähendem Blick ins Wasser starrend. Langsam streckte er die Hand aus, um einen glänzenden Fisch zu fangen, der vorbeischwamm. Ich hielt ihn an seinem Gürtel fest, den er um den Leib trug. Schon oft hatte er die Fische beobachtet, immer mit großem Interesse. Ich konnte sehen, wie sehr er sich wünschte, einen in die Hand zu nehmen und seine goldenglänzende Lebendigkeit zu untersuchen. Ich lachte leise vor mich hin, als er sich noch weiter über das Wasser lehnte, wußte ich doch, daß es ihm nie gelingen würde, einen dieser hin- und herhuschenden Goldsplitter zu erwischen. Ich selbst konnte sie nicht fangen, obwohl ich es versucht hatte, um ihm eine Freude zu machen.

Plötzlich tauchte er beide Hände ins Wasser, so rasch, daß meine Augen nicht folgen konnten, und dann hielt er zwei Fische hoch, einen in jeder Hand, hielt sie mit fröhlichem Spott hoch, damit ich sie sehen konnte. In jeder enggeschlossenen Faust wand sich ein goldener Fisch.

»Schau, Nora!« rief er, sein kleines Gesicht vor Freude strahlend.

»Sie sind wunderbar!« rief ich atemlos, völlig überrascht. »O wie klug du bist! Wie hast du sie gefangen? Ich konnte es nie! Aber nun laß sie los, sie können nicht leben in der Luft.«

»Doch, sie können!« rief er. »Doch, sie können!« Und er öffnete seine Hände.

Die beiden Fische fielen nicht zurück in den Teich. Während ich zusah, schwammen sie aus seinen Händen in die Luft, als ob sie im Wasser schwimmen würden. Sie schossen über dem Teich hin und her, zwei Blitze leuchtenden Goldes, im Sonnenlicht glänzend wie zwei kleine Flammen. Wie schwingenlose Vögel schwebten sie über dem Kopf meines kleinen Prinzen.

Ich war sprachlos vor tiefem Erstaunen. Er lachte über mein Gesicht, ungläubig und unruhig, denn es war noch mehr als Erstaunen: beinahe Furcht. Raekkin hatte mir gesagt, daß er der Erbe der Zaubermacht war, aber nie vorher war mir klargeworden, wie rasch er sich die Beherrschung von Geheimnissen zu eigen machte – Geheimnisse, die ich mir nicht im geringsten vorstellen konnte – und noch ein kleines Kind!

Odins Raben: Eelie. Meine allerfrüheste Erinnerung ist, wie ich mit Raekkin allein auf einem der hohen Türme stand, und dort trat ich vom Dunkel ins Licht, wie ein Erwachen aus dem Schlaf.

Ich erinnere mich an die Raben und die weißen Möwen, die auf den Zinnen saßen, als Raekkin durch die Tür heraustrat, mich, noch ein kleines Kind, im Arm. Die meisten Vögel flogen fort, als wir näherkamen, aber zwei große schwarze Raben blieben. Sie breiteten ihre großen, nachtglänzenden Schwingen und verneigten sich tief.

»Sei gegrüßt, Prinz von Erland«, riefen sie mit ihren heiserkrächzenden Stimmen. »Sei gegrüßt, Erbe des Zaubers und des Geheimnisses!«

Sie falteten ihre Flügel wieder und sahen mich mit Augen wie schwarze, glänzende Perlen an.

»Ich bin Hugin, ich bin Gedanke«, sagte der eine.

»Ich bin Munin, ich bin Gedächtnis«, sagte der andere.

»Prinz Elver, dies sind meine Lehrer«, sagte Raekkin. Er setzte mich auf die Mauerzinne zwischen den beiden. »Alles, was ich weiß, habe ich von ihnen gelernt. Sie sind die Boten Odins. Sie bringen Euch die Gaben des Verstandes und des Gedächtnisses.«

Ich saß da auf dem Mauerstein, hoch über der Welt. Ich war zu jung, um Furcht zu empfinden, zu jung, um zu verstehen, wie wichtig dieser Augenblick war. Ich streckte meine Hand aus und streichelte die glatten, glänzenden schwarzen Federn.

»Hübsche Vögelein«, sagte ich.

»Es ist Zeit, zu denken zu beginnen«, krächzte Hugin. »Wir werden zusammen denken. Öffne deinen Geist! Denke wie der Wind weht, wie die Wellen fließen. Laß die Gedanken sich klar bilden; jeder Gedanke ein kristallklarer Tropfen Geistestau. Fühle, wie die Macht des Denkens durch dich fließt. Fühle die helle Macht!«

Eine Gänsehaut überlief mich, und der Atem stockte mir. Es war, als könnte ich auf einmal tausend Dinge zugleich sehen, als ob Licht um mich her knisterte und brannte. Ich öffnete meine Arme weit nach dem Wind und den Wolken, und sie schienen über mich hinwegzubrausen und mich einzuhüllen. Die Wellen des Sees unter mir schienen emporzutosen, mir entgegen. Ich beugte mich hinab, streckte die Arme nach dem Wasser aus, und wäre gestürzt, hätten mich die beiden Vögel nicht aufgefangen und sanft zurückgezogen.

»Geh noch nicht, Prinz von Erland«, hörte ich die verschleierte dunkle Simme. »Es gibt viel zu lernen.«

»Um zu lernen, mußt du dich erinnern.« Es war die Stimme des anderen Raben. »Geh zurück zum Anfang. Erinnere dich an das rote Meer, in dem du geschwommen bist.«

Ich erinnerte mich. Das warme salzige Wasser um mich, der rhythmisch dröhnende Herzschlag, den ich teilte. Das sanfte Wiegen . . . vor und zurück, vor und zurück. Dann ein schrecklicher Druck, endloser erstickender Schmerz, Licht, das mich blendete und ein entsetzlicher Mangel an Luft. Ich preßte die Augen zusammen und kreischte auf! Doch der unerträgliche Schmerz ließ nach, der Atem brannte in meinen Lungen, als ich wieder und wieder nach Luft schnappte. Dann kam der lange Hunger, das Gefühl der nagenden Leere, die Schwäche, die ewig anzuhalten schien. Und dann die lebensspendende warme Milch, die Liebe, das Behagen, die Sicherheit. Doch plötzlich war die Sicherheit fort. Furcht stieg in mir auf – Nora wollte weggehen und mich verlassen!

Ich schlug die Augen auf und starrte durch Tränen hindurch den Raben an.

»Böse!« wimmerte ich. »Du böser Vogel!«

Sein schwarzer Flügel streifte mein Gesicht.

»So vergiß es!« sagte er. »Schließ die Tür, aber von jetzt an wirst du den Schlüssel zu allen deinen Erinnerungen haben. Nur deine Hand wird die Tür öffnen!«

Das war der Beginn meines wahren Lebens, eine Geburt, ein Vergessen, und Welten über Welten, die sich vor mir öffneten, so viele, daß ich sie nicht alle fassen konnte. Ich erhaschte nur Blicke auf die endlose Prozession von Welten, die sich ineinander verschlangen, Muster bildeten und voneinander lösten, um zu neuen Mustern zusammenzufinden. Raekkin war da, um mich sicher Schritt für Schritt zu geleiten, und Nora war da, um mich mit ihrer Liebe und Wärme zu umhüllen.

Ich stellte Raekkin Fragen, und er gab mir sorgfältige und komplizierte Antworten, über die ich lange nachdenken mußte und die, wie verschlungene Knoten, Stück für Stück aufgelöst werden wollten. Ich stellte Nora Fragen, und sie gab mir schlichte, simple Antworten. Sie dachte, ich sei noch ein kleines Kind.

Ich erinnere mich, wie ich sie fragte, als ich drei Jahre alt war: »Aus was ist der Himmel?« Und sie sagte: »Aus vielen Sachen, Eelie, mein Liebling. Da gibt es den Mond, der ist aus grünem Käse, und die Kuh, die über den Mond springt. Die Kuh macht die Milchstraße. Und dann die Katze, die auf der Fiedel spielt, daß der Wind heult, und die alte Frau schüttelt ihre Daunenbetten, daß es schneit.« Es klang alles so komisch, daß ich lachen mußte. »O Nora!« sagte ich. »Du weißt doch, daß das alles Kleinkinderunsinn ist. Du bringst alles durcheinander. *Weißt* du nicht, woraus der Himmel ist?« »Was glaubst du, woraus er ist, mein Eelie?« fragte sie.

Ich hatte viel darüber nachgedacht, denn der Himmel war von allem anderen verschieden. Es gab dort nichts, aber er war nicht leer. Es gab Wind und Wolken, und die Luft konnte man fühlen, aber man konnte nichts sehen.

»Es könnte etwas sein wie blaues Glas«, sagte ich zögernd. »Oder vielleicht ist es mehr wie trockenes Wasser. Vögel fliegen in der Luft genau wie die Fische im Wasser schwimmen. Wenn ich Flügel hätte, würde ich auch gerne dort fliegen.«

»Wenn du brav bist, bekommst du Engelsflügel«, sagte Nora, immer noch wie zu einem kleinen Kind. Sie nahm mein Denken nie ernst. »Laß schauen, ob dir schon Flügel wachsen.« Und sie fuhr mit der Hand über meine Schulterblätter. »Ich spüre schon beinahe wie sie wachsen«, sagte sie. »Aber du mußt schön brav deinen Brei essen, bevor du Engelsflügel bekommen kannst.«

Diese Art Gerede machte mich ungeduldig.

»Mir wachsen keine Engelsflügel«, sagte ich entschieden. »Mir wachsen Adlerflügel! Du hast von meinen Adlerflügeln gesungen.«

Nora nickte.

»Du bist mein junger Adler und meine Taube und mein Engel – aber mir wäre lieber, du würdest gehen statt zu fliegen. Du könntest gehen, weißt du, Eelie, wenn du es nur versuchen würdest.«

Ich versuchte es. Ich versuchte es immer wieder, aber ich konnte nicht einmal alleine stehen. Warum mußte ich immer wieder das Unmögliche versuchen? Warum wollte Nora immer noch zu ihrem verlorenen Kind, zu Owen, zurück? Sie kannte Owen nicht einmal. Er kann sie nicht halb so sehr lieben wie ich, dachte ich.

»Ich kann nicht gehen«, sagte ich. »Eines Tages werde ich fliegen, aber ich werde *niemals* gehen! Du willst nur fort und mich allein lassen!«

»O Eelie!« rief Nora schuldbewußt; sie war sehr erregt. »O Eelie, du weißt, daß nicht das der Grund ist. Ich will nur, daß du gesund und stark aufwächst.«

Warum wollte sie mich täuschen? Ich wußte, was sie fühlte.

Das Nachdenken über den Unterschied zwischen Himmel und Wasser machte mich neugierig auf Fische. Ich beobachtete die Goldfische im Lilienteich im Garten. Unter den grünen Lilienblättern und den weißen Wasserlilien, tief im trüben Dunkel, huschten die leuchtendgoldenen Fische in den Schatten hin und her, kurz aufblinkend, wenn sie durch die Sonnenstrahlen schwammen, die ins Wasser hinabdrangen. Ich konzentrierte mich lange ganz auf die Fische, bis ich eines Tages in den Teich hinuntergriff und zwei Fische in meinen Händen fing. Als ich sie wieder losließ, schwammen sie in der Luft herum. Sie waren noch schöner, noch leuchtender als Vögel, schwimmend und funkelnd wie richtiges Gold.

Aber Nora war beunruhigt und unglücklich. Sie wußte, daß es Zauberkraft war. Es war guter Zauber, aber sie hatte Angst vor Dingen, die sie nicht verstand. Damals verstand ich nicht, wie jemand so empfinden konnte. Es gab so viele Dinge, die ich nicht verstand, endlos viele, aber ich hatte keine Angst vor ihnen. Selbst, als ich noch ganz klein war, wollte ich alles kennenlernen. Raekkin hatte mir gezeigt, wie man Dinge umkehrte, sie auseinandernahm und sie auf andere Weise wieder zusammenfügte. Das war es, was ich mit den Fischen getan hatte.

Ich war damals so jung, so unschuldig. Das Unbekannte sollte man immer mit großer Achtung behandeln, aber zu dieser Zeit damals dachte ich, alles sei ein herrliches Spiel. Ich wußte, wie man alles beherrschen konnte, wenn man es nur verstand, aber es mußte mir erst noch klarwerden, wie schwierig es war, zu dieser Beherrschung zu kommen, und wie gefährlich.

Teil II: Die Zauber von Erland

Die Ziege: Owen. Ich sah, wie Bab Magga im Dämmer die Wiese heraufkam, die große braune Ziege hinter sich herführend. Verzweiflung und Furcht erfüllten mich, und ich rannte ihr entgegen.

»Wo ist mein Vater? Wo ist mein Vater?« schrie ich sie an. Die alte Fadge bellte.

Sie lachte nur. »Der kommt nie mehr zurück«, sagte sie. »Den siehst du nicht wieder!« Sie konnte mein Erschrecken und meine Angst sehen und weidete sich daran. »Er hat versucht, mich zu überlisten. Er hat mich angegriffen! Das hat er getan! Aber Bab Magga läßt sich von niemand überwinden. Das merk dir gut! Ich weiß, wie ich mit jedem fertigwerde, der sich gegen mich stellt.«

Am nächsten Morgen nahm ich wieder allen Mut zusammen und fragte: »Wo ist mein Vater? Was hast du mit ihm gemacht?« Ich hatte schreckliche Angst, er könnte tot sein, aber ich fragte doch.

»Willst du es wirklich wissen? Wirklich? Na, dann sag ich dir's! Ich habe ihn in einen Ziegenbock verwandelt, in die große braune Ziege. Und jetzt steht er angebunden auf dem Hügel hinter der Scheune, und da bleibt er auch! Und wenn du je wieder wegläufst, dann verwandle ich dich in ein Schwein!«

Ich glaubte ihr zuerst und weinte heimlich um meinen verlorenen Vater. Lange Zeit danach glaubte ich, daß diese Ziege mein Vater war, und fühlte eine tiefe Liebe zu ihr. Aber als ich älter wurde, verlor ich nach und nach diesen Glauben und stellte schließlich für mich fest: Die Ziege war einfach eine Ziege.

Bab Magga und ich lebten nun allein auf dem Bauernhof. Sie verkaufte Fadge und verkaufte alle Kühe bis auf eine, die sich leicht melken ließ. Moorland Meg war ihr Name, und Bab Magga brachte mir bei, sie zu melken. Sie trank nun oft sehr viel, und wenn sie betrunken war, warf sie mit allem möglichen nach mir. Aber das Trinken war nicht das Schlimmste. Andere Dinge, die sie tat – wirklich schauderhafte, gespenstische Hexereien –, schrekken mich noch jetzt, wenn ich daran denke.

Im Frühjahr bestellte Bab Magga die Felder nicht, sie pflanzte nur ein wenig Gemüse für unseren eigenen Bedarf. Ich lernte, mit einer Hacke umzugehen und zu jäten, als ich erst halb so hoch war wie der Hackenstiel; als ich neun war, tat ich die ganze Arbeit im Garten ebenso wie die im Haus.

Bab Magga ließ mich auch die wilden Kräuter sammeln und die Schlangen und Kröten und Molche fangen, die sie brauchte. Sie schickte mich auf die Leiter hoch in den Scheunengiebel, um die Fledermäuse abzupflücken, die wie reife Pflaumen an den Balken hingen. Ich hatte keine Angst, so hoch hinaufzusteigen, und ich hatte keine Angst vor Schlangen oder Fledermäusen. Ich hatte nur Angst vor Bab Magga. Einige von den Tieren behielt sie lebend in Käfigen, aber nicht als Haustiere – sie gebrauchte sie zum Zaubern. Andere tötete sie und hängte sie zum Trocknen an Haken in der Küchendecke. Das Haus roch immer nach Tod und Verwesung, aber ich bemerkte es schließlich gar nicht mehr.

Niemand aus dem Dorf kam je in unser Haus. Sie

wußten alle, daß Bab Magga eine Hexe war, und hätten sich sogar gefürchtet, nur an die Tür zu klopfen. Wenn sie etwas von ihr wollten, einen Zauberspruch oder etwas dergleichen, kamen sie und riefen im Hof, bis sie herauskam. Mich behandelten sie auch wie eine Art Hexenkind. Ich merkte, daß sie mich mit Ekel und Schrecken ansahen, und ich kam mir vor, als ob an mir etwas Widerliches und Abstoßendes wäre.

Deshalb mochte ich den braunen Ziegenbock. Er stank und war ebenso ein Ausgestoßener wie ich. Er war allein auf einem steinigen Hügel angebunden. Ich fühlte mich der Ziege ähnlich. Oft saß ich in dem zusammengetretenen Farnkraut, wo er lag, und starrte in sein Auge – sein goldenes Auge, in dem die Pupille wie eine schwarze Bohne schwebte. Seine Hörner ragten schwarz und glänzend in die Höhe; die Ringe um sie herum waren tiefer als die auf den Hörnern einer Kuh, die einem das Alter anzeigen. Wenn ich mit der Hand über die rauhe Kurve seiner Hörner fuhr, senkte er den Kopf und hob den Nacken, weil er hoffte, ich würde ihn hinter den Hörnern kratzen. Bab Magga nannte ihn Eben, aber das war der Name meines Vaters. Ich hatte das Gefühl, daß sie ihn aus Bosheit so nannte, und damit ich glauben sollte, er sei mein Vater. Doch so konnte ich nicht mehr von ihm denken, denn so oft ich zu ihm sprach, erschien keine kleine Bewegung des Verständnisses in seinen Augen. Wenn er mein Vater war, wie Bab Magga behauptete, warum gab er mir kein Zeichen? Er mußte alles vom Menschsein vergessen haben. Er lag nur da, wiederkäuend und mit den Ohren nach den Fliegen zuckend, die um ihn summten. Ich fühlte Liebe für den Ziegenbock, aber ich konnte ihn nicht Eben nennen. Ich versuchte, mir einen Namen für ihn auszudenken, aber mit seinem honiggoldenen Auge so nahe an meinem fiel mir nichts ein.

Eines Tages, als ich neun Jahre alt war, traf es sich, daß ich bei dem Ziegenbock saß und mit meinen Händen durch sein braunes zottiges Fell fuhr, seinen Hals streichelnd. Sein Bart war lang und zu Knoten verfilzt. Abwesend begann ich, einen der Knoten aufzulösen, langsam und geduldig ziehend und arbeitend, bis endlich der Knoten auf war und ich das Haar zwischen meinen Fingern glatt kämmen konnte. Der große Ziegenbock erhob sich und schüttelte sich. Er stieg in die Luft auf den Hinterbeinen. So groß war er, groß wie ein junges Pferd! Ich sprang auf und fort, denn es war, als wäre er plötzlich zu einem anderen und gefährlichen Wesen geworden.

Seine Vorderfüße trafen wieder den Boden, er senkte den Kopf und rannte los – nicht auf mich zu, sondern geradeaus, die volle Länge seiner Kette. Ich dachte, die Kette müßte brechen. Ich wünschte es mir; ich wollte, daß er freikäme. Aber die Kette hielt, und am Ende fiel er auf die Knie, und sein Atem kam stoßweise, als er wie gegen eine unsichtbare Mauer prallte. Er stand halb betäubt auf, schüttelte seinen großen gehörnten Kopf, und dann rannte er, so schnell er konnte, einmal den ganzen Kreis seiner Fessel herum. Ich lief zurück zum Haus.

In dieser Nacht, als ich schlief – todmüde wie

stets –, hörte ich Stimmen. Eine Stimme klang wie die meines Vaters. Ich wollte aufwachen, nach ihm rufen, aber ich konnte nicht. Es war wie im Traum, aber anders. Ich war höchstens zur Hälfte wach.

Bab Maggas Stimme sagte: »Wer hat ihn gelöst! Wer hat es gewagt, den ersten meiner sieben Knoten zu lösen?« Ihre Stimme wurde weich und schmeichelnd, und das war erschreckender als die Drohung ihrer ersten Frage. »Sag mir's, mein Süßer. Sag mir's, mein Täubchen.«

»Du kannst zum Teufel gehen!« antwortete die Stimme meines Vaters.

»O ja. Wir werden zusammen hingehen, mein Liebling. Dies ist die Nacht des Sabbats, des schwarzen Sabbats. Heute Nacht trägst du mich zum Teufel, du magst wollen oder nicht.«

»Ich trage dich gerne zur Hölle und laß dich dort, wenn sie dich haben wollen. Sogar der Teufel würde es mit dir nicht lange aushalten!«

»Heute nacht hast du eine bittere Zunge. Das ist der Knoten, den jemand geöffnet hat. Nun sag mir doch, mein Lieber, wer war es? Wer hat den Knoten gelöst?«

Die Stimme meines Vaters antwortete: »Die Dohle hat's getan.«

»Wenn er es war, dann rupf ich ihm seine Federn aus und brat ihn mir am Spieß, und wenn er auch ein zähes Mahl abgibt, ich eß ihn auf!«

»Du kannst ihn roh oder gebraten essen«, sagte meines Vaters Stimme. »Mir ist es gleich, was ihr beide miteinander anstellt.«

»Er war schon immer ein Narr, dem man nicht

trauen konnte. Er nimmt sich zuviel heraus«, sagte Bab Magga. »Ich brauche keine Spaßmacher in meinem Gesinde. Eine schwarze Botschaft war's, der Tag, als man ihn zum Kurier machte. Aber halt nur still, mein Schätzchen, und ich knüpf dir den Knoten wieder fest, ganz fest.

Fest geschnürt
Der Knoten hält
Fest verdreht
Der Zauber fällt
Um und um
Fest gebunden
Hat mein Bann
Dich gefunden.«

Der Singsang ihrer Stimme betäubte mein Bewußtsein, und ich hörte nichts mehr weiter, denn der Schlaf überkam mich.

Hexenknoten: Owen. Am nächsten Morgen kam ich vom Melken ins Haus und sah, daß Bab Magga sich anschickte, ins Dorf zu gehen. Man hatte Nachricht geschickt, daß Katie Hannah »in Schwierigkeiten« war. Das bedeutete, daß sie ihr Kind nicht gebären konnte. Sie mußten verzweifelt sein, um nach Bab Magga zu schicken, aber am Ende wandten sie sich immer an sie und ihre Hexerei, wenn ein Kind nicht auf die Welt kommen wollte, oder wenn sie einen ihrer Nachbarn verhexen lassen wollten. Bab Magga machte es die größte Freude, wenn sie Flüche aussprechen konnte; Kinder auf die Welt zu bringen, war ihr weniger angenehm, außer wenn es sich herausstellte, daß es eine Mißgeburt war mit Beinen, die aus den Schultern kamen oder mit zwei zusammengewachsenen Hintern und ohne Kopf. Mißgeburten faszinierten sie, und sie versuchte immer, sie am Leben zu halten; aber ich glaube nicht, daß je eins überlebt hat. Sie wußte viel mehr als die Hebammen. Wenn ein Kind nicht kommen wollte, schickte man nach Bab Magga.

»Jäte die Rüben und lies die Würmer vom Kohl. Lies die Käfer von den Kartoffeln und häufle sie«, sagte Bab Magga, und zählte all die Dinge auf, die ich während ihrer Abwesenheit tun sollte. Es war noch viel mehr auf ihrer Liste, und dazu kam noch all die regelmäßige Arbeit, aber die brauchte sie mir nicht aufzählen. Die Kuh melken, die Schweine und die Hühner füttern, Wasser von der Quelle holen, Holz hereintragen – das tat ich jeden Tag.

Sie wollte sicher sein, daß ich jeden Augenblick etwas zu tun hatte, während sie fort war. Sie sagte, daß sie vielleicht nicht vor dem Abend zurückkommen könnte. Das kleinste schwarze Schwein nahm sie mit, und einen schwarzen Hahn in einem Korb. Die Dohle war weggeflogen, sonst hätte sie den Vogel auch mitgenommen. Er half ihr bei ihren Beschwörungen; die anderen schwarzen Tiere waren nur ein halber Ersatz. Mit dem Pferdewagen fuhr sie die Straße hinab; ich sah ihr nach, wie sie kleiner und kleiner wurde. Ich wünschte mir, sie würde wirklich kleiner werden und zu einem kleinen schwarzen Käfer zusammenschrumpfen, den ich zertreten konnte. Aber ich war froh, für einen Tag frei zu sein. Zumindest fühlte ich mich frei, nachdem sie gegangen war, auch wenn sie mir all die Arbeit aufgetragen hatte.

Ich tat, was sie mich geheißen hatte, aber das Ablesen der Würmer und Käfer ließ ich. Morgen würden neue am Gemüse sitzen, auch wenn ich sie jetzt abnahm, also konnte sie nicht wissen, ob ich gehorcht hatte oder nicht. Die ganze Zeit, während ich jätete, dachte ich an die Ziege. Als ich endlich die Kartoffeln gehäufelt hatte, legte ich meine Hacke weg und rannte durch die Wiese zu der steinigen Stelle, wo der Ziegenbock angebunden war.

Er kam langsam auf mich zu und neigte den Kopf, auf- und abnickend – zur Begrüßung, so schien es, aber ich wußte, er wollte nur hinter den Hörnern gekratzt werden. Das war die eine Stelle, die er nicht selbst erreichen konnte. Er stand ganz still, die Augen golden und leer, als ich seinen Kopf kratzte. Er blieb immer so lange so stehen, wie ich ihn kratzte.

Aber ich wollte mir die Knoten in seinem Bart ansehen. Ich wußte, daß um diese Knoten irgendein Geheimnis war, und ich wollte herausfinden, was das war. Aufgeregt erinnerte ich mich an die Stimme meines Vaters, der doch noch am Leben und gestern nacht ins Haus gekommen war – auch wenn er nicht in mein Zimmer gekommen war, um mich zu sehen. Ich wußte, daß es nicht nur ein Traum gewesen war. Es gab ein Geheimnis um die Ziege, das er kannte.

Ich begann mit dem Ziegenbock zu sprechen, als ob ich mit mir selber redete. Es tat gut, mit jemand sprechen zu können, und wenn es nur eine Ziege war, die kein Wort verstehen konnte.

»Irgendwas ist mit den Knoten in deinem Bart, Ziegenbock«, erzählte ich ihm. »Etwas, was Bab Magga vor allen geheimhalten will. Halt still und laß mich die Knoten einmal ansehen. Sie sehen aus, als ob sie von Kletten kämen, aber sie sind wirklich ganz schwierig. Bab Magga hat sie mit Absicht gemacht. Und es sind sieben. Wie sie gesagt hat. Sieben Knoten. Laß mich mal einen versuchen. Halt ganz still. Stell dir nur vor, wie schön es wäre, Bab Maggas Geheimnis herauszufinden. Glaubst du, sie hat etwas in den Knoten versteckt?«

Der Ziegenbock hielt ganz still, seine Augen ausdruckslos und golden, während ich neben ihm im Gebüsch saß und an den Knoten arbeitete.

»Mein Vater lebt«, erzählte ich ihm. »Letzte Nacht kam er zurück, und ich hörte ihn mit Bab Magga reden. Ich bin froh, daß ihn die Seegespenster nicht ertränkt haben. Ich wünschte, er käme und nähme mich mit. Wenn er wüßte, daß sie heute nicht da ist, würde er vielleicht kommen. Wenn ich es ihm irgendwie sagen könnte! Ich glaube nicht, daß er Angst vor ihr hat, so wie ich. Alle anderen haben Angst vor ihr. Aber das weißt du ja. Wenn nicht alle Angst hätten, dann würde ich fortlaufen. Aber ich weiß, daß sie ihr helfen würden, mich einzufangen und zurückzubringen. Wenn es nur einen Ort gäbe, wo ich hinkönnte und wo sie mich nie finden würde!«

Ich war mit dem ersten Knoten fertig. Ich konnte nicht sehen, daß irgend etwas darin versteckt gewesen wäre, aber ich redete weiter mit der Ziege und machte mich weiter an den Knoten zu schaffen. Schließlich, als die Zeit verging, ließ ich meine Finger allein arbeiten und hielt meine Augen auf die Straße gerichtet. Ich konnte sie von meinem Platz aus sehen, und ich hielt Ausschau, damit ich zurück in den Garten rennen konnte, wenn ich Bab Magga in ihrem Wagen kommen sah.

Aber die Sonne sank, und ich hatte erst vier Knoten gelöst. Ich wußte, daß ich zurück ins Haus gehen mußte und dort meine üblichen Abendarbeiten zu erledigen hatte, denn wenn Bab Magga nach Einbruch der Dunkelheit heimkam, strafte sie mich, wenn diese Verrichtungen ungetan geblieben waren. Also verließ ich den Ziegenbock und rannte heim und tat alles, was ich mußte. Ich machte sogar die Sachen, die Bab Magga sonst tat, wie die Milch in Schüsseln gießen und in den Keller tragen. Als es wirklich dunkel geworden war, ohne daß Bab Magga heimgekommen war, aß ich ein paar kalte Kartoffeln, die sie in der Speisekammer gelassen hatte. Ich wußte, daß sie jeden Augenblick kommen konnte, also tat ich nichts Verbotenes. Ich hätte mir gerne etwas Käse und Schinken abgeschnitten, aber ich wagte es nicht. Ich aß nur meine Kartoffeln und ging ins Bett. Es war schlimm genug, was ich mit dem Ziegenbock angestellt hatte, ich wollte ihr keinen anderen Grund zur Wut geben. Wenn sie spät zurückkam, würde sie den Bock nicht mehr ansehen. Manchmal schaute sie ihn ein oder zwei Tage nicht an. Ich hoffte, sie würde es nicht tun. Am liebsten wäre mir gewesen, wenn sie zwei oder drei Tage weggeblieben wäre. Manchmal tat sie das.

Vielleicht hilft das Wünschen, obwohl ich mir nie sicher gewesen bin. Aber jedenfalls war sie am Morgen immer noch nicht zurück. Irgendwie hatte ich das Gefühl, daß das meine letzte Gelegenheit sein würde, diese Knoten zu lösen. Ich war beinahe verrückt, so stark war mein Wunsch; ich war wie besessen.

Kaum war ich wach und fand mich allein im Haus, rannte ich aus der Tür und den Hügel hinauf, durch das nasse Gras, hin zu dem wartenden Ziegenbock. Ich beobachtete die Straße, und ich arbeitete an den Knoten. Ich war wie im Fieber. Ich hatte mein Messer mitgebracht, aber ich wagte nicht, die Barthaare mit den Knoten darin abzuschneiden, denn dann wüßte Bab Magga mit Sicherheit, daß ich es getan hätte.

Der Morgen wurde heiß, und Fliegen begannen uns zu umsummen. Der Ziegenbock lag ruhig da, wiederkäuend, seine Augen golden und blicklos, als ob er weit weg wäre und an anderes dachte.

Bocksgedanken: Eben. Bab Magga tat mir einen Gefallen, als sie mich in einen Ziegenbock verwandelte. Einmal war ich das Begehren nach ihr nun los. Zum anderen war ich frei von dem Drang nach Alkohol, der mich beinahe überwältigt hätte. Immer, wenn ich es bedachte, was aus meinem Leben geworden war, seit ich Nora verloren hatte, war es nur der Trunk gewesen, der mich weiterleben ließ.

Nun lag ich da, ein Ziegenbock, als Gefangener im zertrampelten Farnkraut an einen Pflock gekettet, und der Teufel allein wußte, was Bab Magga mit mir wollte, wenn ihre wahnsinnige Hexerei sie immer tiefer in immer abscheulicheren Verkehr mit Dämonen und Gespenstern führen würde.

Ich fühlte mich seltsam friedvoll als Ziege, wenn sie mich nur in Ruhe gelassen hätte. Am glücklichsten war ich, wenn mein kleiner Sohn kam und mit mir sprach, aber es war, als ob er weit weg und in einer anderen Welt wäre, und ich in einer Welt, wo nur ein Bauchvoll Blätter seine Bedeutung hatte, und die Wärme der Sonne, die einem wohltat, oder das Summen und Stechen der Mücken, die einen ärgerten. Ich lebte in einer Ziegenwelt und mein Sohn, der noch in der Welt der Menschen war, sprach zu mir von Dingen, die nicht mehr wichtig waren.

Er saß neben mir und mühte sich mit den Hexenknoten, die Bab Magga in meinen Bart geknüpft hatte. Ich wußte, daß nur sie mich daran hinderten, meine Kette zu zerreißen, aber meine Hoffnung war gering, daß Owen alle sieben Knoten lösen und mir so die Freiheit zurückgewinnen könnte. Er wußte nicht, was er da tat, aber er würde alles tun, um Bab

Magga zu schaden. Immer noch führte er ein elendes Leben, der arme Kerl, wie wir beide elend gelebt hatten – im Haß aufeinander, ohne jeden Grund, als daß Bab Magga es so geschehen ließ.

Doch wenn ich, im Farnkraut hingestreckt, an diese Dinge dachte, dann nicht so, wie ein Mann denkt. Es war eine andere Weise des Denkens – ein Ziegendenken. Aber ich erinnerte mich klarer und klarer daran, was es bedeutete, ein Mann zu sein, während Owen die Knoten einen nach dem anderen löste und dabei mit mir redete. Er war über mich geklettert und hockte auf meinen Schultern, und seine Arme waren um meinen Nacken, während seine Finger an meinen Knoten arbeiteten. Es war seltsam, wie ich, als ein Knoten nach dem anderen aufging, immer unruhiger und erregter wurde. Aber ich lag still; diesmal würde ich nicht alles durch einen zu frühen Versuch verderben wie das letzte Mal.

Als der letzte Knoten auseinanderfiel, stellte ich mich vorsichtig auf, um Owen nicht abzuwerfen. Er hing auf meinem Rücken, die Arme eng um meinen Hals geschlungen, und ich lief. Ich lief siebenmal im Kreis, und Owen lachte laut, und dann rannte ich mit aller Macht gegen die Kette des Zauberbannes an. Die dreihundert einzelnen Kettenglieder flogen entzwei und spritzten wie Schrot auseinander – und ich war frei! Ich war frei, aber nur zum Teil frei, denn immer noch war ich ein Ziegenbock und kein Mann. Es war ein harter Schlag, daß ich mich immer noch in Ziegengestalt finden mußte. Ein wesentlicher Teil des Zauberbanns war noch ungebrochen. Aber ich wußte, daß dies meine einzige Gelegenheit sein würde, fortzulaufen, Bab Magga fortzulaufen, weit weg. Ich galoppierte über die hügeligen Felder davon; Owen rief immer wieder »Brrr!« Aber es machte ihm zu großen Spaß, als daß er wirklich Angst bekommen hätte, und er hielt sich an meinen großen krummen Hörnern fest, während ich durch die Wälder und zur Küste hinab rannte. Im Galopp ging es die felsige Küste entlang, und meine Bockshufe fehlten nie, als ich von Stein zu Stein sprang.

Zuerst hatte ich nicht bedacht, wohin es gehen sollte – mein einziger Gedanke war es, Bab Magga zu entkommen. Dann, im Lauf, begann ich, mich deutlich an einen Ort zu erinnern, an eine Insel, auf die meine Mutter mich als Jungen einmal mitgenommen hatte. Vogelbeerinsel hieß sie, wegen der vielen Vogelbeerbäume, die dort wuchsen. Im Herbst waren wir hinübergerudert, um die Beeren zu sammeln, aus denen meine Mutter Marmelade kochte. Damals vor langer Zeit hatte sie mir erzählt, daß an einem Ort, wo Vogelbeeren wuchsen, Hexen keine Macht hatten. Als ich nun daran dachte, wußte ich, wohin. Dort mußte ich mit Owen hingehen. Vielleicht würde ich auf dieser Insel wieder zum Mann.

Ich wandte mich zum Meer. Ich lief die Felsen hinab und sprang ins Wasser, ohne zu überlegen, daß ich nie zuvor geschwommen war, oder daran zu zweifeln, daß ich schwimmen konnte. Und ich schwamm. Weit draußen in der Bucht konnte ich die Inseln verstreut liegen sehen. Ich wußte nicht, ob ich die Entfernung schwimmend überwinden konnte, aber ich wußte, daß mir keine Wahl blieb. Ich selbst hatte keine Furcht vor dem Ertrinken, aber Owen, armer Junge, war völlig verängstigt. Seine Beine waren fest um mich gepreßt, und seine Hände umklammerten meine Hörner. Ich war froh, daß er nicht meinen Hals umfaßt hielt, denn sonst hätte ich kaum atmen können – und ich brauchte jetzt all meinen Atem und all meine Kraft. Als ich weiter und weiter hinausschwamm, beschimpfte und verfluchte Owen mich verzweifelt und brach schließlich in entsetztes Weinen aus.

Das eisige Wasser verschlang meine Kraft, aber ich schwamm stetig weiter. Mein Entschluß erfüllte mich. Die unruhige See klatschte mir hart ins Gesicht; das Morgenlicht auf dem Wasser stach mir in die Augen und blendete mich beinahe, aber ich hielt meinen Blick unbewegt auf die eine Insel gerichtet. Weit weg lag sie im Meer und zog mich an. Ich kämpfte, sie zu erreichen. Ich kämpfte gegen die Müdigkeit und die Hoffnungslosigkeit und die Verzweiflung. Langsam kam die Insel näher, wurde größer, bis wir endlich in seichtes Wasser kamen, wo meine Hufe Grund berührten, und Owen von meinem Rücken glitt.

Ich stolperte den felsigen Strand empor. Da, vor mir, sah ich die großen Vogelbeerbäume stehen. Ich spürte, wie eine große Welle von Hoffnung durch mich ging, als ich den zunächststehenden erreichte. Ich lehnte mich gegen den Baum; mein Herz donnerte in mir, meine Flanken bebten, als ich tiefe, verzweifelte Atemzüge tat. In meinem Bocksdenken betete ich – ein halb tierisches, halb menschliches Gebet – ein Flehen, daß mir meine Mannheit wiedergegeben würde.

Über mir hörte ich die Stimmen der großen Bäume murmeln – tiefe, majestätische Stimmen, die in mein Herz strömten:

Wir sind der Vogelbeerwald.
Wir bieten Schutz.
Der Ort der Sicherheit vor bösen Mächten.
Wir bieten dir Frieden.

»Helft mir«, bat ich tief in meiner Seele. »Macht wieder einen Menschen aus mir.«

»Wir bieten Schutz«, antworteten die Bäume.
Wir können dich nicht heilen.
Wir können den Bann von Erland nicht lösen.
Wir können dich nur vom Bösen reinigen
Und dich in Sicherheit bewahren.
Wir können dich schützen und trösten.
Wir bieten Schutz.

Da sank mein Kopf in meiner großen Mutlosigkeit und Verzweiflung, meine Bocksbeine gaben unter mir nach, und ich lag da, die Augen geschlossen. Das warme, saure, wiedergekäute Futter stieg mir in den Hals, floß in mein Maul. Besänftigend flossen die Säfte, wie ich langsam zu kauen begann. Da lag ich, und mein Denken glitt müde in einen schläfrigen Frieden, zurück in tierische Zufriedenheit. Mein kleiner Sohn saß neben mir. Ich fühlte seine Arme um meinen Hals; ich hörte seine Stimme, aber seine Worte hatten keine Bedeutung für mich. Ich achtete nur noch auf die sanften Stimmen der rauschenden Vogelbeerbäume, die flüsterten:

Schutz . . . Sicherheit . . . Frieden.

Der Erlkönig: Eelie. Ich erinnere mich, wie Musik durch den Garten schwebte, ein zartes Läuten, wie Glocken unter Wasser. Da war ich gerade drei Jahre alt, und Nora trug mich den Weg hinunter, wo die Orangen- und Zitronenbäume in großen Kübeln wuchsen. Die goldenen Früchte leuchteten zwischen dunkelglänzenden Blättern. Wir kamen zu einer Bank, wo der König mit drei jungen und sehr hübschen Hofdamen saß. Eine spielte die Laute, eine andere schlug die Leier.

Nora wollte weitergehen, aber mein Vater rief sie zu sich – er nannte sie »Prinzessin Nora« – und sagte ihr, er wolle mich besehen. Ich merkte, daß er unzufrieden mit mir war, ehe er noch gesprochen hatte.

»Dies also ist mein Sohn«, sagte er laut mit einer tiefen dröhnenden Stimme, wie eine Trommel. »Pah! Was für ein elender Winzling, immer noch so schwächlich wie eh und je. Nährst du ihn nicht? Dünn wie ein kleiner Bastardköter. Wäre er nicht mein einziger rechtlicher Nachkomme, ich schwör's, ich enterbte ihn!«

Ich sagte kein Wort. Ich sah auf zu meinem Vater und war überrascht, daß er so offene Verachtung für mich zeigte. Wollte er mich beschämen, damit ich mich änderte? Ich hatte zumindest ein gutes Gesicht, und er war so ungefüge, so dick und häßlich, ganz voller Warzen, abstoßend. Wie konnte er mich zurückweisen?

Nora aber war errötet und verschreckt. Sie wußte nicht, was sie sagen sollte. Da schien der König sie erst zu bemerken, und es war, als ob er mich völlig vergessen würde. Er sah sie eindringlich an, mit einem seltsamen Blick, und dann lachte er und hieß sie, mich ins Gras zu setzen und neben ihm Platz zu nehmen. Das tat sie, und er hielt ihre Hand und streichelte sie. Ich wußte, daß er Nora schön fand, mit ihrem ernsten Gesicht und ihrem dunklen Haar und den dunklen Augen, aber ich konnte spüren, was er empfand, und es gefiel mir nicht. Ich wußte, er bewunderte sie, aber es machte ihm auch Freude, daß sie erschauerte, wenn er sie berührte. Er war so häßlich in ihren Augen! Und er wußte es und genoß es, daß sie Widerwillen und Abscheu vor ihm empfand.

Ich wußte, daß er sich hätte hübsch machen können, wenn er nur gewollt hätte. Ich war mir sicher, daß er das konnte. Raekkin hatte mir gesagt, daß wir nicht alle Gestaltwandler waren in unserem Land, aber ich wußte, ich war einer, und auch mein Vater und meine Mutter. Aber mein Vater wollte nicht schön sein. Er wollte häßlich sein, und die anderen Damen störte seine Häßlichkeit nicht. Ich spürte, daß sie alle von ihm angezogen wurden, von seiner Häßlichkeit. Es war beinahe, als ob eben diese Häßlichkeit sie faszinierte.

Er wandte sich zu einer der Damen, einer Blonden in Grün, mit Rubinen im Haar. »Sing uns das Lied vom Blumenfluß«, befahl er. Sie neigte ihren blonden Kopf über ihre Laute und schlug die ersten glitzernden Akkorde an. Dann sah sie auf, lächelte ihn an und sang:

Ich singe den Fluß, den Blumenfluß,
Mit Wasser wie Nektar so süß,

Durch das breite Bett des Königs
Fließt der Blumenfluß
Und all die weißen Pferde des Königs
Kommen zum Fluß und trinken
Trinken das Wasser süß wie Nektar
Nie gab es solch süßen Fluß
Nein, nie strömte ein Fluß so schön,
Nie gab es so schöne weiße Pferde
Wie die weißen Pferde des Königs.

Das Lied hatte mir alles gesagt. Ich wußte, sie waren ein Liebespaar, mein Vater und die Dame. Ich wußte auch, daß er viele Geliebte hatte, viele schöne Frauen. Zum ersten Mal in meinem Leben spürte ich Haß. Ich haßte ihn, weil er auch noch Nora wollte. Ich wußte, was er für sie fühlte, ein Verlangen nach ihr, ein Verlangen, sie zu verletzen und zu zerstören. Ich dachte an meine Mutter, die Erlkönigin, blaß und krank, und spürte eine solche Wut in mir aufsteigen, daß ich sie kaum in mir zurückhalten konnte.

Mein Vater muß meinen Zorn gefühlt haben, denn er wandte sich um und blickte mich an. Ich saß vor ihm im Gras, zu ihm hinaufstarrend, und er starrte zurück, ein riesenhafter ungeheuerlicher Troll. Er schien größer und größer zu werden, und ich fühlte, wie ich zusammenschrumpfte. Ich wußte, er versuchte mich zu zwingen, zu etwas noch Kleinerem zu werden, zu etwas wie ein kleines Insekt, das er zerquetschen könnte. Er richtete so mächtige Bosheit gegen mich, daß ich ein Schreien nicht unterdrücken konnte. Plötzlich war ich nur ein schwacher Säugling, rotgesichtig und kreischend, der sich vor Schreck und roter Wut die Lunge aus dem Leib brüllte.

Ich spürte, wie Nora mich rasch aufnahm und versuchte, mich zu trösten, aber ich konnte nicht aufhören, zu schreien – mein ganzer Leib war von Wut durchgeschüttelt. Ich hörte die Stimme meines Vaters dröhnen: »Nehmt die verfluchte Göre fort!«, und als ich, immer noch heulend, fortgetragen wurde, hörte ich ihn lachen.

Wie ein Säugling muß ich mich in den Schlaf geweint haben, und ich erinnere mich, daß ich, auf Noras Schoß im Kinderzimmer erwachend, mir immer noch wie ein Säugling vorkam, aber wieder glücklich und zufrieden war. Ich liebte Nora so sehr. Sie roch süß wie Milch und warm wie frischer Kuchen und so beruhigend! Sie wiegte mich in ihren Armen und sang mir vor, eines ihrer dummen Kleinkinderlieder, wie die Königin in ihrem Zimmer sitzt und Brot und Honig ißt. Ich wußte, daß gleich die schlimme Stelle kommen würde, wo die Krähe die Nase abbeißt, und ich wollte es nicht hören.

Also sagte ich: »Ich hab Hunger, Nora!«

Aber da nahm sie eine Orange aus der Fruchtschüssel und fing an, sie zu schälen, und mir wurde wieder ganz schrecklich. Der Orangenduft stieg mir in die Nase und brachte die Szene im Garten zurück und den furchtbaren Haß. Ich konnte die überwältigende Macht spüren, die mein Vater gegen mich gerichtet hatte. Sie war von dunklem Purpur und war entsetzlich.

»Ich will keine Orange!« schrie ich Nora an und schob die Frucht zur Seite. »Ich hasse Orangen. Ich wünschte, Raekkin wäre mein Vater. Ich mag Raekkin, der ist ein guter Mann. Mein Vater, der König, ist kein guter Mann. Er ist böse. Ich will ihn nicht zum Vater!«

»O Eelie«, sagte Nora leise, »du kannst den Vater nicht wechseln, wie du es willst.«

»Warum kann ich das nicht? Er haßt mich, und ich hasse ihn!«

»Er haßt dich nicht, Eelie. Er ist nur eben der König, und hat nicht so wie Raekkin Zeit für dich. Ein König muß wichtige Dinge tun. Er muß ganz Erland regieren und sich um das Land kümmern. Er hat einfach keine Zeit, mit dir zu spielen.«

»Um mit diesen Damen zu spielen, dazu hat er Zeit!« sagte ich.

Dies verwirrte Nora aus irgendeinem Grund. Sie wurde rot und gab keine Antwort.

Ich fühlte mich langsam wieder mehr wie ich selbst.

»Ich wünschte, du würdest Raekkin heiraten«, sagte ich. »Dann könntet ihr genau wie meine Mutter und mein Vater sein, auch wenn ihr es in Wirklichkeit nicht seid. Mit dem Erlkönig und der Erlkönigin, das wäre dann unwichtig. Wir könnten so tun, als ob sie nicht da wären. Wir könnten sie vergessen.«

Nora lächelte.

»Ich mag Raekkin gut leiden, Eelie, obwohl wir nicht immer einer Meinung sind. Aber du weißt, daß ich schon verheiratet bin. Ich kann nicht noch einmal heiraten, und ich wollte es auch gar nicht, weil ich Eben liebe, meinen Mann.«

»Wie ist Eben?« fragte ich.

»Er ist groß und hat breite Schultern und braunes Haar und einen Bart, und er ist ein Bauer, er ist ein guter Mann, er arbeitet hart, aber er steckt voller Späße. Wir waren so glücklich zusammen, er und ich. Und als Owen, mein Kind, auf die Welt kam, das war von allen die glücklichste Zeit.«

»Hat Eben Owen nicht gehaßt?« fragte ich.

Nora war entsetzt.

»Eben Owen hassen! O nein! Er war so stolz, einen Sohn zu haben. Er war so gut, so freundlich; er war so vorsichtig mit allem Jungen – junge Pflanzen, junge Tiere – ich bin sicher, er sorgt gut für Owen. Ach, Eelie, das ist die einzige Hoffnung, die ich habe! Ich weiß, daß Eben für Owen sorgt, bis ich zurückkomme. Es war grausam, mich von ihnen fortzunehmen ...« Noras Stimme brach.

Es tat mir leid, daß ich diese Gefühle in ihr aufgeweckt hatte. So war es immer, wenn sie an ihr Zuhause und an Owen dachte, an das Kind, das sie zurücklassen mußte.

Ich schlang meine Arme fest um ihren Hals und sagte: »Sei nicht traurig, Nora, du hast ja mich. Und ich laß es nie zu, daß dich jemand von mir fortnimmt!«

Die Insel: Owen. Als der Ziegenbock sich losgerissen hatte und mit mir auf seinem Rücken davongelaufen war, hatte ich zuerst Angst. Dann war ich in froher Erregung, daß er mich forttrug. Aber als er die Küste hinunterrannte und ins Wasser sprang, versuchte ich wieder, ihn zum Halten zu bringen. Er hielt nicht an, und ich schrie und fluchte und bat ihn, mich zurückzubringen. Wir waren draußen im Wasser, bevor ich recht begriffen hatte, was geschah, und dann hatte ich wirklich große Angst. Plötzlich kam mir der Gedanke, daß er mich zu den Seegespenstern brachte, daß all dies Bab Maggas Werk und die Strafe dafür war, daß ich die Knoten gelöst hatte. So stark war die Furcht in mir, daß mir nicht nur die Zähne klapperten, sondern daß ich am ganzen Leibe zitterte. Meine Hände krampften sich um die Hörner des Bocks. Ich wagte nicht, sie zu lockern. Nur sein Kopf ragte aus dem Wasser, während er stetig weiter und weiter hinausschwamm.

Als wir die Mitte der Bucht erreicht hatten, war ich soweit, daß ich aufgeben wollte und mich mit dem Tod und dem Ertrinken abfand. Vielleicht wäre es kein so schlimmes Ende. Mein Leben war ein einziges Elend gewesen, solange ich denken konnte. Als mir schließlich klarwurde, daß der Ziegenbock auf eine der Inseln weit draußen in der Bucht zuschwamm, war ich schon so weit, daß ich mich an die Seegespenster aufgegeben hatte. Aber als wir uns der Insel näherten, schöpfte ich wieder Hoffnung und dachte, daß die Ziege mich vielleicht in Sicherheit brachte.

Die Insel war wunderschön. Als wir uns dem Ufer

näherten, ließ ich mich von seinem Rücken gleiten und watete hinter ihm her an Land. Er ging langsam den Strand hinauf bis zum Waldrand und hielt unter einem großen Vogelbeerbaum inne. Er lehnte sich gegen den Baum und starrte mit glasigen Augen um sich. Seine Ohren spielten, als ob er auf etwas lauschen würde. Dann sank sein Kopf, und er stand da wie ein Pferd, das zu weit und zu schnell gelaufen ist. Er ließ den Kopf hängen, als ob alles aus wäre, und dann gaben die Füße unter ihm nach, und seine Augen schlossen sich.

Ich fürchtete, er würde sterben. Ich kniete bei ihm nieder und legte die Arme um seinen Nacken und sprach zu ihm.

»Stirb nicht, Ziegenbock«, sagte ich. »Es wird alles gut. Ich werde mich um dich kümmern. Ich bin froh, daß du mich hierher gebracht hast. Ich bleibe lieber hier und verhungere, als daß ich bei Bab Magga bleibe, aber du darfst mich nicht ganz allein lassen!«

Ich drückte mein Gesicht in das nasse Fell seines Halses und weinte. Da öffneten sich nach einer Weile die goldenen Augen, und er käute wieder, mit einer Art verträumtem Blick. So wußte ich, daß es gut gehen würde mit ihm.

Hätte ich gewußt, daß ich auf diese Art mit dem Ziegenbock weglaufen würde, hätte ich eine Menge Dinge mitnehmen können. Aber ich hatte es ja nicht geplant, und alles, was ich nun hatte, waren meine Kleider und mein Messer. Ohne mein Messer hätte ich, glaube ich, nicht lange auf der Insel überlebt, allein mit der Ziege.

Ich war am Rand des Verhungerns, aber immer wieder fand ich etwas zu essen. Von Tag zu Tag gewöhnte ich mich daran, meine Nahrung zu suchen, auf der Insel herumzuwandern, jeden Morgen die Beerendickichte abzusuchen, Pilze zu sammeln, Wildgemüse zu pflücken. Ich kannte alle wilden Pflanzen, und ich wußte, welche Pilze eßbar waren. Dies hatte Bab Magga mich gelehrt, obwohl sie mich meistens nach den giftigen Arten ausgeschickt hatte. Ich aß alles, was ich fangen konnte, selbst Frösche und Schnecken. Ich brachte es nie soweit, einen Vogel mit einem Steinwurf töten zu können, aber ich stahl die Eier aus ihren Nestern. Ich wurde ein schlauer Jäger. Ich verfertigte sogar Schlingen aus Ranken und Ziegenhaar, und fing Kaninchen. Ich machte mir einen langen, spitzen Dreizack, und manchmal gelang es mir, Fische im seichten Wasser zu spießen. Bei Ebbe gab es Krabben, Muscheln und kleine Meeresschnecken im Tang. Nachdem ich einen Feuerstein am Strand gefunden hatte, konnte ich sogar Feuer machen und mein Essen kochen. Ich wußte, wie man mit Feuerstein und Stahl Feuer macht, und ich hatte mein Messer.

Zuerst war es hart, aber je länger der Sommer dauerte, desto leichter fiel es mir. Mehr und mehr lernte ich, für mich selbst zu sorgen. Ich war zum ersten Mal in meinem Leben frei, und ich war glücklich. Wenn ich ein paar Tage hungrig war, war mir das nicht wichtig. Ich fand sogar eine Höhle, die mir Schutz vor dem Regen bot. Dort war es groß und geräumig, war man einmal eingetreten. Ich machte mir ein Lager aus trockenem Farnkraut und teilte es mit der Ziege. Ich teilte alles mit dem Ziegenbock, alles, was ich teilen konnte. Er lief mir oft nach, und manchmal ritt ich auf seinem Rücken. Ich watete so oft im Wasser umher, daß ich schwimmen lernte. Ich konnte tun, was ich wollte, und lange Tage faul in der Sonne liegen. Es war herrlich, einfach auf dem Rücken auf den warmen Felsen zu liegen, und die Sonne farbig durch meine Augenlider hindurch scheinen zu lassen. Alles friedlich. Nur das leise Klatschen der Wellen am Strand, und die Rufe der Möwen hoch am Himmel. Niemand, der mich angeschrieen hätte, oder geschlagen, weil ich nicht arbeitete. Es war fast wie im Himmel.

Manchmal kamen Fischerboote an der Insel vorbei, aber dann versteckte ich mich. Zuerst hatte ich Angst, daß sie nach mir suchen könnten. Vielleicht taten sie das auch, aber die wenigen Male, wo Männer versuchten, an unserem Strand an Land zu gehen, stellte sich der Bock ihnen entgegen, griff sie mit seinem Gehörn an und trieb sie zu ihren Booten zurück. Ich war stolz auf ihn, aber ich hatte Angst, sie könnten ihn verletzen. Sie schienen aber Furcht vor ihm zu haben, und die, die er vertrieb, kamen nie mehr zurück.

Es war, als sollte der Sommer ewig dauern. Aber als die kalten Nächte kamen und der weiße Frost morgens alle Blätter und Zweige überzogen hatte, wurde mir plötzlich klar, daß der Winter kam. Als ich bedachte, was das bedeutete, bekam ich Angst, echte Angst. Ich schwor mir, daß ich nie zu Bab Magga zurückgehen würde; lieber wäre ich erfroren.

Ich beschloß, daß ich irgendwie den Winter allein auf der Insel überstehen mußte.

Mit wahnwitzigem Eifer versuchte ich, Nahrung für den Winter zusammenzutragen. Wie ein verrücktes Eichhörnchen rannte ich herum und suchte Nüsse und Äpfel. Ich trocknete Pilze, indem ich sie in die Sonne auf heiße Steine legte. Ich versuchte, Trauben zu trocknen, aber die meisten verdarben, und die Hornissen waren ganz wild darauf. Ich sammelte die hellroten Vogelbeeren, obwohl sie gallenbitter waren; ich wußte, daß die Vögel sie im Winter aßen. Für die Ziege schnitt ich Heu, und ich sammelte Holz. Ich hatte keine Axt, nur mein Messer, aber ich zerrte abgebrochene Äste zu meiner Höhle und häufte Bündel von Zweigen auf. Ich hatte keine Ruhe. Ich war so verzweifelt, daß mich die Angst vor dem Winter halb wahnsinnig machte.

Vielleicht war ich schon die ganze Zeit etwas verquer gewesen, ganz allein auf der Insel mit der Ziege. Es gab Zeiten in diesem Sommer, da wußte ich, daß es nicht ganz richtig war mit mir. Dinge geschahen – seltsame Dinge, von denen ich wußte, daß sie nicht wirklich sein konnten – wie Träume, aber es waren keine. Ich wußte auch, daß sie nichts mit Bab Maggas Hexenkünsten zu tun hatten, weil sie nicht schrecklich oder grausam waren, nur sehr seltsam und manchmal wunderschön und manchmal lustig. Das erste war, als die Schwäne kamen.

Ich lag an einem steilen Abhang über der Küste, als ich zuerst das Paar großer weißer Vögel vorbeigleiten sah. Ich dachte, es seien Gänse, aber ich wußte, daß es keine gewöhnlichen Gänse sein konnten. Ihre Schwungfedern standen flauschig auf ihren Rücken hoch, ihr Gefieder war wie lockige weiße Wolle, und ihre Hälse waren lang und gebogen. Jetzt weiß ich, daß es Schwäne waren, aber damals wußte ich nicht, wie ich sie nennen sollte. Ich dachte, es müßten der Gänsekönig und die Gänsekönigin sein, denn sie waren schöner und edler als alle Gänse, die ich je gesehen hatte. Als ich ihnen zusah, glitt einer in das hohe Rohr am Ufer und verschwand. Der andere segelte wartend hin und her, und ich sah müßig zu. Nach langer Zeit kam der erste zurück; ich wußte, daß im Röhricht ein Nest verborgen sein mußte. Ich stand auf und kletterte das Ufer hinunter, um danach zu suchen. Ich dachte, die Vögel würden furchtsam davonfliegen, wenn ich auftauchte, aber statt dessen griffen sie mich an! Mit lautem Aufklatschen ihrer Schwingen im Wasser, in einem Gewirr von weißen Flügeln und Gischt drangen sie wild auf mich ein, zischend und mit schrillem Kreischen, das mir in den Ohren hallte. Entsetzt lief ich weg und kletterte höher, außerhalb ihrer Reichweite. Dort blieb ich stehen, hüpfte auf und ab, schrie und warf Stecken nach ihnen, aber ich konnte sie nicht vertreiben.

Am nächsten Tag kam ich zurück und legte mich auf die Lauer, um sie zu beobachten, aber jetzt hatte ich Angst vor ihnen. Es waren wilde, stolze Vögel! Der König, wie ich ihn nannte, hielt Wache, flügelschlagend, während er im Kreis schwamm. Ich wollte die Eier haben. Ich konnte ihren Geschmack bereits auf der Zunge fühlen. Ich versuchte, mir einen Plan auszudenken, um sie zu vertreiben.

Nachts, als ich hungrig aufwachte, kam mir der Gedanke, daß ich die Eier unter dem Leib der Königin hervor stehlen könnte, im Dunkeln, während sie schlief. Mittlerweile wußte ich, wo das Nest war, also stand ich auf und schlich mich leise in der dunklen Nacht hin, auf dem Bauch durch das scharfe, spitze Gras kriechend, die Halme vorsichtig mit den Händen auseinanderschiebend. Ich sah die weiße Königin auf ihrem Nest sitzen. Sie war halb wach und zischte mich leise an, als ich näherkroch, aber sie rührte sich nicht. Ich beobachtete ihre weiße Gestalt im Dunkel, bis ich wußte, wo ihr Kopf war. Dann, ganz vorsichtig, schlich ich mich hinter sie und schob meine Hand sanft unter die weiche Wärme ihres gefiederten Leibes. Ich spürte drei große Eier, warm in meiner Hand, und verstohlen zog ich eines heraus. Ich wußte, daß ich ihr eines lassen mußte, damit sie noch mehr legte, also nahm ich nur zwei. Ich kroch davon und entkam unversehrt mit meinem Schatz. Es gelang mir, das Ufer zu ersteigen, ohne die Eier zu zerbrechen, aber sobald ich mich in Sicherheit fühlte, setzte ich mich auf, schlug ein Loch in die Schale des einen Eis und sog das rohe Ei heraus. Es war herrlich und warm und schmeckte so gut, daß ich das andere auch gleich auf der Stelle essen wollte, aber ich wußte, es würde besser sein, es mir für den Morgen aufzuheben.

Ich erwachte hungrig und im Gedanken an das Ei. Im Morgengrauen setzte ich mich auf, nahm das blaßgrüne Ei in die Hand, und befühlte seine glatte Rundung. Es tat mir beinahe leid, es zu zerbrechen. Sorgfältig stieß ich ein kleines Loch in das Ende und sog es dann langsam aus, jeden Schluck genießend. Es schien das schönste Essen, es schmeckte wie der Traum vom reichen Leben. Es war, als ob man eine Schüssel Sahne hätte. Die Sonne stieg blendend weiß hinter den Bäumen im Osten empor, und ich hielt das leere Ei zwischen meinen Händen hoch und sah hinein. Ich wollte nur das Sonnenlicht durch die leere Eierschale leuchten sehen.

Was ich sah, war so unerwartet, daß ich laut aufseufzte. Zunächst schien das Ei voll von Blumen, kleinen hellbunten Blumen, und dann trat dieser Blumenvorhang auseinander und ich sah einen Garten mit einer Fontäne und mit Leuten – einer Dame und einem kleinen Jungen im Gras. Der Kleine hielt ein grünliches Ei in den Händen, wie das, das ich in der Hand hatte. Die Dame nahm es sich und hielt es ans Auge. Eine Sekunde lang sah ich ihr Gesicht so nahe, daß ich zusammenfuhr. Ich ließ mein Ei fallen, und es zersprang auf dem Boden in viele Stücke. Verzweifelt hantierte ich mit den Splittern und suchte nach einem letzten Anblick, einem Rest des Bildes vom Zaubergarten. Das Gesicht der Dame war so wunderbar gewesen, ihr Haar, ihre Augen so dunkel und zwingend, als sie in die meinen sah, daß ich weinen mußte, diesen Anblick verloren zu haben. Ich weinte vor Ärger und Kummer und trat nach dem kleinen Häufchen zerbrochener Eierschalen und drückte sie mit meiner Ferse in die harte Erde.

Der erste Ei-Zauber: Eelie. »Was für ein großes Ei, Eelie! Wo hast du das her?« fragte mich Nora.

»Es war hier in einem Nest«, antwortete ich ausweichend. Ich hatte Owen sehen wollen, und das Ei war ein einfaches Mittel dazu. Ich wußte, daß er rascher wuchs als ich, weil Raekkin mir gesagt hatte, daß in Midgard die Zeit doppelt so schnell verstreicht, dort, wo Owen war. Ich war viereinhalb, also war Owen neun. Aber es überraschte mich, wie groß er war, wie mager und drahtig er aussah. Es ließ mich daran denken, wie es wäre, so beweglich zu sein. Vielleicht... vielleicht würde es Spaß machen, herumzurennen und herumzuklettern wie er. Er sah ganz wild aus, als ob man sich nicht um ihn kümmerte; sein Haar struppig und zerzaust, und seine Kleider in Fetzen. Ich wollte mit ihm reden und mehr über ihn herausfinden. Aber da kam gerade Nora und sah mich und das Ei.

Ich dachte mir, ich würde sie Owen sehen lassen. Auch wenn er mager und abgerissen aussah, er war ein großer Junge, und es müßte sie stolz und glücklich machen, ihn zu sehen. Also gab ich ihr das Ei und sagte: »Schau, was drin ist, Nora. Schau in das Ei!«

Sie lächelte, als ob sie einer Kinderlaune nachgeben würde, und nahm das Ei. Aber sie zögerte.

»Schau hinein, Nora!« drängte ich. »Es ist etwas Besonderes für dich.«

»Ich hatte einmal ein Osterei«, sagte sie mit leiser, ferner Stimme. »Als ich ein kleines Mädchen war. Ich seh es noch, es war wie ein Zauberland in diesem Ei. Blumen und Kaninchen und Hühnchen, und so schöne...« Ihre Stimme stockte. »Wie dumm!« sagte sie laut. »Natürlich ist das hier kein Osterei.« Und sie hielt das Ei an ihr Auge. »Oh!« rief sie aus. »Oh!«, und beinahe sofort zersprang das Ei.

Ich ärgerte mich über Owen, und wünschte, ich könnte es ihm auch ins Gesicht sagen. Er hatte das Ei und den Zauber zerbrochen.

Nora hielt die Eierschalen in der Hand und sah sehr verwirrt aus.

»Ich habe einen ganz merkwürdigen kleinen Jungen gesehen. Ist das wieder einer von deinen Späßen, Eelie? Sag es mir. Ich bin nicht böse, ich verspreche es. Was war in dem Ei?«

»Das war Owen«, sagte ich. »Aber er ist dumm. Er hat das Ei zerbrochen.«

»Owen? Owen in dem Ei? Ich spürte, daß es Owen war, aber ...«

Sie zögerte, und eine schlimme dunkle Furcht schien sie zu überkommen.

»Eelie, bitte sag es mir. Was hat das zu bedeuten? Ist er tot?«

»Ach Nora!« sagte ich ärgerlich. Sie verstand überhaupt nichts. »Ach Nora, sei nicht so töricht. Wie kann Owen tot sein? Er war dort, genau wie du ihn gesehen hast.«

»Aber das konnte doch nicht Owen sein. Er war viel älter. Mein Owen wäre noch klein, wie du.«

»Aber er ist älter! Er ist doppelt so alt wie ich, und wird es immer sein. Und wenn er auch größer ist, er ist nicht so klug wie ich, denn es war seine Schuld, daß das Ei zerbrochen ist.«

»Wie kann Owen so viel älter sein als du?« rief Nora. »Du bist einen Tag vor ihm geboren!«

Es war wirklich nicht leicht, aber ich versuchte, Nora das mit den endlosen Welten zu erklären, die sich alle ineinander verschlangen und alle verschiedene Zeitbeziehungen hatten. »Du kannst in eine Welt gehen und entdecken, daß tausend Jahre vergangen sind, oder vielleicht wird es da Jahre früher sein«, erzählte ich ihr. »Midgard ist die Welt, die Erland am nächsten liegt. Sie decken sich beinahe im Raum, aber die Zeit geht doch schneller in Midgard, doppelt so schnell. Deshalb ist Owen älter.«

Aber es hatte Nora so beunruhigt, Owen zu sehen, daß sie nicht einmal den Versuch machte, zu verstehen. Am Ende war ich es leid. Es war alles ganz anders gekommen, als ich geplant hatte, also gab ich es auf und sagte gar nichts mehr.

In einer mondhellen Nacht, während Nora fest schlief, machte ich noch ein Ei und sprach mit Owen. Ich erwachte von den hellen Lichtflecken, die im Dunkel auf dem Fußboden und den Möbeln leuchteten; nicht einfach Flecke, mehr wie sich krümmende Federn aus Licht, wie die Muster auf den Gewändern der Hofdamen. Das Licht zog und wölkte über mein Bett. Die Bettdecke glühte samtweich, mit hellen Lichtpunkten an den Stellen, wo ich wußte, daß auch bei Tag helle Punkte zu sehen waren; aber die Punkte des Mondlichts formten sich zu Kreisen, zu einem anderen Muster, nicht dem alten, das ich vom Tag kannte. Das Licht war so hell, daß ich nicht schlafen konnte. Ich begann, die

Muster auf meiner Bettdecke mit meinem Finger nachzuziehen und spielte mit dem Licht und ordnete es anders. Es war so schön, in einer solchen Fülle, daß ich lange damit spielte.

Dann wurde es mir langweilig, und ich fing an, das Mondlicht in meinen Händen zu sammeln und zu formen, bis es als großes, glattes, leuchtendes Ei beieinanderblieb. Durchscheinend grün glänzte das Ei in meinen Händen in der Dunkelheit.

Ich sah, wie sich das Grün im Ei zu Blättern formte, dunkler wurde, bis die Blätter schwarz gegen einen blaugrünen Abendhimmel standen. Owens Kopf erschien über dem Rand eines Uferabhangs; sein Haar, schwarz und verworren, stand als strähnige Silhouette gegen das leuchtende Grün. Dann glitt er den Abhang hinunter in die Dunkelheit. Ich wartete, bis er wieder ein Ei aus dem Schwanennest gestohlen hatte, und dann, als er hineinsah, sah er mich mit meinem Ei im dunklen Zimmer. Ich hielt mein Ei ans Auge, und wir sahen einander an.

»Komm hierher, Owen, und sprich mit mir!« sagte ich, und obwohl er Angst hatte, war er doch auch neugierig, und er kam. Er saß auf dem Bett, und wir sahen einander an.

Der zweite Ei-Zauber: Owen. »Komm hierher, Owen, und sprich mit mir!« Das war's, was er sagte. Einfach so, als ob es ein Befehl wäre. Es war das zweite Mal, daß ich den Eiertraum hatte. Aber es war kein echter Traum, weil ich wußte, daß ich wach war, und es war doch nicht Wirklichkeit, weil wirkliche Dinge so nicht geschehen. Es war eine Art Zauber, und wie zuvor fing es mit einem Schwanenei an.

Ich hatte immer wieder Eier aus dem Nest gestohlen. Wenn ich sie leergesogen hatte, hielt ich die Schale gegen die Sonne und hoffte, den seltsamen Blumengarten wiederzusehen. Aber die Eierschalen waren immer leer, bis heute nacht. Gleich nach Sonnenuntergang, in der grünen Dämmerung, hatte ich dieses Ei gestohlen. Der Vollmond war aufgestiegen, als ich es geleert hatte. Ich saß oben am Ufer, schwang mit den Beinen und sah über das Meer. Das Mondlicht malte einen breiten Weg auf das Wasser, ein weites Blitzen und Blinken von Licht auf den dunklen Wellen. Der Mond war so voll und rund und hell, daß ich versuchte, die Eierschale gegen sein Licht zu halten. Und diesmal sah ich wieder Bilder! Wie wenn man durch ein kleines Loch in ein dunkles Zimmer späht. Ein kleiner Junge, derselbe, den ich das letzte Mal gesehen hatte, saß dort auf einem Bett und hielt ein grünleuchtendes Licht in Händen. Es war ein Ei! Ich hielt den Atem an. Ich war sehr vorsichtig, um diesmal mein Ei nicht fallen zu lassen. Das Zimmer lag ganz im Dunkel, außer diesem grünen Leuchten. Wo war die schöne Frau? Ich wollte sie wiedersehen.

Während ich schaute, hob der kleine Junge das Ei an sein Auge, und dann sahen wir einander an, so nahe, daß ich Mühe hatte, mich zu beherrschen und nicht zurückzufahren. Und da hörte ich ihn sagen: »Komm hierher, Owen, und sprich mit mir!«

Wie konnte ich dorthin gehen? Ich wollte gern. Ich wollte die dunkelhaarige Dame wiedersehen, aber es erfüllte mich mit unruhigem Zweifel, daß ich wußte, es war nur ein Traum oder eine Illusion. Bevor ich mich zu etwas entschließen konnte, in einem Atemzug, war es, als ob ich durch das Ei hindurchgegangen wäre. Ich war in einem leeren blaßgrünen ovalen Raum mit einer gewölbten Decke über mir – und dann lösten sich die Wände auf, und bevor ich Atem holen konnte, stand ich neben dem Bett, auf dem der kleine Junge saß.

»Setz dich her auf mein Bett, Owen«, befahl er. Und ich tat es. Wir sahen einander im grünen Schein des Eis an, das er in der Hand hielt. Er war nur ein dünnes schwächliches Bübchen, mit Augen, die in dem grünen Licht ganz aus Pupillen zu bestehen schienen, aber sein Gebaren war so von oben herab, daß es mich erstaunte. Er sah mich scharf und prüfend an, aber immerhin rümpfte er nicht angewidert die Nase, wie es die anderen immer getan hatten.

»Wer bist du?« fragte ich. »Wie hast du meinen Namen gewußt?«

»Ich bin Eelie«, sagte er. »Ich bin Prinz Elver von Erland. Deine Mutter ist meine Amme – Nora. Sie erinnert sich noch an dich, Owen, aber sie denkt, du bist noch ein kleines Kind!«

»Du siehst nicht wie ein Prinz aus«, sagte ich. »Was ist das für ein Ort hier?« Wir waren in einem großen, hohen Raum aus Stein, der in düsterem Dunkel lag; nur das Mondlicht, das durch das Fenster blinkte, erhellte einen kleinen Teil des Zimmers. »Wo sind wir? Wo ist meine Mutter? Das ist nur ein Traum, oder? Nichts davon ist wahr – oder?«

»Du willst alles auf einmal wissen!« sagte der kleine Junge verächtlich. Er hatte eine seltsame Art, zu reden, halb kindlich, halb erwachsen. »Wir sind auf Schloß Ellorgore. In Erland. Nora schläft dort im großen Bett, aber wir dürfen sie nicht aufwecken. Sie hätte Angst, dich zu sehen, und ich müßte dich zurückschicken. Ich will mit dir reden und dich kennenlernen, damit ich ihr von dir erzählen kann. Du bist auch ein Prinz, weißt du. Und sie ist Prinzessin Nora.«

»Das war der Name meiner Mutter«, sagte ich. »Woher weißt du das? Du glaubst doch nicht, daß ich das Gerede von Prinzen und Prinzessinen glaube? Du redest daher, als ob du glaubst, ich sei blöde. Du bist zu klein für einen Prinzen. Zu klein, um den Leuten Befehle zu geben.«

Nun war er beleidigt.

»Es hat keinen Sinn, dir Sachen zu erklären. Du bist dumm!« sagte er.

»Warum sollte ich dir zuhören?« sagte ich. »Du bist gar nicht wirklich da. Du bist nur ein dummer Traum.« Aus irgendeinem Grund brachte ihn das zum Lachen.

Dann wurde er wieder ernst. »Wenn du mir nicht zuhören willst«, sagte er, »dann höre ich dir zu.

Wenn du mir alles von dir erzählst, stelle ich keine Fragen – oder ganz wenige.«

Also erzählte ich ihm alles von Bab Magga und meinem Vater und der Ziege und der Insel. Es war seltsam, soviel zu reden, und alles über mich selbst. Ich hatte nie jemand zum Reden gehabt. Ich entdeckte, daß ich ihm Dinge erzählte, von denen ich geglaubt hatte, daß ich sie nie jemand sagen würde, all das von Bab Magga und von dem Schrecken, den ich mein Leben lang gefühlt hatte. Nur von ihr zu reden, ließ mich zittern. Ich erzählte ihm von meinen bösen Träumen – von dem einen Alptraum, der mir die kalte Angst brachte –, wo sie mich verfolgte. Ich ritt dann auf dem braunen Ziegenbock, wir sprangen über die Felsen eines großen, steilen Berges, und sie kam schreiend hinter uns her, auf einer großen schwarzen Ziege, groß wie ein Karrengaul.

Er hörte gespannt zu, aber er wollte noch mehr vom Klettern auf Bäume und vom Schwimmen und Jagen hören. »Das klingt, als ob es Spaß machen würde, aber . . .« Ein merkwürdiger, trauriger Blick trat in seine Augen.

»Aber was?« fragte ich.

Er starrte mich böse an und überging meine Frage.

»Erzähl mir mehr von Bab Magga und der Ziege«, sagte er. »Weißt du nicht, daß der Ziegenbock dein Vater ist?«

»Nein, ist er nicht!« behauptete ich und war wütend auf ihn. War er auch auf Bab Maggas Seite? »Bab Magga wollte, daß ich das glaube. Aber ich glaube es nicht. Sie ist eine Hexe, die schlimmste Sorte Hexe, die es gibt, aber sie kann keine Menschen in Tiere verwandeln. Sie wollte mich einmal in eine Kröte verwandeln, aber es war nichts. Da habe ich das mit der Ziege nicht mehr geglaubt. Ich weiß, irgendwo lebt mein Vater, und eines Tages findet er mich wieder. Ich gehe nie mehr zu Bab Magga zurück. Ich hasse sie!«

»Ich weiß es, daß du sie haßt. Ich spüre deinen Haß«, sagte er leise, und seine Augen schauten groß in dem dämmerigen Zimmer. »Haß ist purpurdunkel und rot und häßlich. Es ist ein häßliches Gefühl. Aber ich verstehe deinen Haß, weil ich meinen Vater hasse, den König von Erland. Es ist schwer, jemand nicht zu hassen, der mehr Macht hat als man selbst, wenn er dich nicht liebt. Nora liebt mich, und es macht mir nichts aus, daß sie Macht über mich hat. Sie würde sie nie mißbrauchen. Aber mein Vater hat seine Macht gegen mich gerichtet, als ich erst drei Jahre war. Das war etwas Entsetzliches. Es war böse!«

Als er sagte, daß Nora ihn liebte, erkannte ich, daß er meine Mutter meinte. »Wo ist meine Mutter?« fragte ich. »Ich will sie sehen.«

Er hieß mich, durchs Zimmer zu gehen, und die Vorhänge des großen Bettes beiseite zu ziehen. Ich war voller Angst und Neugier. Ich wollte sie sehen, auch wenn es nur ein Traum war. Sie lag in tiefem Schlaf, ihre dunklen Augen geschlossen und ihr dunkles Haar, ein schwarzer Strudel, um sie her auf den weißen Laken. Da konnte ich glauben, sie sei eine Prinzessin, so schön war sie. Ich sah sie ruhig an. Es war, als ob mein Herz gefroren wäre, kalt und hart wie Wintererde, und dann kamen die Tränen, wie die ersten Rinnsale des Frühlings, langsam tropfend. Ich erschauerte, wie ich dastand und sie ansah, voller Sehnsucht und mit dem Wissen, daß dies etwas war, was ich begehrte und nie haben konnte.

»Das Mondlicht vergeht«, unterbrach die Stimme des kleinen Jungen meine Empfindungen. »Es wird schwächer. Du mußt nun gehen, Owen. Mein Ei verlischt. Es ist nur ein Mondei.«

Ich sah, wie meine Mutter verging, als das Licht sich verschleierte und verdunkelte. Dann verschwand alles, und ich saß am Strand meiner Insel und sah auf die silberne Bahn des Mondes, die auf die schwarze Nord-See hinausführte. Ich rieb mir die Augen mit dem Handrücken; sie brannten vor salzigen Tränen.

Fünfter Geburtstag: Eelie. An meinem fünften Geburtstag trug mich Nora zu meiner Mutter, der Erlkönigin. Wir aßen Kuchen und kandierte Früchte, und meine Mutter schenkte mir einen neuen Anzug für den Winter. Es war Oktober, und es wurde schon kälter. Eine pelzgefütterte Jacke aus dunkelroter Wolle, sie hatte goldbestickte Bänder, die meine Mutter selbst gestickt hatte. Der Hut dazu trug eine Pfauenfeder und ein breites Band aus Fell.

Meine Mutter lächelte mich an und sagte: »Alles Gute zu deinem Geburtstag, Prinz Elver, mein kleiner Sohn mit den blauen Augen.« Dann seufzte sie. »Dies mag der letzte Geburtstag sein, den ich mit dir feiere.«

Ihr Seufzen ging wie silberner Frost durch den Raum. Ich wünschte, daß ihre Stimme nicht so traurig geklungen hätte, aber ich sagte nur: »Die Kleider gefallen mir gut. Danke schön, Mama.«

Ich empfand große Ehrfurcht vor ihr – sie war so blaß und schön und geheimnisvoll, aber ich wußte, daß ich sie »Mama« nennen sollte, also tat ich es. Seit einiger Zeit war sie so fern, wie zurückgezogen hinter einen Schleier von durchsichtigem Eis. Die Wärme ihrer Liebe konnte nicht mehr hindurchstrahlen. Ich wußte, daß Nora immer diese Kälte gespürt hatte; nun spürte ich sie auch.

Auch der König sandte ein Geschenk. Es war eine große Pergamentrolle, die Raekkin mir vorlas, ein langer Text über Lehen und Domänen. Es war sehr langweilig, mir das alles anhören zu müssen, und ich dachte, daß das ein ziemlich klägliches Geschenk war.

Meine Mutter aß nichts von dem Kuchen, und sie ließ uns den Rest mit ins Kinderzimmer nehmen. Raekkin kam und brachte seinen Freund Grypyr mit, den königlichen Stallmeister. Grypyr war sehr groß und stark, mit Augen, die wie Flammen leuchteten. Sein langes Haar war lohes Gold, sein Bart war rot, wie Sonne und Feuer zusammen. Grypyr beeindruckte mich. Menia brachte uns einen Topf heißen gewürzten Wein, und wir waren alle fröhlich und aßen vom Kuchen. Sogar die Dohle bekam etwas.

»Guter Jack!« rief er. »Jack kriegt Kuchen! Pflaumenkuchen, guter Jack darf versuchen!«

So groß war der Kuchen, daß noch beinahe ein Drittel übrig war, als wir alle uns satt gegessen hatten. Nora sagte, wenn ich noch mehr essen würde, würde mir schlecht werden, und stellte den Kuchen in den Mondschrank, der hoch oben an der Wand hing. Sie sagte, sie wollte ihn vor Jack in Sicherheit bringen, aber ich wußte, daß es in Wirklichkeit mir galt.

Nora schenkte mir ein Paar blauer Strümpfe und Handschuhe, die sie gestrickt hatte, und auch Raekkin und Grypyr brachten Geschenke. Grypyr tat sehr geheimnisvoll mit dem seinen. Er streckte mir seine leeren Hände entgegen und sagte: »Das ist Geistertod, Prinz Elver. Es ist ein unsichtbares Schwert.«

»Wie sieht es aus?« fragte ich. »Wozu ist es gut?«

»Es sieht wie eine Flamme aus«, sagte Grypyr. »Es wird Euch vor bösen Geistern schützen. Wenn Sie Euch je angreifen, könnt Ihr sie mit dieser Waffe abwehren, denn wenn diese sie berührt, vergehen sie zu Nebel.«

»Kann ich es in die Hand nehmen?« fragte ich. »Oder ist es nur ein Spiel?«

»Das wißt Ihr besser«, sagte Grypyr vorwurfsvoll. »Würde ich Euch im Spiel ein eingebildetes Schwert schenken? Nein, es ist wirklich, so wirklich wie die Flamme, aber wie diese bleibt es unsichtbar, bis Ihr es ins Leben ruft. Wenn Ihr es braucht, wird es da sein, wenn Ihr seinen Namen ruft. Es heißt Vegandi. Vergeßt es nicht!«

Ich dankte Grypyr für sein Geschenk, aber es machte doch wenig Spaß, ein Schwert zu haben, das ich nicht sehen konnte, und böse Geister, an denen ich es hätte erproben können, waren auch keine da.

Raekkins Geschenk gefiel mir am besten. Er gab mir eine Zauberschale. Ich wußte, daß es ein Zauber war, weil sie mit Vögeln und Fischen und Hasen in hübschen Farben bemalt war, und als ich hineinsah, konnte ich die Vögel fliegen sehen, die Fische schwimmen und die Hasen laufen.

Raekkin sagte: »Dies ist die Schale der friedlichen Erde. Die Runen, die um den Rand geschrieben stehen, enthalten den Zaubersang dieser Schale. Ihr müßt nur die Schale drehen und die Worte sagen und verlangen, was immer Ihr benötigt. Aber verschwendet den Zauber nicht. Ihr müßt sie weise gebrauchen. Eines Tages, wenn Ihr friert und Hunger habt, wird die Schale Euer Leben retten.«

Ich wußte, daß dies ein ganz besonderes Geschenk war, aber mir gefiel es einfach, sie anzusehen. Es war mir nicht eilig damit, sie zu gebrauchen, denn ich befürchtete, wenn ich mir etwas Gutes zum Essen wünschen würde, am Ende Brei oder Rüben zu bekommen. Das wäre wohl die Vorstellung der Schale von dem, was ich »benötigte«. Manche Zauberdinge waren so. Sie hatten ihren eigenen Kopf.

In dieser Nacht war ich sehr müde, aber zu aufgeregt, um schlafen zu können. Ich lag lange wach, nachdem das Feuer ausgegangen war und der Raum kalt wurde. Der bloße Gedanke an den Kuchen im Schrank machte mich hungrig. Ich saß im Bett und besah mir den Schrank. Warum ihn nicht öffnen? In der Schranktür war eine halbmondförmige Öffnung, und ich dachte an einen solchen Mond in einem grünen Wald, dachte mir, wie die Tür sich wie in einen Wald öffnen würde, in den der Mond scheint. Ich dachte an Bäume und Blätter, bis der Schrank verschwamm und grün und leuchtend wurde. Die Tür schwang langsam auf.

Ich glitt vom Bett herunter und kroch auf Händen und Knien zum Schrank. Sogar diese Entfernung zu überwinden, war harte Arbeit, aber ich war entschlossen, mir diesen Kuchen zu holen. Ich sah hinauf zum Schrank. Er hing so hoch oben, daß ich nicht einmal den Kuchen sehen konnte – nur den leuchtenden grünen Nebel, der ihn erfüllte.

Meine Gedanken streckten sich nach dem Kuchen aus und hoben ihn sanft von seinem Bord. Ich hielt ihn schwebend in der Luft und spürte das schwere Gewicht. Aber dann dachte ich daran, wie gut er schmecken würde, und das war ein Fehler. Plötzlich entglitt er dem Griff meines Denkens.

Krach! Er fiel zu Boden und zerbrach!

Aber das war nicht schlimm. Ich saß daneben und begann, die zerbrochenen Stücke zu essen, eines nach dem anderen, bis ich keinen Hunger mehr hatte. Ich dachte an Owen und wünschte mir, er wäre da und würde mir helfen, den Kuchen zu essen. Es wäre sein Geburtstag, denn Nora hatte mir erzählt, daß er einen Tag nach mir auf die Welt kam. Owen hatte keinen Kuchen. Ich dachte an Owen und an das, was er machte. Wie es wohl auf seiner Insel war? Ihn zu besuchen würde vielleicht mehr Spaß machen, als ihn zu Besuch zu holen.

Mit diesem Augenblick beschloß ich, Owen den Rest vom Kuchen zu bringen. Ich hielt ihn auf dem Schoß – es war immer noch ein großes, großes Stück da –, und ich starrte in den offenen Schrank, der innen immer noch schimmerte und grün glänzte. Ich starrte und starrte, und langsam begann er sich umzukehren. Er wurde zu Gold und Rostrot, mit Sonnenlicht und Schatten vermengt, und dann flogen und fielen Herbstblätter um mich herum, und ich saß auf der Erde, in einem wilden Wald in Midgard.

Oktoberbesuch: Eelie. Es war schon Morgen in Midgard. Die gelben Blätter fielen wie ein Schwarm fallender Sterne, im hellen Sonnenlicht des Morgens herniederglitzernd. Noch nie war ich in einem Wald gewesen. Er war ganz verschieden von dem Garten in Ellorgore, wo alle Bäume zu ordentlichen Formen zugeschnitten waren. Ich hatte noch nie so viele Bäume so nahe beisammen und so ineinander verwachsen gesehen, deren Stämme sich krümmten und nach oben schossen, in das dichte rotgoldene Laubwerk über mir verschwindend. Der Ruf eines Staren ertönte lieblich und klar, ganz nahe, und ich hörte das schrille Schreien irgendeines kleinen Tieres. Ich hatte nur mein Nachthemd an, aber die Luft war so warm, daß Dampf von den Baumstämmen aufstieg, wo die Sonnenstrahlen sie trafen.

Aber wo war Owen? Ich sah mich um. Alles, was ich sehen konnte, waren Bäume. Seine Insel war größer, als ich es mir gedacht hatte.

Dann hörte ich das schrille, scheltende Rufen lauter und näher. Ein kleines pelziges Tier saß auf einem Baum und sein buschiger Schwanz flog in kurzen Stößen auf und ab, während sein ganzer Leib zitterte, als es mich ausschrie. Ich stand auf, um besser sehen zu können, und das Tierchen lief den Baum hinauf, sprang mit einem Satz durch die Luft, landete, in den Blättern raschelnd, auf einem anderen Ast und verschwand.

»Ratatosk?« rief ich. »Bist du das, Ratatosk?«

»Ist wer Rata – was?« fragte eine Stimme.

Es war Owen. Er stand da, mit einem Weidenkorb, und sah wie ein wildes Geschöpf aus, das bei meiner geringsten Bewegung davonlaufen würde. Aber er hatte nicht wirklich Angst, weil er näherkam, ein paar Meter entfernt stehenblieb und mich anstarrte.

»Wer bist du?« fragte er.

»Du weißt, wer ich bin«, sagte ich. »Ich bin Prinz Elver. Du kannst Eelie zu mir sagen – deine Mutter nennt mich Eelie.«

»Meine Mutter ist tot!« sagte Owen abweisend. »Und du bist nicht wirklich da, und außerdem dachte ich, du kannst nicht aufrecht stehen – das hast du wenigstens gesagt.«

»Ich kann auch nicht –«, begann ich, und dann hielt ich inne, sprachlos vor Erregung. Ich stand! Ich stand auf meinen eigenen Füßen, ohne mich irgendwo festzuhalten! Ich war völlig verwirrt. Nicht einmal bemerkt hatte ich es! Ich war mühelos vom Boden aufgestanden, ohne auch nur daran zu denken. Das Wunder machte mich schwindlig. Zögernd machte ich einen Schritt vorwärts, und Freude durchlief mich. Ich fiel nicht hin! Ich konnte gehen, und es war so einfach, daß ich es kaum glauben konnte.

»Schau!« rief ich Owen zu, »schau, ich kann gehen!«

»Ja«, sagte er. »Du hast gesagt, du könntest es nicht.«

Ich machte noch ein paar Schritte. Meine Beine waren noch schwach und wacklig, und nun, da ich darauf achtete, was ich tat, war es schwierig, mein Gleichgewicht zu halten. Ich schwankte wie in starkem Wind. Aber als ich dort ankam, wo Owen stand, waren meine Beine stark und gerade. Ich fiel zu Boden und brach in Gelächter aus. Es war solch ein herrliches Gefühl!

»Ich konnte noch nie zuvor gehen«, sagte ich. »Ist es Zauberei? Hast du es getan, Owen?«

»Nein«, sagte er, »ich habe keinen Zauber! Es ist, weil du träumst. Man kann alles mögliche in Träumen.«

»Ich träume nicht!« sagte ich empört.

»Woher weißt du das?« fragte er. »Als ich in dem Schloß war, da habe ich geträumt. Jetzt bist du hier, und vielleicht träumst du jetzt.«

Ich war wider Willen beeindruckt, weil dies den Erklärungen Raekkins sehr nahe kam. Ich war nicht in Erland; ich war in einer anderen Welt mit anderen Regeln. In dieser Welt konnte ich gehen! Ob ich wohl auch auf Bäume klettern konnte?

»Mit wem hast du eben gesprochen?« fragte Owen.

»Mit dem kleinen Tier, das den Baum hinaufgelaufen ist. Ich dachte, vielleicht wäre es Ratatosk, das Eichhörnchen, der Bote. Er trägt die Botschaften von dem Adler im Wipfel der Weltesche Yggdrasil zu dem Drachen an ihrem Fuß.«

»Nun, das war ganz richtig ein Eichhörnchen«, sagte Owen. »Aber das ist so närrisch wie zuvor. Adler und Drachen! Aber von Bab Magga bist du nicht, das weiß ich.«

»Nein, ich bin nicht von Bab Magga. Ich kenne sie nicht einmal und will es auch nicht. Nicht nachdem, was du mir erzählt hast. Schau«, sagte ich, und hielt ihm den Kuchen hin. »Ich habe dir etwas Geburtstagskuchen gebracht. Herzlichen Glückwunsch!

Heute ist dein Geburtstag. Nora sagt, du bist einen Tag nach mir geboren. Hier, nimm. Es ist guter Kuchen!« Und ich streckte ihm das große Kuchenstück entgegen.

Owen stellte seinen Korb hin und nahm den Kuchen. Er biß hinein und kaute und schluckte langsam.

»Es ist wirklich Kuchen!« sagte er verwundert. »Wirklicher Kuchen! Und gut ist er auch. Ich hab noch nie ein ganzes Stück Kuchen gehabt, nur Krumen. Bab Magga hat früher Kuchen gemacht, als mein Vater da war, aber ich habe nie etwas abbekommen. Sie hat gesagt, es sei schlecht für kleine Jungen.«

»Das hat Nora auch gesagt«, erzählte ich Owen. »Sie hat gesagt, ich soll nicht soviel Kuchen essen, oder es würde mir schlecht. Aber ich habe ganz viel gegessen, und mir ist überhaupt nicht schlecht.«

»Hier«, sagte Owen. »Du kannst welchen haben.«

»Nein, iß nur du«, sagte ich. »Ich wollte ihn dir bringen, aber im Grunde wollte ich dich sehen. Zeigst du mir, wie man auf Bäume steigt?«

»Ich sammle Walnüsse«, sagte Owen. »Es liegen viele auf dem Boden, aber noch mehr hängen in den Bäumen. Wenn ich hinaufklettere, kann ich mehr herunterschütteln. Du könntest mir beim Aufsammeln helfen.«

»Ich weiß nicht«, sagte ich. »Ich glaube, ich würde vielleicht lieber auf den Baum steigen. Ist es schwer?«

»Du bist zu klein«, sagte Owen. »Du bist bloß ein Wicht. Aber du kannst mir helfen. Ich hab eine

Höhle, wo ich Nahrung für den Winter sammle, vor allem Nüsse und Äpfel. Der Winter kommt rasch näher, und ich muß genügend Proviant sammeln, daß ich bis zum Frühling leben kann. Ich habe Angst vor dem Winter. Holz muß ich auch sammeln, und Heu für die Ziege schneiden, aber es geht sehr langsam, weil ich nur ein Messer habe. Wenn ich nur eine Sichel und eine Axt hätte – aber ich hab's nicht. Es gibt soviel zu tun, daß ich hier nicht herumschwatzen kann. Wenn du helfen willst, komm.«

»Ich will auf die Bäume klettern«, sagte ich.

»Also gut«, sagte Owen widerstrebend. »Du hast mir den Kuchen gebracht. Ich kann dir wohl zeigen, wie man auf einen Baum steigt.«

Er führte mich zu einem großen Nußbaum und half mir mit dem Anfang, indem er mich zum ersten Ast hochhob. Dann stieg er mit mir weiter und zeigte mir, wo ich meine Füße hinsetzen und wo ich mich festhalten mußte. Er wies mir die morschen Äste, die gefährlich waren. Ich mußte mich ganz darauf konzentrieren, meine Arme und Beine stark genug zu halten, um weiterklettern zu können. Die gelben Blätter waren wunderschön, wie ein goldenes Dach über uns, und wie wir so kletterten, war es, als ob wir durch ein goldenes Zimmer nach dem anderen hinaufstiegen.

Ich kletterte beinahe bis zum Wipfel, und dann mußten wir wieder hinuntersteigen. Das war das schwierigste. Wenn ich hinabsah, schien der Erdboden sehr weit entfernt; es war wie hoch oben auf einem der Schloßtürme.

Als wir schließlich wieder auf der Erde standen,

war ich froh, mich hinsetzen zu können. Ich war sehr müde. Ich saß da und schaute zu, wie Owen allein wieder hochkletterte und Nüsse schüttelte. Es fiel mir schwer, zu glauben, daß ich wirklich dort oben gewesen war!

Owen füllte seinen Korb mit Nüssen und trug ihn zu seiner Höhle. Sie lag verborgen in einem steinigen Felsenhügel und die große braune Ziege beobachtete uns von der Anhöhe herab, als wir durch einen schmalen Felsspalt stiegen, voller Steine und Zakken. Innen war es wie ein großes Steinzimmer. Der Boden war uneben, aber es war ein großer Raum mit einer niedrigen Decke. In einer Ecke waren Nüsse aufgehäuft, in einer anderen lagen Äpfel, und eine große Menge Holz lag aufgeschichtet und noch mehr vor der Höhle, um einen Heuhaufen herum gestapelt.

»Damit die Ziege es nicht vor dem Winter fressen kann«, sagte Owen.

»Er ist keine Ziege«, sagte ich ihm.

»Du sagst mir das immer wieder«, sagte Owen. »Aber er benimmt sich wie ein Ziegenbock. Wäre er mein Vater, dann sollte man meinen, er weiß, daß das Heu für den Winter ist. Es ist schwierig, zu verhindern, daß er alles auffrißt. Ich muß ihn jetzt aus der Höhle aussperren. Er frißt sogar die Körbe. Ich brauche noch viele Körbe, um die Sachen alle aufzubewahren, aber die mach ich später. Jetzt hab ich keine Zeit. Bab Magga hat mir beigebracht, wie man Körbe flicht; sie hat immer gesagt, ich hätte kein Geschick dazu, aber wenigstens weiß ich, wie es geht.«

Ich fand Owen ganz unwahrscheinlich – all die Dinge, die er für sich selbst machte! Ich wußte, daß er doppelt so alt war wie ich, nach dem, was mir Raekkin über die Zeit in Midgard erzählt hatte. Ich war fünf, also mußte Owen zehn Jahre alt sein. Ob ich wohl so wie er für mich selbst sorgen könnte, wenn ich zehn sein würde? Ich wußte viel, aber ich hatte nie etwas tatsächlich getan. Als er zurückging, um noch mehr Nüsse zu holen, war ich so müde, daß ich mich kaum hinterherschleppen konnte. Die dürren Blätter knackten und raschelten und flüsterten unter meinen Füßen. Es war schwierig, mich genügend zu konzentrieren, um mit Owen Schritt halten zu können.

»Auf geht's, Lahmbein!« rief er und verschwand den Weg in die goldenen und roten Wälder hinunter.

Ich versuchte, Schritt zu halten, aber er lief mir weiter und weiter voraus. Schließlich setzte ich mich hin, nur um ein klein wenig auszuruhen. Und als ich da saß, völlig erschöpft und mich schon halb wieder zurück nach Ellorgore wünschend, hörte ich Stimmen, leise tiefe Stimmen, keine wirklichen, sondern seltsam geheime Stimmen.

»Kommst du in Frieden, Prinz von Erland?« fragten die Stimmen.

Auf irgendeine Weise wußte ich, daß es Baumstimmen waren. Ich sah auf in die roten Blätter und roten Beeren der Bäume, unter denen ich saß. Es waren keine Blätter und Beeren – es waren in Wirklichkeit Flammenzungen und helle Kohlen, die im Sonnenlicht brannten. Es war Zauberfeuer, aber ein Zauber, dem ich noch nie begegnet war. Und es war wunderschön, wahrhaft lieblich. Wie aller Zauber lag auch tödliche Gefahr darin, aber ich war zu müde, um dies zu verstehen oder zu fürchten.

»Natürlich komme ich in Frieden«, sagte ich ungeduldig. »Aber jetzt will ich nach Hause.«

»Komm und geh in Frieden, Prinz von Erland«, seufzten die Bäume. »Wir sind die Vogelbeerbäume. Wir sind die Hüter des Friedens. Geh nun in Frieden. Geh leise, geh still, geh in Sicherheit . . .«

Es war wie der Runensang des Schlafes. Die Stimmen schwollen an und sanken, und obwohl ich versuchte, ihnen zuzuhören, verlor ich sie. Ich mußte losgelassen haben und tief eingeschlafen sein . . .

. . . Ich erwachte in furchtbaren Schmerzen. Nora schüttelte mich. Es war ein sanftes Schütteln, aber überall in mir schmerzte es so stark, daß ich laut aufschrie.

»Wach auf, Eelie!« hörte ich Nora sagen. »Du hast einen bösen Traum.«

»Nein, das ist es nicht!« schluchzte ich. »Es tut weh, alles tut weh!«

»Wo tut es dir weh?« fragte Nora besorgt.

Sie wollte mich hochnehmen, aber entsetzliche Schmerzen schossen durch meine Arme und Beine, und ich schrie. Ich konnte nicht aufhören, zu schreien.

»Menia!« rief Nora. »Menia, komm her!«

»Schaut doch«, hörte ich Menias langsame Stimme. »Schaut Euch den Mondschrank an. Die Tür ist aufgeweht, und der ganze Boden liegt voller Kuchen.«

»Dieser Jack!« rief Nora. »Oh, das macht jetzt nichts – lauf und hol Raekkin. Schnell, Menia, geh zu Raekkin. Sag ihm, daß Prinz Elver krank ist!«

Sie versuchte mich zu trösten, aber ich weinte nur. Ich hörte sie fragen: »Eelie, Liebling, hast du den ganzen Kuchen gegessen?«

»Nein«, schluchzte ich, »nur das meiste davon.«

»Ach, Eelie, Lieber, weine nicht«, sagte Nora. »Raekkin wird dich wieder gesund machen.«

Aber ich mußte immer weiter weinen, weil es so weh tat. Als Raekkin kam, befühlte er meinen Körper, und ich schrie auf, als er mir Arme und Beine bewegte.

»Ich esse nie wieder Kuchen«, heulte ich.

»Es ist nicht der Kuchen«, sagte Raekkin; er sprach mehr zu Nora als zu mir. »Er hat keine Bauchschmerzen, aber seine Glieder tun ihm weh.«

»Er hat den ganzen Kuchen gegessen!« sagte Nora. »Es muß der Kuchen sein.«

Raekkin fing an, meine Beine mit etwas einzureiben, was furchtbar roch. Aber der Geruch war mir gleich, der Schmerz des Reibens war so schlimm.

Er aber wiederholte immer wieder leise und beruhigend: »Liegt still, laßt Euch ganz locker. Ich werde Euch den Schmerz wegnehmen.«

Und so war es. Die Schmerzen schienen unter seinen Händen zu zerfließen, und dann waren sie fort. Da hörte ich auf zu weinen, aber ich war so erschöpft, daß ich einschlief und den ganzen Tag im Schlaf zubrachte.

Lange lag ich krank im Bett. Es dauerte eine Woche, bis der Schmerz und die Steifheit meiner

Glieder schließlich völlig verschwunden waren. Raekkin fragte mich nie, was ich getan hatte, aber ich erzählte es ihm eines Tages, als wir allein waren.

»Ihr habt zuviel auf einmal versucht«, sagte er. »Laufen und Klettern sind ausgezeichnete Übungen, aber Ihr habt zu lange gewartet. Nun sind Eure Glieder zu schwach, um Eurem Willen zu gehorchen. Ihr müßt langsam beginnen. Fangt damit an, jeden Tag nur einige Schritte durch das Zimmer zu gehen, und macht jeden Tag etwas mehr. So könnt Ihr Eure Stärke aufbauen. Ihr müßt es nach und nach tun, nicht alles auf einmal. Dann wird Euch Euer Körper in allem gehorchen. Aber Ihr braucht erst einen starken Körper, wenn Ihr Eurem starken Willen Genüge tun wollt.«

»Nie wieder werde ich gehen oder klettern«, sagte ich zornig.

Aber obwohl es mir in diesem Augenblick ernst damit war, mußte ich immer wieder an Owen und an die Insel denken. Als ich schließlich wieder gesund war, folgte ich Raekkins Rat und wollte gehen lernen, jeden Tag etwas mehr, aber obwohl ich mich wirklich bemühte, hatte ich keinen Erfolg, gleichgültig, wie sehr ich mich anstrengte. Ich stand auf und hielt mich an etwas fest, aber wenn ich losließ, fielen meine Beine unter mir zusammen und waren hilflos und schwach. Ich brach in wütende Tränen aus, und es half mir nun wirklich nichts, wenn Nora sagte: »Du könntest es, Eelie, wenn du nur wirklich wolltest.«

Raekkin lehrte mich Übungen zur Stärkung meiner Glieder. Ich schlug Purzelbäume und konnte sogar auf dem Kopf stehen; es machte mir Spaß, die Welt so umgekehrt anzusehen. Es war beinahe wie der Anfang der Umkehrung der Dinge. Immer noch nicht konnte ich allein stehen oder gehen, aber das Üben half; langsam wurde ich so stark, daß ich etwas umhergehen konnte, wenn ich mich auf den Arm eines anderen stützte – und damit mußte ich mich zufrieden geben.

»Warum kann ich nicht gehen?« fragte ich Raekkin. »Ich will es. Werde ich je hier in Erland gehen können? In Midgard konnte ich es. Ist Midgard nur ein Traumland?«

»Es ist wirklich«, sagte Raekkin. »Alle Welten sind wirklich. Aber in dieser Welt hindert etwas Euch am Gehen. Eure Beine sind gesund; später einmal werdet Ihr gehen können.«

»Aber ich will jetzt!« rief ich.

»Den Willen habt Ihr. Nun müßt Ihr den Weg finden. Etwas versperrt ihn Euch. Nur Ihr selbst könnt ihn freimachen. Die Antwort liegt in Euch; ich kann sie nicht für Euch finden.«

Aber als ich in mich schaute, sah ich weder Weg noch Tor, nur schwarze Dunkelheit. Ich glaube, daß ich schon damals wußte, was das Hindernis war, aber meine Augen wollten nicht sehen und meine Füße wollten nicht den Weg durch dieses dunkle Tor gehen.

Das Feuerrad: Eelie. Als der Dezember kam und der Garten ganz vom Schnee bedeckt war, steckte Nora mich in dicke Pelze und trug mich nach draußen. Dort schob sie mich in einem kleinen Schlitten, der wie ein Boot geformt war. Damals war ich fünf Jahre alt, und plötzlich achtete ich viel mehr auf viele Dinge. Es war schön, wenn der Schnee fiel und wie ein dichter weißer Blütenschauer den Garten durchwirbelte und verhüllte. Die Türme und Zinnen des Schlosses sahen wie mein Geburtstagskuchen aus, ganz mit weißem Zuckerguß überzogen. Die Fontäne im Garten warf keinen Wasserstrahl mehr in die Höhe, aber all die marmornen Frösche und Nixen und Seepferde hatten sich zu Eistrollen verwandelt. Überall liefen die Raben auf den verschneiten weißen Wegen hin und her.

Es war auch eine traurige Zeit, denn meine Mutter, die Erlkönigin, lag im Sterben. Sie war so krank, daß ich sie nicht einmal mehr sehen konnte. In dem weißen Garten hatte ich das Gefühl, als ob die Stille anders wäre als sonst; als ob alles den Atem anhielte und auf das Ende wartete. Auch Nora fühlte es und schien nachdenklicher als sonst. Es war, als würden wir beide innerlich älter und ließen das kindische Schwatzen hinter uns.

Der Garten war eiskalt und leer, nur die Raben schrieen ihr melancholisches Krächzen, und der Wind lief umher und schüttelte die Zweige der kahlen, leblosen Bäume. Ich mochte die Raben nicht. Es waren zu viele, mehr als ich je gesehen hatte, und ihr Krächzen war anders als gewöhnlich. Wenn man hinhörte, konnte man ihr Lied verstehen, ein Lied wie ein schwarzer Wind, wie die kälteste Kälte, die man sich vorstellen kann:

> Hugin und Munin rufen uns und wir kommen
> Aus den fernen Welten, aus fernem Raum,
> Auf schwarzen Flügeln
> Durch die kalte endlose Nacht zwischen den [Sternen.
> Der Tod kommt wie wir,
> Der Tod nimmt wie wir
> Vom Fleisch und den Knochen und den [Augen.
> Vom Fleisch nähren wir unser Fleisch.
> Aus den Knochen bauen wir Welten.
> Wir nehmen die Augensterne,
> Die Leere zu erhellen
> Zwischen den fernen Welten
> Die sich wirbelnd drehen durch den fernen [Raum.

Mir gefiel das Lied der Raben nicht. Aber Nora schien es nicht zu hören. Es gab vieles, was sie offenbar gar nicht wahrnahm.

Aber obwohl Nora die Worte der Raben nicht verstand, schien sie zu spüren, daß der Garten in diesem Winter anders war.

»All diese häßlichen schwarzen Vögel«, sagte sie. »Sollen sie doch den Garten für sich allein haben!«

Sie nahm mich statt dessen in den Innenhof des Schlosses mit, wo die Ställe und Werkstätten lagen. Dieser Teil der Schloßgebäude gefiel mir gut, mit seinen Hammerschlägen, seinem Lärm und seiner Betriebsamkeit.

Hier gab es viel zu sehen und zu lernen. In den Essen glühten Feuer, und Schmiede schlugen auf das rote Eisen, daß bei jedem Hammerschlag Schwärme sprühender Funken aufstoben. In der Waffenschmiede formten die Werkleute unter klingenden Schlägen Stahlplatten für die Kampfrüstungen der Ritter; und es gab noch andere Werkstätten: Schuster und Sattler und vieles mehr.

In den Ställen standen die großen Pferde in langen Reihen, kauten ihren Hafer und ihr Heu und stampften mit den Hufen. Auch Milchkühe standen in niederen Verschlägen, die an die Schloßmauer angebaut waren. Nora liebte den süßen Kuhgeruch, denn er erinnerte sie, wie sie sagte, an ihren eigenen Kuhstall in ihrer fernen Heimat.

Nora trug mich herum und zeigte mir alles. Ich liebte die großen schönen Pferde. Ich hielt mich an ihren Mähnen fest und bettelte, man solle mich auf ihren Rücken heben, und oft nahm mich Grypyr, der königliche Stallmeister, vor sich auf den Sattel und ritt mit mir durch den Hof. Aus den Nüstern des Pferdes stieg der Dampf in die kalte Luft, und die großen, eisenbeschlagenen Hufe klangen auf dem Kopfsteinpflaster und schlugen Funken.

Grypyr mochte ich gut leiden, aber nicht nur, weil er Raekkins Freund war und mir Vegandi, den Geistertod, gegeben hatte. Er war stark, und er war weise. Er wußte alles über Pferde und gab mir Antwort auf alle meine Fragen. Er erzählte mir von dem großen weißen Pferd Ornhest, dem Pferd des

Königs, dem schnellsten Pferd im Stall des Schlosses, das auch ein Wasserläufer war. Auch ein Luftroß war es, und der König ritt es immer auf der wilden Jagd. Davon erzählte mir Grypyr, als wir um den Schloßhof ritten: Die wilde Jagd war ein Zauber, und ihre Geheimnisse waren nichts für Noras Ohren oder die irgendwelcher anderer, so, wie Ornhest nicht für irgend jemand zum Reiten da war, nur für den Erlkönig.

Grypyr wußte auch mit allen Waffen und Rüstungen Bescheid. Er erklärte mir die verschiedenen Waffen, welche die Waffenschmiede verfertigten – Hellebarden, Gleven, Spieße und Piken, alle verschieden, und das waren erst die Waffen einer Art. Es gab auch alle möglichen Schwerter und Streitäxte, jede Waffe mit einem anderen Namen und Gebrauch, und Keulen und Morgensterne. Grypyr erzählte mir von den alten Helden und Königen. Er hielt mich nicht für ein kleines Kind wie Nora, und er redete nicht, als ob alles eine Schullektion wäre, wie Raekkin.

Vieles von dem, was Grypyr zu mir sprach, war rätselhaft. Einmal sagte er: »Einmal, wenn ich alt und weißbärtig bin, dann werde ich in einem Haus hoch auf dem Gipfel eines Berges wohnen. Die Adler werden durch meine Zimmer aus und ein fliegen, und du wirst einer dieser Adler sein.«

Ich dachte, wie es sein würde, wie ein Adler hoch in den Bergen zu fliegen, und der Gedanke gefiel mir.

Ich sagte Raekkin, daß mir Grypyrs Geschichten gut gefielen.

»Warum erzählst du mir nie von Schlachten und Helden?«

»Grypyr hat sein Wissen, ich habe das meine«, antwortete Raekkin. »Ich bin ein Mann des Friedens. Wenn Ihr etwas über den Krieg wissen wollt, dann hört auf Grypyr.«

»Grypyr sagt, die erste Schlacht der Welt ist mit Steinen ausgefochten worden, und die letzte wird mit dem Feuer der Götter ausgefochten werden. Grypyr sagt, er hätte diese letzte Schlacht gesehen. Wie kann er eine Schlacht gesehen haben, die noch gar nicht geschlagen worden ist?«

»Grypyr sieht das Vergangene und das Kommende«, sagte Raekkin. »Er hat die Sehergabe. Wenn Ihr nicht begreift, was er sagt, so hört gut zu und bewahrt es im Gedächtnis. Eines Tages werdet Ihr verstehen.« Er sah mich nachdenklich an. »Morgen ist Feuerradfest«, sagte er. »Heute nacht ist Mutternacht, die längste Nacht des Jahres; morgen ist die Geburt. Grypyr und ich wollen morgen hinausreiten, um das Feuerradfest anzusehen. Wollt Ihr mit uns kommen, Prinz Elver? Ihr werdet früh aufstehen müssen.«

Ich sagte: Ja, ich würde gerne kommen. Ich kannte das Feuerradfest, obwohl ich es nie gesehen hatte. Es würde sicher Spaß machen – und ein Ritt auf dem Pferd machte immer Spaß. Ich war glücklich in dem Gedanken, etwas tun zu können.

Wir ritten in der kalten Dämmerung ab, gleich vor dem Schloß. Oft hatte ich von den hohen Zinnen hinuntergeschaut, aber dies war das erste Mal, daß ich das Schloß tatsächlich verließ. Grypyr setzte mich vor sich auf sein großes schwarzes Pferd Helfaxi, und Raekkin ritt seine schwarzte Stute Midnætti. Beide Pferde trugen rotes Geschirr mit vielen Messingbeschlägen, und goldene Quasten hingen davon herab. Wir ritten durch das Südtor und waren in der kleinen Stadt aus strohgedeckten Häusern, die auf dem Felsenabhang unterhalb der Schloßmauer errichtet war. Alle die Häuser sahen so hinfällig aus, daß es schien, als ob ein starker Windstoß sie in den eisigen See fegen würde. Die engen, krummen Gassen der Stadt waren voll Schneeschlamm, und überall drängten sich Leute in bunten Kleidern, mit Masken und Laternen an langen Stäben und seltsam-lustigem Zeug wie Fischen und Stechpalmenzweigen und Hahnenfedern, und alles stieß und schob und drängte sich durcheinander.

»Warum leben die Leute hier und nicht im Schloß?« fragte ich Grypyr.

»Es sind Fischer. Sie wohnen bei ihren Booten.« Er wies den Hügel hinunter, und ich konnte die Boote mit ihren fächerförmigen Netzen an den dunklen Docks liegen sehen.

Eine breite Straße führte mitten durch die Stadt hinab zum Wasser, und bald kamen wir zu ihrem Anfang. Wir hielten unsere Pferde an und sahen zu, wie Männer Strohwische an ein großes Rad banden, das am Boden lag. Wir warteten, und ich konnte die Spannung spüren, die in der Luft lag; sie schien wie eine straffgespannte Bogensehne zu tönen. Um uns zitterte Macht, als ob die Luft lebte und schwänge.

Als das Rad ganz mit Stroh umwunden war, schoben und wuchteten die Männer es aufrecht und hielten es so mit langen Stäben, während einer es anzündete. Das Stroh fing an zu qualmen und zu lodern. Ich fühlte die Macht tief in dem Rad selbst glühen. Sobald das ganze Rad Feuer gefangen hatte, gaben sie ihm einen mächtigen Stoß, daß es sich um und um drehte und geradeaus den Hügel hinunterrollte. Feuer und Funken strömten im Wind, als es hinabschoß. Das Feuerrad tat einen großen Sprung, als es das Wasser beinahe erreicht hatte, und segelte durch die Luft. Es krachte mit gewaltigem Zischen und einer Dampfwolke ins Wasser.

Ich sah zu, wie die Dampfwolke zerflatternd über den See zog, und die ganze Welt war stumm und wartete auf etwas. Dann deutete Raekkin zum Horizont.

»Da ist es«, flüsterte er, und in seiner Stimme lagen Ehrfurcht und Dunkel. »Da ist es, das Neugeborene!«

Und in diesem Augenblick hob sich die helle Sonnenscheibe blendend weiß über den dunklen Wald am Seeufer, und die wartenden Fischer riefen.

Als wir durch die Stadt zurückritten, trafen wir einen Trupp Reiter – den Erlkönig auf Ornhest, begleitet von seinen Rittern.

»Oho!« schrie der König, als wir unsere Pferde zügelten. »Da kommt mein Sohn, Prinz Elver!« Sein Ruf ging wie eine Axt durch die Luft. »So bist du also zum Feuerradfest aus deinem Schneckenhaus gekrochen! Sag, kleiner *wizzago*, was hast du gesehen?«

Ich wußte, daß er mich verspottete, aber ich versuchte, Antwort zu geben. Ich war noch ganz im Bann des Wunders, welches das Rad für mich gewesen war – es war so herrlich, wild und in Flammen. Es war mehr als herrlich: Auf eine Art, die ich nicht begreifen konnte, war es zauberisch gewesen. Ich spürte noch immer seine Großartigkeit, seine blendende Macht – kreisend, lebend, geheimnisvoll wirbelnd. Ich war immer noch überwältigt und voller Schrecken und Freude. Tief holte ich Atem und versuchte, es in Worte zu fassen. Alles, was ich sagen konnte, war: »Es war ein großes Rad, das brannte – das größte Rad der Welt – und es fiel klatsch! ins Wasser.«

Der König starrte mich ungläubig an, dann lachte er. Ich konnte die Verachtung in seinem Lachen fühlen wie Dornen, die bis aufs Blut ritzten.

»Ist er schwachsinnig, so wie er schwachbeinig ist?« fragte er über meinen Kopf hinweg. »Meister Grypyr, Meister Raekkin, Ihr habt nicht viel aus ihm gemacht! Vielleicht hattet Ihr nicht genug, aus dem sich etwas hätte machen lassen. Mögen die Götter mir Söhne schenken! Ich könnte Besseres gebrauchen als dieses dumme Häufchen Spucke!«

Es überlief mich heiß, innen und außen. Aber ich antwortete nicht. Ich wollte ihm zeigen, daß ich mich nicht fürchtete, aber ich fürchtete mich tatsächlich. Ich wagte es nicht, ihm zu antworten. Ich schrak in den geheimsten Mittelpunkt meines Wesens zurück. Eines Tages, dachte ich, eines Tages werde ich dir zeigen, wer ich bin!

Der König ritt seines Weges und lachte mit seinen

Männern, und Grypyr und Raekkin und ich wandten uns zurück zum Schloß.

»Prinz Elver«, sagte Grypyr, »habt Ihr nicht den Sonnenwagen gesehen, mit den Himmelspferden Alsvinn und Arvak?«

»Sag ihm nicht, was er gesehen und nicht gesehen hat!« rief Raekkin. »Wenn seine Augen sich öffnen, dann wird er sehen. Jetzt ist er ein Falke, der noch die Kappe trägt!«

»Ein Falke!« sagte Grypyr gelassen. »Man sieht, daß du kein Falkner bist! Nächstens nennst du noch einen Milan einen Bussard!«

»Ich weiß jedenfalls, wann mein Vogel fliegen kann!« Raekkin schrie noch immer mit lauter Stimme.

»Dann lern deine Adlerjungen kennen!« antwortete Grypyr.

Ich merkte, daß die beiden uneins waren, aber ich wußte nicht, worüber. Sie hätten auf den Erlkönig zornig sein sollen, nicht aufeinander. Aber keiner von beiden sprach ein Wort auf dem Rest des Heimweges.

Als wir in den Stallungen ankamen, sagte Grypyr zu mir: »Seht genau zu, wie die Pferde abgesattelt werden und wie man das Zaumzeug abnimmt. Eines Tages werdet Ihr das selbst tun müssen.«

Raekkin brummte, was bedeutete, daß er wieder mit Grypyr einig war.

»Welche Pferde wirst du am Fest der Rosse ins Rennen schicken?« fragte Raekkin. Er wollte sich sozusagen entschuldigen, da ihm Pferde im Grunde gleichgültig waren.

»Ich habe drei gute Jährlinge«, antwortete Grypyr. »Aber es wird kein Rennen geben. Statt dessen findet ein Fortgang statt.«

Raekkin sah unruhig auf.

»Also dann soll es sein? Ich habe es nun fünf Jahre zurückgehalten. Mehr kann ich nicht mehr tun – nicht ich und nicht ein anderer.«

»Ich weiß es«, sagte Grypyr und fügte hinzu: »Es wird in mehr als einem Sinne einen Fortgang geben.«

»Wie meinst du das?« fragte Raekkin scharf.

Aber Grypyr sah mich und dann Raekkin nur an und schüttelte den Kopf. Das hieß, er wollte nicht, daß ich es erfahren sollte.

Ich ritt auf Raekkins Schultern zurück durch die Korridore des Schlosses. Meine Armen lagen um seinen Hals, und ich lehnte mein Gesicht gegen sein Haar; es war wie ein tröstliches Bärenfell.

»Ich weiß, was Grypyr mit dem Fortgang meint«, flüsterte ich in sein Ohr. »Er sollte keine Geheimnisse vor mir haben. Es ist meine Mutter, die Königin, nicht wahr?«

»Er wollte Euch nur Schmerz ersparen«, sagte Raekkin grob.

»Stirbt sie bald? Ich weiß, es geht schon eine lange Zeit.«

»Ja«, sagte Raekkin. »Ihr habt die Raben gehört. Seit dem Schneefall haben sie sich versammelt. Aber es sind keine Raben.«

»Sogar Nora mag sie nicht leiden«, sagte ich, »obwohl sie ihren Gesang nicht versteht. Es ist seltsam, daß sie sie nicht hört. Einmal hat sie mit Munin gesprochen, sie hat es mir erzählt.«

»Es sind keine Raben«, wiederholte Raekkin. »Sie sind zum Fortgang gekommen. Fünf Tage von nun an wird es sein, am Fest der Rosse. Das hat Grypyr gemeint. Er kann die Zukunft sehen.«

»Warum muß meine Mutter sterben?« Das war etwas, was mich verwunderte. Warum sollte sie sterben, wo sie ein Gestaltwandler war? »Warum kann sie sich nicht in etwas verwandeln, das ewig lebt?«

»Alles, was lebt, stirbt«, sagte Raekkin. »Sogar die Götter müssen sterben. Nichts lebt ewig. Ein Baum mag dreitausend Jahre leben, und doch ist sein Tod so gewiß wie der der Rose, die nur einen Tag lebt. Selbst wenn die Königin zu solch einem Baum würde, würde sie zerbrechen, zerfallen, zersplittern wie unter einem Blitzschlag, würde dahinfaulen und im Mark verrotten. Selbst dann würde sie sterben. Niemand von uns kann den Tod abwenden.«

»Was hat meine Mutter krank gemacht? Warum ist sie die ganzen Jahre hindurch dahingesiecht?«

»Ach, wenn ich das wüßte, hätte ich sie vielleicht heilen können. Aber ihre Krankheit war uns allen ein Geheimnis, den weisesten Ärzten, den mächtigsten Zauberern. Keiner konnte ihr helfen.«

»Mein Vater, der König, ist der Meister des Zaubers. Könnte er sie nicht retten?«

Raekkin schüttelte den Kopf.

»Er zuletzt«, sagte er.

Das fuhr mir kalt durchs Herz. Ich brachte es nicht über mich, Raekkin zu fragen, was das bedeutete. Es konnte nur heißen, daß mein Vater meine Mutter nicht retten würde, selbst wenn er könnte. Sie lag im Sterben. Starb sie *wegen* ihm? Der Gedanke entsetzte mich. Wieder fühlte ich die kranke Empfindung des Hasses, eine Schwärze, vor der sich meine Augen schlossen. Raekkin konnte mein Gesicht nicht sehen, aber ich wußte, daß er den Schrecken sah, den ich ahnte. Er sagte jedoch nur: »Es wird Königin Elva nichts ausmachen, zu sterben.«

Jetzt hatten wir die Kinderstube erreicht, und dort redeten wir nicht vom Tod. Aber ich dachte daran. Ich liebte meine Mutter, aber nicht so, wie ich Nora liebte. Es tat mir leid um sie, und hatte mir schon lange leid getan. Ich war froh, daß sie frei sein würde. Sie würde über die goldene Brücke, die sich über den Fluß Gjöll spannt, ins Totenreich hinübergehen. Vielleicht würde sie dort einen wahren König finden, der sie liebte, wie mein Vater sie nicht geliebt hatte.

Winterbesuch: Eelie. Die Erregung beim Feuerradfest, das Zusammentreffen mit meinem Vater, die Todeserwartung – all dies machte mich unruhig. Ich war des Schulunterrichts überdrüssig. Selbst in den Schloßhof mochte ich nicht mehr gehen, weil ich nichts *tun* konnte. Ich konnte nur zusehen, wie andere etwas taten. Als ich sah, wie sich zwei Stalljungen mit Schneebällen bewarfen, beschloß ich, wieder Owen in Midgard zu besuchen. In Midgard würde ich wie diese Jungen im Schnee laufen und spielen können.

Ich ging durch den Mondschrank und entdeckte, daß ich direkt vor dem Eingang zu Owens Höhle angekommen war. Das war mein Glück, denn in Midgard war auch Winter, und alles sah anders aus unter dem Schnee. Der Heuhaufen war verschwunden und der Holzstapel auch, aber die braune Ziege stand unter einem Baum; so wußte ich, daß es der richtige Ort war.

Der Ziegenbock wandte seinen Kopf und sah mich an. Ich hätte gerne mit ihm gesprochen, aber ich spürte, daß keine Worte in seinem Kopf waren, nur formlose Ziegengedanken. Trotzdem war ich sicher, daß er Owens Vater war.

Ich hatte diesmal meine wärmsten Kleider angezogen, sogar noch meinen Fellmantel über meine Jacke. Ich war froh darüber, denn es war sehr kalt.

Ein dünner Rauchfaden stieg aus einer Felsenspalte, dort, wo die Höhle war, und ich ging hin und rief:

»Hallooooo, Owen! Ich bin hier. Ich bin es – Eelie!«

Owen steckte den Kopf heraus. Ich war mir nicht sicher, ob er sich freute, mich zu sehen. Er starrte mich mit offenem Mund an.

»Blitz!« rief er dann. »Du bist ja prächtig ausstaffiert! Du kommst diesmal wie ein echter Prinz daher! Sogar mit einer Feder am Hut, hm?«

»Es ist eine Pfauenfeder«, sagte ich.

»Eine Dohle in Pfauenfedern? Das hab ich schon sagen hören. Bist du das?« er grinste.

»Nein«, sagte ich ärgerlich. »Clootie, der ist eine Dohle.«

Sein Ausdruck veränderte sich; das Grinsen verschwand, und ein Schatten des Entsetzens ging über sein Gesicht. »Clootie!« keuchte er. »So hat Bab Magga ihre Dohle genannt. Woher weißt du das?«

»Ich kenne Bab Magga nicht, das hab ich dir doch schon oft gesagt. Aber Clootie kenne ich.«

Er sah mich prüfend an.

»Ich weiß nicht, wer von uns beiden träumt ... aber komm herein, hier ist es warm.«

Viel wärmer war es nicht in der Höhle. Es brannte nur ein kleines rauchendes Feuer. Der Qualm machte meine Augen tränen und ließ mich husten. Aber die Tränen waren gleichgültig, denn nach der Helle des Schnees draußen schien es hier dringen ohnehin stockdunkel. Langsam gewöhnten sich meine Augen an die Finsternis, und nun konnte ich Owen über seinem kleinen Feuer hocken sehen. Er hatte eine seltsame Art Mantel an, zusammengestückelt aus kleinen Fetzen Fell, und Stroh um die Füße gewickelt; ein rührender und erbärmlicher Anblick.

»Hast du etwas zu essen gebracht?« fragte er.

»Nein«, sagte ich. »Es tut mir leid, aber ich hab nicht daran gedacht. Es fiel mir einfach ein, ich könnte herkommen und mit dir im Schnee spielen.« Ich sah, daß Owen noch dünner als früher war und daß alle Nüsse und Äpfel verschwunden waren. Die Höhle war ganz leer.

»Hast du nichts mehr zu essen?« fragte ich. »Was ist mit all den Nüssen?«

»Alle weg«, sagte Owen. Er kauerte sich dicht ans Feuer, zitternd und elend aussehend. Ich wußte nicht, was ich sagen sollte. Er drehte sich zu mir und schaute mich trotzig an.

»Es ist nicht so schlimm. Ich hab meine Kaninchenschlingen. Meinen Mantel habe ich aus Kaninchenfellen gemacht. Muscheln und Meerschnecken und so gibt es immer noch, wenn es auch ein kaltes Geschäft ist, sie zu holen. Einmal war es so kalt, daß ein ganzer Schwarm Meeresvögel auf dem Eis festgefroren ist, da hab ich eine Weile gut gelebt. Der Ziegenbock wird mager, aber er frißt Rinde und Zweige. Er schafft es schon, wenn der Winter nicht allzulang dauert. Es war ein schrecklich langer Winter.«

In Erland begann der Winter erst. Aber in Midgard mußte es Februar sein. Owen hatte bereits einen langen kalten Winter hinter sich. Ich beschloß, heimzugehen und ihm etwas zu essen zu besorgen.

»Ich bin gleich wieder da!« sagte ich und rannte in den Schnee hinaus. Ich sah mich in dem verschneiten Wald um und fragte mich, wo die Vogelbeerbäume wohl wären. Alles war weiß und still. Die

Äste der Bäume hingen schneebeladen herab, der Waldboden war bucklig und uneben, mit seltsamen Schneehügeln bedeckt. Schwarze Zweige und Äste ragten aus formlosen Schneewehen. Die Ziege kam auf mich zu und sagte »Bääääh-ääääh-ääääh.« Ich beachtete sie nicht.

Ich hatte erwartet, daß die Vogelbeerbäume mir helfen würden, aber ich konnte nicht einmal sagen, welche es waren. Die blattlosen schneebeladenen Bäume sahen alle gleich aus. Ich erschrak.

»Ich bin dumm!« sagte ich laut. »Ich hätte nie hierherkommen sollen. Wenn ich nun hier hängenbleibe und nicht nach Erland zurückkann?«

Es fiel mir nichts Besseres ein, und so marschierte ich geradeaus in den weißen Wald. Es war so schön, durch den Schnee zu gehen, daß ich bald mein Erschrecken vergaß. Ich genoß die Freiheit meiner Bewegung. Federleichter Neuschnee lag auf dem Boden. Ab und zu rutschte eine Ladung Schnee aus dem Gezweig, und feiner eiskalter Staub erfüllte die Luft. Ich ging weiter, einem schmalen hin und her irrenden Pfad folgend. Er endete in einer Lichtung: Ich konnte sehen, wo Owen abgebrochene Äste aus dem Schnee gegraben hatte.

Ich sah mich um, als mich plötzlich etwas von hinten traf, ein gewaltiger Stoß, der mich kopfüber in den Schnee streckte. Keuchend und atemlos lag ich da, Angst durchfuhr mich, als jemand anfing, mich mit spitzen Stöcken zu stechen. Ich hob den Kopf und sah, wie der Ziegenbock mich mit seinen Hörnern stieß. Es tat weh, und ich schrie: »Geh weg, Eben!«

Er ging rückwärts und schüttelte sein Gehörn nach mir. Ich spürte, wie sein Bewußtsein sich mit rotem Zorn anfüllte, wie die Worte in seinem Kopf wie weißglühendes Metall ineinanderflossen. Er warf sie mir entgegen, glühheiß und zischend: »Du bist einer von ihnen! Einer der Bösen von Erland! Weg von dieser Insel, Teufel, oder ich töte dich!«

Ich war so empört, daß er mich umgestoßen hatte, daß ich nicht glauben konnte, tatsächlich in Gefahr zu sein. Der Bock machte ein paar Schritte zurück und senkte den Kopf zum Angriff. Da wußte ich, daß es ihm tödlicher Ernst war.

»Laß mich in Ruhe, Eben!« rief ich verzweifelt. »Siehst du nicht, daß ich Owen helfen will?«

Er zögerte; die seltsamen Ziegenaugen starrten mich an.

»Ich bin nicht böse!« sagte ich laut. Ich legte alle Macht, die mir zu Gebote stand, in meine Worte; sie brannten wie Feuer in der kalten Luft. »Ich bin der Helfer!«

Einen Augenblick lang verstand er, und ich spürte den Jubel in ihm aufflammen. Dann schauderte er am ganzen Leibe. Sein Bewußtsein flackerte wie eine Kerzenflamme im Wind, und seine Augen schienen sich zu bewölken. Dann waren da nur Ziegengedanken, wie zuvor.

Ich war verwirrt und erschreckt, aber auch traurig – traurig, daß ich die Macht hatte benützen müssen, denn ich hatte seinen Geist wieder in das Ziegensein zurückgetrieben. Er war mutig gewesen. Er hatte Owen verteidigt. Wenn ihn Hunger und Kälte nicht so geschwächt hätten, hätte er mich beim ersten

Versuch ernsthaft verletzen, vielleicht sogar töten können. Vielleicht kann ich ihm auch helfen, dachte ich. Aber es gab keinen Weg der Hilfe für ihn. Damals nicht. Erst mußte ich Owen helfen. Ich mußte nach Erland zurück, und ich wußte, ich würde nicht nach Hause kommen, indem ich durch die verschneiten Wälder der Insel wanderte.

Mein Gefühl der Panik kam wieder. Wenn ich nun mit Owen und Eben hier gefangen war? Wir würden alle verhungern. Raekkin hatte mich gewarnt, daß ich eines Tages hungrig und kalt sein würde und daß die Zauberschale mir das Leben retten würde – aber die Schale war in Erland! ... *Einst hatte ich wahren Hunger erfahren* ... Wann? Ich streckte die Hand aus, und für einen Augenblick öffnete sich in mir eine dunkle Tür der Erinnerung, um einen so grenzenlosen und fürchterlichen Hunger zu enthüllen, daß ich die Tür zuschlug und zitternd und mit geschlossenen Augen im Schnee kauerte.

Ich versuchte mich zusammenzunehmen. Ich mußte ruhig nachdenken, aber mein ganzes Denken war voll von Schreckensschauern. Ich mußte heim!

»Hugin, hilf mir«, flüsterte ich dem schwarzen Raben des Denkens bittend zu.

Ich spürte, wie sein weicher Flügel durch meine Gedanken strich. Die kühle Klarheit strömte zurück. Die Antwort war in der kristallenen, eiskalten Schönheit des Denkens geformt. *Der Weg zurück führt durch den Schlaf*. Es war so einfach! Wenn die Antwort kam, war sie immer von wunderbarer Einfachheit.

Das einzige Problem war, daß ich mich gar nicht

schläfrig fühlte. Ich blieb, wo ich war, meine Kleider mit Schnee überfroren. Ich löschte alle Gedanken an Eben und Owen und an alles andere aus meinem Bewußtsein. Mit gekreuzten Beinen saß ich im Schnee und versuchte, mich von allem zu lösen. Leise sang ich die Rune – das Zauberlied – des Schlafes:

Komm, Schlaf, zu mir
Komm wie der Regen
Leise
Komm wie der Schnee
Stille
Komm wie die Dämmerung
Verstohlen
Komm mit dem Hauch des Schweigens
In der Weiße, im Nichts
Nimm mich in die Ruhe
In den Frieden.

Es war mir kälter und kälter, wie ich dasaß. Ich fühlte das Einschlafen nicht, aber ich erwachte in einer Luft voll mit dem Geruch von brennenden Fichtennadeln und Rauch . . .

. . . Da lag ich, wieder in meinem Bett auf Schloß Ellorgore. Menia legte Tannenzweige auf die Glut des alten Feuers, und Funken sprühten in den Kamin. Es war Morgen, und das Zimmer war kalt, die Fensterscheiben glitzerten, dick mit Frost und Eisblumen bedeckt. Ich kuschelte mich in mein warmes Federbett und dachte an Owen in seiner Höhle.

Was sollte ich ihm bringen? Ich überlegte; und da beschloß ich, Owen die Zauberschale mitzunehmen. Es war ein zufälliger Entschluß, oder so schien es mir damals, aber jetzt weiß ich, daß der kurze Blick auf den Hunger meiner eigenen Vergangenheit, durch die dunkle Tür der Erinnerung, mich aufgewühlt hatte, und ebenso die Begegnung mit Eben.

Ich wußte, daß Raekkin Verständnis haben würde, aber ich mußte immer wieder an seine Worte denken: »Eines Tages, wenn Ihr friert und Hunger habt, wird die Schale Euer Leben retten.« Es war ein furchterregender Gedanke. Warf ich mit dem Versuch, Owen zu helfen, mein eigenes Leben fort?

Aber trotz meiner Zweifel und Ängste brachte ich die Schale in die Höhle und lehrte Owen die geheime Rune. Und Owen bekam wirklich all das, was er so verzweifelt brauchte. Damals verspürte ich die Freude des Schenkens. Das Gefühl war so übermächtig, so erstaunlich in seiner Stärke, daß ich wußte, mein Name war gut gewählt. Das war meine Bestimmung . . . Der Helfer derer, die in Not sind.

Obwohl ich mich Hjälper nannte, hatte ich noch nie zuvor jemand geholfen. Trotzdem war mir der Name nicht leichthin zugefallen. Raekkin hatte mich bei der langen Suche nach meinem Namen geleitet und gestützt, und nicht einmal er wußte ihn. Nora war die einzige, die ihn kannte.

Die Suche war lange und mühselig gewesen. Ich hatte eine lange Fahrt in mein eigenes Inneres hinter mich gebracht, in eine seltsame andere Welt von Träumen und Alpträumen. Dort hatte ich nicht nur meinen wahren Namen gefunden, sondern auch den inneren Brunnen der Macht, aus dem ich immer wieder würde schöpfen können. Diese Macht hatte ich benützt, um mich vor Eben zu schützen. Ich durfte sie nicht leichtfertig verwenden. Mein Vater hatte diese Macht mißbraucht, als er sie damals in dem Garten gegen mich gerichtet hatte, und dies war es, was ich ihm nicht verzeihen konnte.

Die Schale der friedlichen Erde: Owen. »He, Owen!« schrie er. »Ich bin's, Eelie. Ich bin wieder da!«

Er kam in die Höhle mit einer großen Schale, die er vorsichtig in Händen hielt. Ich legte gerade das Feuer nach und konnte ihn deutlich genug sehen, aber er sagte: »Hier drin ist es zu dunkel.«

Dieses Kommen und Gehen des Prinzen war schlimmer als das Alleinsein. Ich war so nahe am Verhungern, daß ich wußte, ich würde zusammenbrechen und zu weinen anfangen, wenn er diesmal nichts zu essen gebracht hatte. Ich hätte ihn hassen können, mit seinen schönen Kleidern und seiner pelzgefütterten Jacke.

»Wir brauchen ein Licht«, sagte er. Da stand er mit der Schale und begann einen seltsamen Singsang:

Vögel fliegen
Fische schwimmen
Hasen laufen
im Kreis des Lebens
Schale der friedvollen Erde
Gib, was ich brauche –
Ich brauche Licht
Gib mir Licht!

Aus der Schale drang ein sanftes blaues Leuchten. Es wurde heller und heller, und während ich mit offenem Mund dastand, sprang eine große Kugel blauen Feuers aus der Schale, rollte zischend durch die Höhle, hüpfte über den Boden und erschreckte mich beinahe zu Tode.

»Verdammt!« schrie ich. »Laß dieses verrückte Ding aus meiner Höhle verschwinden!«

Er stand da und sah ebenso verblüfft aus wie ich. Dann gab er einen Befehl in einer fremden Sprache, und die Kugel hörte auf, umherzukreisen, stieg langsam in die Luft und schwebte dann über unseren Köpfen, immer noch glühend und sprühend, aber immerhin aus dem Weg. Die Höhle war taghell.

»So ist es besser«, sagte er und fügte entschuldigend hinzu: »Ich habe zum ersten Mal versucht, die Schale zu benützen. Es ist eine Zauberschale, und zauberische Dinge sind oft schwer zu beherrschen.«

»Ich brauche hier keine Zaubervorstellung«, sagte ich bitter. »Ich dachte, du würdest mir etwas zu essen bringen.«

»Halte du die Schale«, schlug er vor, »und sprich die Worte. Sie gibt dir alles, was du brauchst. Du brauchst Essen. Versuch's und bitte drum.«

Ich war mir nicht sicher, ob ich mich mit seiner Zauberei abgeben sollte, aber ich war dem Verhungern nahe und nahm die Schale in die Hände und sagte die Worte, die er gesagt hatte. Ich brachte sie beim ersten Mal nicht ganz richtig zusammen, aber er verbesserte mich, und beim zweiten Mal gelang der Zauber. Die Schale füllte sich mit Korn und Nüssen und Früchten, Vögel flogen heraus, Hasen hüpften durch die Höhle. Sogar Fische kamen hervor und lagen flossenschlagend auf dem Boden.

Wir lachten beide; es war so verrückt. Aber die Ziege kam und machte einen langen Hals nach dem Essen.

»Sei vorsichtig!« rief der Prinz, plötzlich ernst. »Laß ihn nicht die Schale zerbrechen!«

Ich leerte die Schale auf den Fußboden und ließ den Bock fressen, soviel er wollte, bevor ich noch selbst irgend etwas aß. Die Schale füllte sich, sobald ich sie geleert hatte!

»Das ist das Wunder jenseits aller Wunder!« rief ich und stopfte mir Essen in den Mund. »Das ist der beste Zauber der Welt.«

Der Prinz sah genauso glücklich drein, wie mir zumute war. Als ich meinen ersten Hunger gestillt hatte, überlegte ich, was ich sonst noch bräuchte.

»Meinst du, ich könnte um etwas trockenes Feuerholz bitten?« schlug ich vor. »Es gibt nicht mehr viel für mich zum Sammeln.«

»Wenn du Holz brauchst, brauchst du nur darum zu bitten«, sagte der Prinz. »Du könntest dir auch ein Haus wünschen oder sogar ein Schloß mit Dienern.« Er geriet langsam in Erregung, seine Augen glänzten. »Du könntest schöne Kleider haben und Gold und Silber und Juwelen und alles mögliche Spielzeug!«

»Was sollte ich mit einem Schloß?« fragte ich. »Aber Kleider und Feuerholz – ja, das könnte ich schon gebrauchen.«

Ein seltsamer Zauber steckte in der Schale. Als ich mir Feuerholz wünschte, war es, als ob ich in einer Vision einen grünen Wald von Bäumen sehen würde, die um mich herum immer höher und höher wuchsen und dann abstarben und ihre dürren Zweige fallen ließen. Ich saß staunend da, denn es war so unwirklich und unverständlich. Als die

Vision verging, war die Höhle ganz angefüllt mit auf- und durcheinandergetürmtem abgestorbenem Holz, knorrige Äste in großen Haufen – und wirklich genug, wenn man sie berührte.

Wir räumten einen Teil davon weg und schichteten es auf, damit wir Platz hatten. Der Prinz keuchte und schwitzte. Er war so eine Arbeit nicht gewöhnt.

»Diese Schale«, sagte er, »die benimmt sich gerade so, wie ich dachte. Sie hat ihren eigenen Kopf. Sie übertreibt immer!«

»Du wirst mich nicht darüber klagen hören«, sagte ich. »Soll ich mir nun Kleider wünschen? Wenn ich ein Schloß wünsche, fällt uns wahrscheinlich das Dach auf den Kopf!«

»Warme Kleider brauchst du wirklich«, sagte der Prinz.

Also sprach ich wieder zu der Schale, und diesmal sprangen vier ausgewachsene Schafe heraus in die Höhle und rannten schreiend und blökend zwischen dem Holz hin und her. Ich mußte lachen, und auch der Prinz saß da und kicherte.

»Aber die sind doch keine Kleider!« sagte er schließlich, als er sich beruhigt hatte. »Diesmal ist wirklich etwas schiefgegangen.«

»Nichts ist schiefgegangen«, sagte ich. »Ich habe mir oft gewünscht, ich hätte Schafe auf der Insel. Das sind gute, nützliche Tiere, und wo bekäme ich sonst den Stoff für Kleider her, wenn nicht von der Wolle, vom Rücken der Schafe? Ich gebe zu, daß ich noch nie gestrickt oder gewoben oder auch nur die Wolle gesponnen hätte, aber ich habe Bab Magga oft zugesehen und weiß, wie es geht. Ich werde etwas aus diesen Schafen machen.« Ich zögerte, weil ich nicht an dem Geschenk herummäkeln wollte. »Aber da ist die Sache mit ihrem Futter«, sagte ich vorsichtig. »Es gibt wenig genug für die Ziege, von vier Schafen zu schweigen.«

Der Prinz lachte glücklich.

»Das ist nicht weiter schwierig«, sagte er. »Du wirst genügend Futter für sie haben. Die Schale wird euch versorgen. Du kannst sie behalten, Owen. Du brauchst sie nötiger als ich. Vergiß nur nicht die Rune – die Zauberworte – und paß auf, was du dir wünschst!«

»Ich werd's mir eine gute lange Zeit überlegen, bevor ich mir noch etwas wünsche. Es gibt nicht mehr viel, was ich bräuchte.« Und dann wurde es mir plötzlich klar. »Diese Wunder werden vergehen. Ich weiß es.« Mir war bitter zu Mute. »Es ist alles ein Traum, und es wird vergehen, und ich bin schlimmer dran wie vorher.«

Aber er versicherte mir immer wieder, daß alles wirklich da war, daß es bleiben würde, und ich wollte es gerne glauben.

Wir bauten ein großes Feuer, und ich säuberte und schuppte die Fische und briet sie über den Kohlen. Der Prinz lag neben dem Feuer, gähnte, als ob er sich den Kiefer aushängen wollte, und schaute schläfrig drein – als er auf einmal verschwunden war, wie eine Kerzenflamme im Wind. Im einen Augenblick war er noch da, im nächsten fort. Ich war sehr erschrocken; ich ließ den Stecken mit dem Bratfisch fallen und ergriff hastig die Schale. Ich wollte sie nicht verlieren. Aber nichts sonst verschwand. Die Schafe standen aneinandergedrängt und blökten, die Lichtkugel schwebte über mir, und die Vögel hockten auf den krummen Ästen und zwitscherten. Ich konnte sogar die Hasen sehen, die sich unter einem Haufen von Zweigen versteckt hatten.

Ich hoffte, daß dem Prinz nichts zugestoßen war, wo immer es ihn auch hinverschlagen hatte. Aber dadurch erschien mir alles noch unsicherer. Mehr als je hatte ich Angst, daß die Schale und alles andere jeden Augenblick verschwinden könnten. Etwas gab es, was ich noch wollte, aber ich hatte nicht gewagt, es mir zu wünschen, solange der Prinz noch da war. Ich wollte meine Mutter sehen.

Ich saß da und dachte lange nach. Ich hielt die Schale in meinen Händen und drehte sie langsam. Die Bilder auf ihr verflossen ineinander und änderten sich mit der Drehung. Ich zögerte, zu wünschen, aber mein Bedürfnis wurde immer stärker, bis ich handeln mußte. Noch einmal sprach ich die Zauberworte und dann sagte ich: »Schale, bring meine Mutter zu mir!«

Sie kam in einer Vision, nicht wirklich, sondern wie die Bäume, die gewachsen und gestorben waren. Ich sah sie auf einem steinernen Turm stehen, gegen die Mauer gelehnt und zu mir hinausschauend. Ihr dunkles Haar fiel auf beiden Seiten ihres Gesichts herab, und ich konnte die Tränen in ihren Augen sehen. Dann verschwand der Turm, und ich sah sie an einem anderen Ort. Sie hielt die Zügel eines großen weißen Pferdes und ritt langsam auf mich zu, einen Strand entlang. *Es war der Strand dieser Insel!* Ich sprang auf und zitterte.

Sie kam! Sie kam heim zu mir! Ich rannte aus der Höhle und durch die verschneiten Wälder hinab zum Ufer. Aber als ich außer Atem am Strand ankam, war niemand da.

Den ganzen Tag saß ich auf den Felsen und wartete. Es war ein warmer, sonniger Tag, der erste warme Tag seit langer Zeit, aber ich bemerkte es kaum, denn mein Herz zitterte voller Hoffnung. Als der Tag verging und meine Mutter nicht kam, erstarb die Hoffnung. Ich hätte die Schale verfluchen mögen, daß sie mir nur ein Trugbild von der Rückkehr meiner Mutter gebracht hatte.

Endlich begann ich mich umzusehen; ich sah den schmelzenden Schnee, das Wasser, das über die Felsen rann, Farne und Moos, die unter dem Eis sichtbar wurden. Der Winter starb! Der süße Geruch nach nassen Blättern hing in der Luft. Der Frühling begann in den Wäldern meiner Insel, aber in meinem Herzen war noch tiefer eisiger Winter. Erst an dem Tag, wenn ich endlich Roß und Reiter über den Horizont würde kommen sehen, erst wenn meine verlorene Mutter wirklich diesen Strand heraufgeritten käme und mein Vater neben mir stünde und wir uns alle im Kreis unserer Umarmung treffen würden – erst dann wäre das Ende meines langen Winterleids gekommen.

Teil III: Fortgang

Der Fortgang: Eelie. »Wacht auf, Prinz Elver!« Undeutlich hörte ich die Worte, und dann fiel mir Licht in die Augen, als die Bettvorhänge zurückgeschoben wurden.

»Geh fort!« murmelte ich mißlaunig. »Geh fort. Laß mich in Ruh. Ich schlafe!« und ich wollte mich zur Seite drehen, aber man ließ mich nicht schlafen. Ich schlug die Augen ganz auf und war augenblicklich hellwach! Eine große Gestalt in einem schwarzen Kapuzenmantel stand neben meinem Bett. Andere, ebenso gewandete Gestalten, bewegten sich im Zimmer, alle mit hohen spitzen Kapuzen, und zwischen ihnen flackerten die schwarzen Schatten, die die Fackeln an die Wände warfen.

»Wer seid ihr?« rief ich, meine Stimme hoch und schrill vor Schrecken.

»Still, Prinz Elver, ich bin es nur. Es ist kein Grund zur Furcht.« Es war Menias Stimme, und nun spürte ich, daß sich ihr breites, gutmütiges Gesicht in der spitzen schwarzen Kapuze verbarg.

»A-aber was ist das alles?« stammelte ich. »Warum seid ihr so angezogen?«

»Es ist der Fortgang. Wir gehen alle zum Fortgang, zum Fortgang der Königin. Zieht Euch an, bitte!«

»Die Königin!« Ich war noch halb im Schlaf. »Meinst du meine Mutter? Meinst du, sie stirbt?«

»O nein, Lieber . . . Die Königin ist tot. Es ist der Fortgang.«

»Prinzessin Nora.« Dies war Raekkins Stimme; auch er war unter den verhüllten Gestalten. »Die Zeremonie beginnt gleich. Ein Leichenbegängnis, wie Ihr sagen würdet. Wir nennen es den Fortgang.

Zieht Euch nun an und nehmt den dunklen Mantel. Menia und ich werden den Prinzen ankleiden.«

Ich rieb mir die Augen, während sie mir in die Kleider halfen. Ich war ganz durcheinander. Warum mußte der Fortgang mitten in der Nacht stattfinden? Raekkin hob mich auf die Schultern, aber ich vermißte das Gefühl seines Haares. Die schwarze Kapuze war dazwischen. Ich mochte dieses Sichverbergen in der Dunkelheit nicht.

Als wir das Zimmer verließen, war der Korridor voller Leute, eine lange Doppelreihe schritt an uns vorüber, auf die Treppen zu. Jeder Gruppe ging ein Lakai mit einer Fackel voraus. Schweigend erstiegen wir alle die Treppen, aber nicht bis ganz hinauf. Wir traten auf die verschneiten Mauern hinaus, die über den See sahen. Es war schwarz und kalt und windig dort oben. Sogar der Wind war schwarz. Raekkin trug mich an eine Stelle direkt über dem großen Tor zum inneren Hafen. Wir erklommen eine hohe Plattform, und da stand der Erlkönig im windigen, schneedurchfetzten Dunkel, auch ganz in Schwarz, mit seiner großen goldenen Krone und seinem Zepter – als ob es eine feierliche Staatsangelegenheit gewesen wäre. Was es natürlich auch war.

Schwarzgewandete Menschen – alle Bewohner des Schlosses – versammelten sich auf den Mauern. Die brandenden Wasser des Sees lagen unter uns. Helles Mondlicht glänzte auf den dunklen Wellen. Die hohen Türme glitzerten in dem weißen Schnee, der sie krönte. Die flammenden Fackeln warfen lange Schatten auf die hohe Steinmauer hinter uns, einen grotesken, zuckenden Fries von Gestalten.

Die Nacht war wild, ungestüm, der Nordwind zerrte an den schwarzen Mänteln und warf die Flammen hin und her. Stöhnend und klagend kam der Wind, wand und drehte sich um die Ecken der Türme, fegte über die hohen Zinnen und warf uns den beißenden Schnee ins Gesicht. Ich war halb furchtsam, halb voll Kummer, denn um uns herum tönte das schrille Krächzen der Schwärme von Raben, die durch die Luft wirbelten, und ihre Schreie waren ein Totenlied.

Die sich versammelnden Menschen brachen nun auch in Klagerufe, Weinen und Wehgeschrei aus. Ich hielt mich an Raekkin fest. Es kam mir vor, als wäre ich ganz allein und verloren in dem Gedränge der Trauernden, denn ich als einziger konnte nicht weinen. Ich, der ich um einen angestoßenen Ellenbogen oder um ein aufgeschürftes Knie geweint hatte, ich konnte nicht um meine Mutter weinen. Ich konnte es nicht betrauern, daß sie ging, denn ich wußte, was Raekkin gesagt hatte: Sie ging freiwillig und gerne. Sie brach zu einer Reise in ein neues Land auf. Dies war ihr Fortgang. Aber obwohl ich nicht weinen konnte, zitterte ich. Denn die Kälte und die Dunkelheit fraßen an meiner Seele, und die Raben schrieen nach ihrem Festmahl.

Dann wurde es plötzlich ganz still, als jeder der schwarzen Vögel sich auf einer der Zinnen niederließ. Ich beobachtete einen großen Raben, der sich gleich unter mir hingehockt hatte. Wie er dasaß und seine schwarzen Flügel zusammenschob, schien er anzuschwellen, größer zu werden, bis er beinahe mannsgroß war! Wachsend wurde er zu einem bizarren Drachenwesen, halb Mensch, halb Rabe, mit schwarz-silbrigen Schuppen anstatt Federn. Ich hatte schon aus Stein gehauene Dämonen gesehen, aber dieser lebte! Es sind keine Raben, hatte Raekkin gesagt. Ich schaute mich um und sah, daß auf jeder Zinne ein ähnliches Wesen kauerte. Nora stand dabei; warum hatte sie keine Angst? Es wurde mir klar, daß sie nicht gemerkt hatte, daß sich die Gestalt der Vögel umgekehrt hatte.

»Ich mag sie nicht«, sagte ich laut. »Warum müssen die dabei sein?«

»Still, Prinz Elver«, sagte Nora, »du darfst nicht reden.«

»O Nora! Du siehst sie nicht einmal!« rief ich. »Schau sie doch an! Kannst du sie nicht sehen?«

»Schweig! Deine Mutter ist tot!« Die laute, scharfe Stimme des Königs schlug nach mir, fuhr mit dunklen Klauen durch mich hindurch. Ich fuhr zusammen! Ich hatte vergessen, daß er so nahe bei mir stand.

Wie konnte ich seine Gegenwart vergessen? Nun schwärmten meine Gedanken aus wie Späher in feindliches Gebiet, und versuchten seine Gefühle zu erforschen, zu prüfen. Wie sah das aus – sein Kummer? Und meine Späher kamen zurückgerannt, wie verschreckte Hasen, die Schutz in meinem Kopf suchten, aber mit einer schrecklichen Nachricht: Nicht Kummer hatten sie gefunden, sondern eine furchtbare wilde Freude, ein entsetzliches Frohlokken, ein böses Triumphieren. Mein Vater freute sich, freute sich über den Fortgang, über den Tod meiner Mutter, den Tod seiner Königin. Er freute sich!

Seine große Stimme dröhnte nun wieder wie eine Glocke durch die Stille: »Laßt die Königin gehen!«

Ich zitterte wie die Hasen meiner Gedanken. Ich sank in mich zusammen, versuchte, mich in Raekkins Mantel zu vergraben, wollte in ein dunkles sicheres Versteck kriechen. In der Stille hörten wir alle das Kreischen und Klirren schwerer Ketten. Zoll um Zoll hob sich das schwere Tor. Dann glitt ein langes dunkles Schiff durch den Torbogen und fuhr langsam auf den See hinaus.

Das Schiff war beinahe unsichtbar, aber wir konnten spüren, wie es vorbeizog. Wie ein Schatten fuhr es in die schwarze Nacht, und wir hätten es überhaupt nicht gesehen, wäre es nicht der Bahn des Mondes im Wasser gefolgt. Die schwarze Masse des Schiffes schnitt einen dunklen Umriß aus dem Licht, das auf den Wellen glitzerte, wie es sich langsam und ruhig auf die Reise begab. Weit hinaus, mitten auf den See, fuhr das Schiff. Keine Segel waren sichtbar und kein Ruder, nur der leere Mast und der hochgekrümmte Bug mit dem schwarzen Drachenhaupt.

»Dieses Boot . . .«, atmete Nora. »An dieses Boot erinnere ich mich!«

Dann, während wir alle schauten, zuckte plötzlich eine helle Flamme auf und lief um das Schiff. Ich zitterte. Ich wollte schreien! Aber alle um mich standen in völliger Stille. Das Feuer breitete sich aus, kletterte den Mast empor und flammte von der Rah. Dann stand das ganze Schiff in Flammen, hell gegen das Dunkel, und eine Masse von Feuer und Funken schoß brüllend hinauf in die schwarze Nacht. Wir sahen zu, wie das Schiff bis zur Wasserlinie abbrannte. Ich wußte, daß der Leib der Königin an Bord dieses dunklen Schiffes war. Es war mir, als verzehrten die Flammen auch mich, versengten meine Knochen, brannten mich zu grauer Asche. Wenig blieb übrig von mir. Ich war nur noch eine Handvoll grauer Staub, den der Wind vor sich hertrieb.

Dann erdröhnte wieder die Stimme des Königs. »Es ist getan! Ruhe nun aus, meine Königin!« Er wandte sich auf dem Absatz um und schritt die Treppen hinab und fort in die Dunkelheit.

Niemand blieb länger. Die Menge zerstreute sich, und wir kehrten alle in unsere Zimmer zurück. Raekkin trug mich und half, mich zu Bett zu bringen.

»Nun, mein Prinz«, sagte er, über mich gebeugt, »wißt Ihr, was ein Fortgang ist. Ein Fortgang im Feuer!«

»Warum im Feuer?« fragte ich. »Das Feuer hat mir nicht gefallen.«

»Der Fortgang eines Gestaltwandlers geschieht immer im Feuer – damit der Geist frei wandern kann.«

»Ich bin froh, daß meine Mutter frei ist«, sagte ich möglichst ruhig, aber im Grunde hatte ich ein unglückliches Gefühl. Die Freude meines Vaters, seine schreckliche Freude, ließ mich daran zweifeln, ob ich wirklich froh war.

Nora küßte mich und schob mir die Decken zurecht. Ich spürte, daß sie auch unglücklich über das eben Geschehene war – vielleicht, weil sie den Tod nicht begriff. Ich war mir nicht sicher, ob ich es wirklich verstand. Ich wollte nicht, daß Raekkin ging; er sollte bleiben und mit mir reden.

»Das Feuer mochte ich nicht, aber zumindest haben die Raben sie nicht gefressen«, sagte ich, den Tränen nahe.

»Das waren keine Raben«, sagte Raekkin, »das waren die Flugdämonen. Sie sind auf den zweiunddreißig Winden des Himmels gekommen, aus den fernen Welten, um unserer toten Königin Ehre zu erweisen.«

»Werden sie wieder gehen?« fragte ich beunruhigt. Der Gedanke, daß sie bleiben könnten, war mir nicht lieb.

»Sie werden gehen«, sagte Raekkin, »ihrem Gesetz folgend.«

»Ist es das, was Grypyr gemeint hat, mit einem Fortgang in mehr als einem Sinne?«

»Geht schlafen!« sagte Raekkin grob. Da wußte ich, daß er traurig war. Er allein war in Wahrheit traurig, und ich liebte ihn dafür, beinahe so sehr, wie ich Nora liebte.

Ich werde Grypyr fragen, dachte ich. Aber ich vergaß es. Der Schlaf überwältigte mich sanft und verschlang mich in seine Wärme. Ich vergaß es ganz. Ich vergaß, was ich Grypyr fragen wollte.

Ein Antrag: Nora. Wir lebten ruhig dahin in der winterlichen Stille des Kinderzimmers, und Prinz Elver lernte mit Raekkin. Tag für Tag fiel der weiße Schnee, wehend, sich auftürmend, bis die Fenster des Zimmers zugeschneit und wir eingeschlossen waren. Nur ganz oben ließen die hohen Fenster noch das blendendhelle Schneelicht durch. Nachts heulten die Wölfe, und ihre Rudel rannten über die Eisschollen des Sees, so daß wir manchmal morgens ihre scharfen grauen Schatten über die Wände des Zimmers huschen sahen. An manchen Tagen, vor dem Feuer, wurden wir vorne geröstet und erfroren hinten, und der feine Schnee, der durch die Ritzen der eisernen Fensterrahmen blies, häufte sich in weißen Verwehungen über den Boden.

Zusammen steckten wir unsere Köpfe in die herrlichen Bücher und lasen die Geschichten von Göttern und Riesen und Zwergen. Wir lasen, wie Iduna unter dem weißen Wolfsfell des Winters schläft, in der Kälte und im Dunkel von Niflheim, während die Welt darauf wartet, daß sie zurückkehrt und die Blumen und das Grün des Frühlings mitbringt. So warteten auch wir auf das Ende des Winters.

Endlich war es soweit. Zuerst der strömende Regen, der in Bächen schmelzende und zerfallende Schnee, dann die zu neuem Leben erwachte Sonne, die auf jedem Strauch und jedem Baum Knospen entfaltete, und die kleinen Vögel, die im frischen Grün des Gartens sangen.

Eines Tages, als ich mit Eelie in meinen Armen aus dem Garten zurückkam, fand ich einen Herold auf mich warten und zwei elegante Hofdamen bei ihm.

Der Herold grüßte uns förmlich und begann, ein Pergament aufzurollen und eine Proklamation zu verlesen. Sie begann mit den Worten: »Kund und zu wissen tue ich allen Leuten kraft der mir verliehenen Macht daß ich, König von Erland . . .« und so ging es fort, mit Dieserhalb und Dessentwegen und Dergestalt, bis ich völlig verwirrt war. Ich hörte aus Höflichkeit zu, aber Eelie wurde ungeduldig.

»Ich verstehe kein Wort davon«, sagte er. »Und ich bin sicher, Nora auch nicht. Warum sagt ihr uns nicht einfach, was es bedeuten soll!«

Der Herold sah etwas verdattert drein, aber schließlich sagte er nach vielem Räuspern: »Es bedeutet, daß der König Prinzessin Nora sehen möchte, damit er ihr einen königlichen Antrag zu Gehör bringen kann. Das bedeutet es!«

Die beiden Damen kicherten und sagten mir, ich sollte mich durch diese Audienz beim König geehrt fühlen. Sie gaben mir Anweisungen, daß ich meine schönsten Kleider anziehen müßte. Als Geschenk des Königs hatten sie ein kleines geschnitztes Kästchen mitgebracht; darin lagen zwei Perlenschnüre, die ich, wie sie sagten, mir ins Haar flechten sollte.

Es kam mir ganz unerwartet, soviel Beachtung zu finden, aber Eelie sagte: »Du bist eine Prinzessin, Nora. Er hätte dich schon längst bei Hofe empfangen sollen!«

Wenn es Eelie gefiel, gefiel es mir auch. So zog ich mich an, mit der Hilfe und dem Rat der beiden Hofdamen. Ich legte ein besticktes Kleid an, das mir Königin Elva geschenkt hatte, und sie halfen mir, mein Haar zu kämmen, und es mit den Perlen hochzustecken. Dann geleiteten sie mich zum Thronsaal.

Ich war noch nie im Thronsaal gewesen. Es war eine große, hohe Halle, deren Decke golden schimmerte und deren Fußboden aus glänzend poliertem Stein war. An den Wänden hingen Teppiche und viele Banner an Fahnenstangen – gelbe und blaue und rote Bilder von Drachen, Ebern und galoppierenden Pferden und so viele Runen und magische Symbole, daß es das Auge verwirrte. Der Saal war voller Edelleute und Damen, alle in den reichsten und buntesten Gewändern. Der Herold schritt voraus und führte mich durch die Mitte der Halle; die beiden Hofdamen folgten mir. Am anderen Ende des Saales saß der Erlkönig auf seinem Thron, oben auf einer Estrade. Zum ersten Mal kam ich mir wie eine Prinzessin vor. Ich hielt meinen Kopf hoch erhoben und schritt würdevoll dahin, und mein Herz war leicht.

Als wir näherkamen, blieb der Herold stehen und stieß in seine Fanfare; dann kündigte er mich an: »Die Prinzessin Nora von Strathclyde in Midgard.«

Die Stimme des Königs dröhnte: »Kommt hier herauf, meine Liebe. Scheut Euch nicht.«

Hinter dem Königsthron hingen große Wandbehänge mit Schlachtenszenen. Als ich auf den Thron zuging, fielen meine Blicke auf diese Bilder komplizierter Gewalt, gewappnete Männer und Pferde, die aufeinanderprallten und sich ineinander verschlangen, und der Boden mit abgehauenen Gliedmaßen und abgetrennten Köpfen bedeckt. Die beiden Damen hinter mir beugten sich vor und flüsterten:

»Kniet nieder! Kniet nieder!«

So kniete ich nieder am Fuß des Throns.

»Erhebt Euch!« befahl der König. »Kommt her und laßt mich Euer hübsches Gesicht sehen!«

Die Worte schienen fröhlich und leichthin gesagt, aber etwas stimmte nicht. In seiner Stimme lag etwas wie eine Drohung, ein Gewicht, das in keinem Verhältnis zu den Worten stand. Ich erhob mich und schritt die Stufen der Estrade hinauf, bis ich direkt unter ihm stand. Er lehnte sich vor; sein breites häßliches Gesicht starrte auf mich herunter, seine Beine waren breit gespreizt, und die Hände lagen schwer auf den Knien. Seine Macht hing bedrükkend über mir. Ich fühlte das tote Gewicht dieser wilden Augen. Sie waren von einem seltsamen Gold, tief in den großen Schädel eingesenkt. Der grobe graue Bart lief um das mächtige Kinn, und seine Haut war graufleckig und voller Warzen. Ich konnte sein Gesicht nicht ansehen und richtete meinen Blick auf seine Hände – auch sie waren warzig und entstellt, seine Ringe lagen in tiefen Einschnitten im grauen Fleisch.

»Nun, meine Liebe«, sagte er. »Ihr wundert Euch zweifellos, weshalb ich Euch hergerufen habe.« Die Schwere seiner Stimme lag wie Stein auf mir. Mir war, als könnte ich kaum mehr atmen. »Ich habe beschlossen, Euch zu meiner Königin zu machen. Gefällt Euch das, hm?«

Ich hob meine Augen und sah die seinen drohend glitzern. Ich konnte nicht sprechen. Ich wußte in diesem Augenblick, daß ich ihn verabscheute. Mein Fleisch überlief es. Meine Seele in mir wand sich und kroch vor ihm. Und dafür haßte ich ihn, denn er machte, daß ich mich selbst haßte.

»Ich biete Euch meine Hand!« brüllte er, wütend über meinen ausdruckslosen Blick. »Nun, wo ist Eure Zunge, Weib?«

Ich fand die Sprache wieder.

»Ich kann Euch nicht heiraten!« stieß ich hervor.

Das Glitzern war keines mehr; seine Augen glühten weitoffen und wild.

Ich holte tief Atem und versuchte, mich förmlicher auszudrücken.

»Ich bin Euerer Majestät wahrhaft dankbar für die Ehre, die Ihr mir erweist«, sagte ich steif. »Doch ich kann Euren Antrag nicht annehmen, da ich bereits verheiratet bin.«

»Ihr seid nicht mehr verheiratet!« behauptete der König drohend. »Ihr seid Witwe! Euer Gatte ist tot – oder so gut wie tot.«

Mein Herz stand bei dem Wort »tot« beinahe still, aber der Nachsatz nahm ihm den Schrecken.

»Wenn er nur so gut wie tot ist, bin ich keine Witwe«, sagte ich. »Und wäre er tot, dann wollte ich den Beweis dafür!«

Der Erlkönig grinste. Seine Zähne glänzten in seinem großen Maul.

»Ich werde Euch sagen, was ich mit ›so gut wie tot‹ meine – Euer Gatte ist nicht länger ein Mann. Er ist ein Ziegenbock! Ihr seid mit einem Bock verheiratet! Zählt das als Ehe? Nicht einmal in Midgard kann sich eine Frau darauf hinausreden, daß sie mit einem Vieh verheiratet ist!«

Zornröte stand mir nun im Gesicht.

»Ihr verspottet mich! Mein Gatte lebt, und daran halte ich mich, bis ich den Gegenbeweis sehe!«

Sein Blick war nun von reiner Bosheit und finster wie ein aufziehender Gewittersturm.

»Ihr wollt den Beweis? Nun, eine Ziege läßt sich leichter töten als ein Mann!«

»Ihr könnt soviel Ziegen töten, wie Ihr wollt«, gab ich zur Antwort, aber der Gedanke beunruhigte mich. »Es kann nicht sein!« rief ich aus. »Es kann nicht sein! Vielleicht könnt Ihr hier in Erland Menschen in Tiere verzaubern, aber nicht in meiner Welt. Solche Dinge geschehen dort nicht!«

»Sie geschehen mit Erlischer Hilfe«, sagte der König und die dunkle Drohung seiner Stimme vertiefte sich. »Soll ich die Probe machen? Soll ich nach Midgard schicken und einen gewissen braunen Ziegenbock töten und seinen Kopf hierherbringen lassen? Und wie, wenn sich der Kopf als der Eures Mannes herausstellt? Wie würde Euch das gefallen, seinen Tod befohlen zu haben?«

Ich war dieses Spiel nun leid. Ich wußte jetzt, daß er mich nur quälte. Alles, was ich noch sagen konnte, war: »Ich kann Euch nicht heiraten. Ich bin schon verheiratet.«

Er starrte mich an.

»Störrische Hündin! In Erland gibt es nur einen Beweis für eine Ehe, der irgend etwas gilt – wenn deine Ehe noch gültig ist, glänzt dein goldener Ring. Wenn sie vorbei ist, wird der Ring stumpf.«

Instinktiv befühlte ich meine Hände.

»Ich habe meinen Ring verloren«, flüsterte ich. »Meine Dohle hat ihn gestohlen.«

Er lehnte sich mit breitem Grinsen zurück.

»Eure Dohle! Eure Dohle hat ihn gestohlen! Ich kann auch störrisch sein, meine Dame! Ich hätte hundert schönere Frauen haben können als Euch, aber ich habe gesagt, Euch würde ich heiraten, und Euch werde ich auch zur Frau nehmen. Ich gebe Euch bis morgen Zeit, Euren Ring zu finden. Wenn Ihr ihn nicht herbeibringt, dann werden wir unser Verlöbnis verkünden – nicht wahr, Prinzessin Nora?«

Ich wußte, daß ich meinen Ring nie finden könnte, aber ehe ich etwas sagen konnte, wandte sich der König zur Seite und schrie: »He, Herold! Eine Proklamation! Prinzessin Nora wird meine Braut, wenn sie bis morgen nicht den Ehering findet, den sie verloren zu haben behauptet.«

Dann sprang er plötzlich auf und brüllte wie ein Stier: »Ihr könnt in Eure Kinderstube zurückkehren, meine Dame – bis morgen!«

Ich drehte mich um, halbblind vor zornigen Tränen, und ging durch den langen Saal. Ein empörtes Gemurmel stieg aus der Menge der Adligen auf. Eine der Hofdamen kam angerannt und versuchte, mich umzudrehen. »Ihr dürft dem König nicht den Rükken kehren!« flüsterte sie ärgerlich. Aber ich schüttelte sie ab und ging weiter.

Ich zitterte so vor Wut, daß ich nichts spürte oder sah. Blind lief ich durch die Gänge aus Stein, meine Tränen nur mit all meinem Willen zurückhaltend. Als ich das Kinderzimmer erreicht hatte, wäre ich gerne einfach dagesessen und hätte geweint. Aber ich hatte keine Gelegenheit. Beinahe zusammen mit mir trafen Raekkin und Grypyr ein. Da standen sie – der stämmige Zwerg und der große Reiter – »die Länge und die Breite«, wie ich sie oft bei mir selbst nannte. Ich war überaus froh, sie zu sehen, aber sie brachten keine guten Nachrichten und keinen Trost.

»Wir sind gekommen, um Lebwohl zu sagen, Prinz Elver«, sagte Raekkin, zu dem kleinen Prinzen gewandt.

Eelie setzte sich auf und fragte erstaunt: »Lebwohl? Wohin geht ihr?«

»Der König hat uns beiden befohlen, Ellorgore zu verlassen«, sagte Raekkin. »Er hat uns in die Berge von Hraesvelger verbannt.«

Eelie war wie betäubt.

»Das kann er nicht! Er kann das nicht tun! Er kann euch doch nicht fortschicken – warum will er das tun?«

»Ich fürchte, ihm gefällt unser Rat nicht«, antwortete Raekkin. »Wir haben ihm geraten, Grypyr und ich, seinen Plan, Prinzessin Nora zu heiraten, aufzugeben.«

»Nora heiraten! Das kann er nicht!« schrie Eelie; seine Stimme wurde schrill.

»Nein, Eelie«, sagte ich so ruhig wie möglich. »Er kann mich nicht heiraten, weil ich schon verheiratet bin.«

»Es ist gefährlich, einem König seinen Willen zu verweigern«, sagte Grypyr. »Wir werden in den Bergen sicher sein, aber Euch wünsche ich Glück, Prinzessin Nora.«

»Er ist böse! Er ist ein böser Mann, Nora heiraten zu wollen und meine besten Freunde fortzuschikken. Ihr seid meine besten Freunde!« Eelies Stimme zitterte. »Wenn ich König bin, hole ich euch zurück!« verkündete er. »Und wenn ihr Hilfe braucht, komme ich zu euch!«

»Wenn Ihr König seid, kehren wir mit Freuden zurück«, sagte Grypyr.

»Ich weiß.« Eelie schluchzte jetzt. »Aber ich will nicht, daß ihr geht!«

»Es ist das Beste, wenn wir gehen. Zu bleiben, wäre gefährlich. Lebt wohl für jetzt«, und er legte seine Hand auf Eelies Schulter.

Eelie stolperte auf seine Füße und warf die Arme um Raekkins Hals. Grypyr kniete nieder, und auch er wurde verzweifelt umarmt.

Dann wandten sich die beiden ab, sagten mir ein kurzes Lebewohl und gingen.

Als die Tür sich schloß, brach Eelie in Tränen aus.

»Ich hasse ihn!« schrie er. »Ich hasse ihn!«

Ich versuchte, ihn zu beruhigen. Wir hielten uns umschlungen, und ich wußte wirklich nicht mehr, ob ich ihn zum Trost umarmte oder er mich. Er weinte beinahe hysterisch und fiel dann wieder in wilden Zorn. Ich hielt ihn in den Armen, bis sein Kummer sich beruhigte und sein Schluchzen in immer größeren Abständen kam. Er war so erschöpft, daß ich ihn zu Bett brachte, und obwohl es noch heller Tag war, schlief er sogleich tief ein.

Ich wußte, daß der Verlust Raekkins und Grypyrs ein entsetzlicher Schlag für ihn war und ebenso für mich. Ich wußte nun, daß sie bessere Freunde gewesen waren, als ich jemals gedacht hatte. Sie hatten es gewagt, sich der Wut des Königs auszusetzen um mir zu helfen. Ich weinte nicht mehr und war nicht mehr zornig – ich war krank vor Furcht. Wenn ich nur den Ring finden könnte! Es war das einzige, was mich retten konnte.

Die Dohle hockte auf dem Fenstersims. Sie hatte den ganzen Aufruhr nicht beachtet. Nun breitete sie ihre Flügel und begann, wie ein Wasserfall schrillen Unsinn zu schwatzen.

»Da kam die Krähe und biß ihr Näschen ab! Jack ist kein Dieb! Jack ist kein Dieb! Der König stiehlt die Herzelein und macht den letzten Stich! Nimmt alles weg! Fort vom Ort! Krähenschwanz! Stiehlt sie ganz! Weg ist weg!«

Und sie begann, ihr Gefieder zu putzen.

Der Ring: Nora. Ich hatte das Kinderzimmer schon oft durchsucht, und nun, während Eelie schlief, durchsuchte ich es noch einmal. Es gab wirklich keinen Ort, wo Jack meinen Ring hätte verstecken können, aber die Verzweiflung ließ mich nicht stillsitzen.

»Bitte, bitte, Jack«, bat ich den Vogel. »Bitte bring meinen Ring zurück. Wenn du wirklich verwandelt bist, wie die Erlkönigin gesagt hat, dann ist jetzt die Zeit, mir einen Dienst zu leisten.«

Die Dohle blinzelte mich boshaft an und piepte: »Vierundzwanzig Krähen im Pastetenteig! Wie fein! Aber Jack fällt nicht drauf rein! Jack ist nicht dumm!«

Ich versuchte es mit Schmeicheleien.

»Guter Jack, ich weiß, du bist weiser als alle anderen Vögel, sogar weiser als Raekkin und Grypyr. Komm doch und hilf mir, den Ring zu finden!«

»Blödköpfe! Dummbärte!« krähte Jack.

Verstand er mich? Verhöhnte er mich?

»Ich hab dir meine Goldmünzen geboten, Jack«, sagte ich, »aber du bist nur immer damit davongeflogen und hast sie versteckt. Was kann ich dir noch anbieten?«

»Sing ein Lied vom Groschen, eins zwei drei vier fünf – ich hab sechs goldene Groschen, sieben goldene Groschen, reicht mir für mein Leben! Brauchst mir nichts zu geben! Hoch das Bein und ein zwei drei . . . Rrra! Rrraaah!« Kreischend hüpfte der Vogel hin und her.

Ich hatte keine Hoffnung mehr, aber ich versuchte es weiter.

»Jack, hilf mir, sonst kann es keiner. Ich kann nicht den Erlkönig heiraten!«

»Königin Nora!« sagte die Dohle, und die kleinen bösen Augen blinkten wie glänzende schwarze Perlen in dem kohlschwarzen Vogelkopf. »Königin Nora!« sagte er höhnisch. »Wär das nicht ein leckeres Gericht für den König! Mahlzeit Herr König!«

Da wußte ich, daß er verstand. Er lachte mich aus und genoß meine Sorge. Er wußte, was ich wollte, aber er war zu boshaft, um mir zu helfen.

Der Wind wurde stärker, und der Aprilhimmel verdunkelte sich; bald würde es regnen. Jack würde mir nicht helfen.

»Was nützt es, auf ihn einzureden?« sagte ich laut vor mich hin.

»Clootie! Bring Noras Ring zurück!«

Die kleine, gebieterische Stimme ließ mich auffahren. Ich drehte mich um und sah Prinz Elver auf seinem Bett sitzen, sein Gesicht gerötet. Hinter mir hörte ich Flügelschlagen und wußte, daß Jack durch das Fenster verschwunden war. Ich lief hin, um zu sehen in welche Richtung er flog, aber er hatte sich schon in den schwärmenden Wolken von Vögeln verloren, die durch den Himmel wirbelten. Ich wandte mich um, um den kleinen Prinzen zu ermahnen.

»Du hättest Clootie nicht bei seinem Namen nennen sollen«, sagte ich sanft.

»Weißt du denn nicht, Nora, daß ich ihn bei seinem Namen rufen kann, wenn ich will? Warum hast du ihn nicht beim wahren Namen genannt?

Nur so kann man ihn zwingen, zu tun, was man will. Weißt du denn das nicht?«

»Ich kann Clootie nicht bei seinem Namen nennen. Deine Mutter, die Erlkönigin, hat mir das Versprechen abgenommen, und selbst wenn ich will, es ist, als könnte ich es nicht brechen.«

»Es tut mir leid, daß sie das getan hat«, sagte Eelie. »Aber ich werde dafür sorgen, daß er alles tut, was du willst. Ich wünschte, alles wäre so einfach.« Er stieß ein kleines Schluchzen aus. »Ich bin so müde . . .« Und er kuschelte sich zusammen und fiel beinahe sofort wieder in Schlaf.

Ich beugte mich über ihn und deckte ihn richtig zu und besah mir dabei sein zartes schlafendes Profil – das feucht-verworrene Haar, das geschlossene Auge mit den dunklen Wimpern, die die weiche, erhitzte Wange streiften, die sanftgeschwungenen Lippen – wie er in tiefem Schlaf ein- und ausatmete. Mein Herz schmerzte vor Liebe zu ihm, und ich schaute ihn niedergeschlagen an. Ich sah mich in einer hoffnungslosen Falle.

Ich nahm mir eine Flickarbeit, die ich nicht fertig gemacht hatte, setzte mich in einen Stuhl und fing an zu nähen. Nähen ließ es immer friedlich in mir werden. Das Flügelschlagen kam wieder, aber ich sah nicht auf. Der glänzende goldene Ring fiel in meinen Schoß. Ich ergriff ihn hastig und schloß meine Hand fest um ihn. Dann knüpfte ich freudig, mit einem Gefühl der Erleichterung, des Entkommenseins aus großer Gefahr, das Stückchen verschmutztes Band auf, das noch an ihm hing, und schob den Ring auf meinen Finger.

»Danke, Jack«, flüsterte ich.

Und wie ich sprach, wußte ich, daß Clootie zurückgekommen war. Er war im Zimmer. Ich drehte mich um – er stand etwas hinter mir im Schatten, selbst so schattendunkel wie immer in Kleidung und Aussehen. Er tat einen Schritt auf mich zu, seine hellen grauen Augen, kalt und scharf, auf meine Augen gerichtet. Es schien die bitterste Ironie, daß Clootie nun zurückkam und daß Raekkin nicht mehr da war.

»Du warst meine Dohle!« rief ich aus; jetzt war ich mir sicher. Ich versuchte, seinen Namen zu sagen, aber ich konnte nicht. Unsicher fragte ich: »Soll ich dich Hjuki nennen?«

»Nenn mich, wie du willst. Mir ist es gleich – Jack ist ein so guter Name wie ein anderer.«

»Dann danke ich dir, Jack, daß du meinen Ring zurückgebracht hast«, sagte ich ernsthaft. »Aber sag, warst du schon immer meine Dohle, schon bevor ich hierher kam?«

Clootie antwortete nicht. Er ging zum Fenster und lehnte dort, hinausschauend, die Schultern hochgezogen, seinen dunklen Kopf auf die Seite gelegt – sogar der graue Fleck auf dem Hinterkopf fehlte nicht – so sehr glich er dem Vogel, daß es mich erstaunte, daß ich jemals daran gezweifelt hatte.

Draußen begann es zu regnen, und ich stand auf, die Fenster zu schließen. Clootie wandte sich um und sah mich an.

»Antworten soll ich also? Du hast keine Macht über mich, Prinzessin Nora. Warum sollte ich einen

Haufen Geschwätz daherklatschen, um dir einen Gefallen zu tun?«

»Ich wollte dich nie in eine Dohle verwandeln«, sagte ich. »Und du bist schon eine gewesen, bevor ich hierherkam – und das war nicht mein Werk. Aber ich nehme an, daß jemand die Ursache dafür war.«

Er lachte – nicht sein boshaftes Gelächter, ein richtiges Lachen –, und der alte spöttische Glanz trat in seine Augen.

»Ein richtiges naseweises Weibchen, ein neugieriges Ding bist du! Du willst also wissen, wie und warum! Nicht sehr klug. Aber du kennst einen Teil, warum nicht das Ganze?« Er hielt inne und grinste begeistert. »Bab Magga war es, die mich zuerst zur Dohle gemacht hat. Sie hat den Zauber verfertigt, der einen Boten, einen Kurier, einen Zwischenträger zwischen dieser Welt und deiner gerufen hat. Die Erlkönigin hat mich zum Boten gewählt und mich über das Meer zu Bab Magga geschickt. Ich ging in der Gestalt einer Dohle. Bab Magga tat mich in einen Käfig und gab mich in die Hände deines Mannes, damit ich in eurem Haushalt kundschaften konnte.«

»Bab Magga«, wiederholte ich und versuchte mich zu erinnern. Ich hatte eine Bab Magga in meinem alten Leben gekannt. Sie lebte in unserem Dorf, aber ich sprach nie mit ihr und kannte sie nicht. »Warum sollte sie uns auskundschaften wollen?«

Clootie zuckte die Schultern.

»Sie ist eine Art Hexe. Eher eine Art Hure! Sie war

bitter wie Galle und zernagt von der Eifersucht. Auf dich war sie eifersüchtig. Sie wollte deinen Mann für sich selbst haben. Das war ihr törichter Herzenswunsch, aber alle Zaubersprüche konnten ihn nicht von deiner Seite ziehen. Es waren schwache Zauber, nur halb begriffen. Ich hätte ihr helfen können, aber ich tat's nicht – nicht, bis der Wunsch meiner Königin sich traf mit dem von Bab Magga.«

Clootie schwieg und sah mich mit seiner alten, bewußt gezeigten Verachtung an.

»Alle Welten sind ineinander verschlungen, Prinzessin Nora, und alle Wünsche treffen sich irgendwo in der Zeit. Hättest du den Lehren Raekkins für den Prinzen ein wenig zugehört, wärst du weiser, und ich bräuchte dir nichts erzählen. Bab Maggas Wunsch und der Wunsch von Königin Elva trafen sich, und das war zu einer Zeit der Sorge hier in Erland, als die Königin bei der Geburt des Prinzen krank wurde. Sieben Tage lang lag sie in den Wehen, und nicht einmal Raekkin konnte ihr helfen. Nur Groa, die Zauberin, konnte das Kind lebend auf die Welt bringen. Ah, da brauchte unsere Königin dich, Prinzessin Nora! Sie brauchte eine Königstochter als Amme für ihr Kind, denn sie konnte es nicht stillen. Da blies ich in das dunkle Horn, und mit diesem Hornruf erfüllte sich auch Bab Maggas Wunsch. Dein Mann und dein Kind gehören nun ihr. Er hat sie geheiratet!«

Ich spürte, daß Clootie boshafte Freude dabei empfand, mir das zu erzählen! Ich wußte nicht, ob ich ihm glauben sollte, aber ein Zug in seinem Grinsen überzeugte mich, daß es wahr war.

»Keine Hexe kann mir Mann und Kind wegnehmen!« rief ich. »Eben ist mein Gatte, ich bin seine Frau. Selbst wenn er wieder heiratet, weil er glaubt, ich bin tot, selbst dann ist er mein, wenn ich zurückkomme, denn er liebt mich, wie ich ihn liebe!«

»Also macht eine neue Heirat oder zwei nichts aus, hm, meine Dame? Da sollte man ja meinen, du hättest ein gewaltiges Spektakel um nichts und wieder nichts gemacht! Wenn es gleichgültig ist, warum willigst du nicht in die Ehe mit dem König ein und ersparst dir viel Ärger und Leid?«

»Ich habe meinen Ring«, sagte ich. »Und er glänzt wie neu. Der Erlkönig kann nun nicht mehr erwarten, daß ich ihn heirate.«

Clootie lachte, der alte Klang der rostigen Türangel.

»Da kennst du unseren König nicht«, sagte er. »Wenn du glaubst, daß eine Kleinigkeit wie ein Ring ihm im Wege steht! Das macht keinen Unterschied, ich versprech's dir. Und jetzt schaue ich nach deinem Essen – und nach meinem –, da ich jetzt ja wieder Kämmerer bin.«

Die verschlossene Tür: Eelie. Clootie hatte zu Nora gesagt, der Ring würde keinen Unterschied machen, und Clootie hatte recht. Nora war zum König gegangen, um ihm mit dem Ring gegenüberzutreten. Sie kam zurück, und ihr Ring war fort.

Sie kam zu mir, ihr Gesicht weiß voll Zorn und Verzweiflung.

»Er hat mir den Ring weggenommen«, erzählte sie. »Vom Finger hat er ihn mir gerissen und in den See geworfen. ›Vielleicht bringen die Fische ihn zurück‹, hat er gesagt! Für ihn ist es nur ein Spiel, und wie kann ich gewinnen? Er sagt, wir werden heiraten, sobald die Gäste alle geladen werden können. O Eelie, ich ertrage es nicht!« Sie sank in einen Stuhl und vergrub ihr Gesicht in den Händen. Ihr langes schwarzes Haar fiel traurig um sie.

Es war mir schlecht; Noras Kummer und Angst waren so sehr auch in mir, daß ich sie nicht trösten konnte. Trost war nutzlos, solange ich ihr nicht irgendwie helfen konnte. *Ich bin der Helfer!* dachte ich, aber die Worte blieben leblos, es war kein Feuer in ihnen. Ich kam mir schwach und nutzlos vor. Ich *mußte* ihr helfen können, dachte ich. Ich zog mich in mich selbst zurück, prüfte alle Möglichkeiten meiner Macht, aber keine schien etwas zu nützen. Da war so vieles, was ich nicht wußte. Ich hatte gelernt und gelernt, aber Raekkin sagte, es wäre ein langes Studium, und ich stand erst an seinem Beginn. Das Wissen, das ich nun brauchte, war noch unerlernt. Ich dachte sogar über die Fische nach – daß sie den Ring finden könnten. Aber den Ring zu finden, war witzlos, soviel wußte ich. Der Erlkönig würde dieses Spiel nur so lange weiterspielen, wie es ihn erheiterte, und dann dafür sorgen, daß der Ring für immer verschwand.

»Du mußt fliehen«, sagte ich laut. »Du mußt aus Ellorgore entkommen. Aber ich weiß nicht, wie; wenn Raekkin hier wäre, wüßte er einen Weg.«

Nora hob den Kopf.

»Wenn es einen Fluchtweg gäbe, würde ich es tun«, sagte sie mit einer fremden, verloren klingenden Stimme. »Ich bin jetzt bereit, auch etwas Verzweifeltes zu versuchen ... alles!«

»Wir müssen sehen, daß Clootie uns hilft«, sagte ich.

»Clootie!« rief Nora aus. »Clootie würde mir niemals helfen, nie! Er haßt mich, ich weiß es. Er hat den Ring nur zurückgebracht, weil du es ihm befohlen hast.«

»Eben, Nora. Ich habe es ihm befohlen! Wenn ich Clootie bei seinem wahren Namen nenne, muß er tun, was immer ich ihm auftrage!«

»Was wollt Ihr mir befehlen, Prinz Elver?« Es war Clootie, der unter der Tür stand. Schwarz gekleidet, war er wie ein schwarzer Schatten gegen den Türrahmen.

»Komm herein und schließ die Tür hinter dir!« befahl ich.

Clootie trat ein und schloß die Tür.

Ich überlegte sorgfältig, wie ich es ausdrücken müßte, dann holte ich tief Atem.

»Clootie!« sagte ich. »Ich befehle dir, Prinzessin Nora zur Flucht aus diesem Schloß zu verhelfen, bevor der Erlkönig sie heiratet!«

»Sehr förmlich, sehr umfassend ausgedrückt!« sagte Clootie.

In Clootie war keine Wärme, keine Spur von Freundlichkeit. Seine Natur war wie verkrümmt. Aber den Haß, den Nora spürte, fühlte ich nicht. Seine winterblassen Augen waren kalt, aber er sprach immer noch mit übertriebener Höflichkeit zu mir.

»Ich habe selbst nachgedacht, Hoheit. Ich habe mir gedacht, daß es mir nicht recht wäre, Prinzessin Nora als Königin von Erland zu sehen. Aber wie soll ich den königlichen Befehl Eurer Hoheit erfüllen?«

»Wie soll ich das wissen!« sagte ich kurz. »Du hast Nora hierhergebracht, du kannst sie auf demselben Wege wieder zurückbringen!«

»Ein Fortschicken ist kein Herrufen«, sagte Clootie. »Gehen und Kommen, das sind verschiedene Straßen, wie Ihr wißt.«

Clootie hatte jetzt seinen alten verschlagenen Dohlenblick. Er stand da und schien zu erwägen, ob er mir gehorchen sollte oder nicht. Ich wartete und drängte ihn nicht. Schließlich sagte Clootie: »Ich kenne einen, der Euch helfen kann – den Harfner. Er ist auch einer von Draußen. Ich bin sicher, er würde Prinzessin Nora gerne von hier forthelfen, wenn es zu seinem Vorteil ist.«

Der Harfner. Ich wußte, wen Clootie meinte. Der Harfner war ein Wanderer durch alle Länder.

»Ist der Harfner hier?« fragte Nora. »Ich dachte, er sei wieder fort.«

»Er ist zurück«, sagte Clootie.

»Wie kann er helfen?« fragte ich.

»Er kann das ganze Schloß in Schlaf spielen, wenn er es wünscht«, antwortete Clootie.

Dies schien eine Hoffnung.

»Aber kann er auch den König in Schlaf harfen? Das ist nicht so einfach. Einen Meister des Zaubers überlistet man nicht leicht. Und wie können wir sicher sein, daß er uns nicht an meinen Vater verraten wird?«

Clootie lächelte.

»Der Harfner hat den König schon früher in den Schlaf geharft. Er ist dem König gegenüber mit keiner Treue gebunden, und überdies war er all die Jahre insgeheim in Königin Elva verliebt. Nun ist er nach Ellorgore zurückgekehrt und hat die Königin tot gefunden. Was hält ihn hier noch? Er wird sich freuen, dem König einen Schaden tun zu können. Ihr habt mir Euer Gold geboten, Prinzessin Nora. Wenn Ihr es dem Harfner anbietet, bin ich sicher, daß er Euch gerne von hier fortnimmt.«

»So bring den Harfner her«, sagte ich. »Nora lag nie etwas an dem Gold, oder Nora?«

»Nein, Eelie, ich will es ihm gerne geben«, sagte sie.

Doch Clootie sah mich nachdenklich an und schüttelte dann den Kopf.

»Ich glaube nicht, daß es klug wäre, ihn herzubringen, Hoheit. Es kann Verdacht erregen. Es wäre wohl besser, wenn ich alles ins Werk setze.«

»Nun gut«, sagte ich großartig, »leite es in die Wege!«

Der Harfner war einverstanden. Das erzählte uns Clootie, als er später am Nachmittag zurückkehrte.

»Er wird Prinzessin Nora helfen, aus dem Schloß zu entfliehen, und wird sie zum Meer führen. Alles, was der Harfner will, ist das Gold und zwei der besten Pferde aus dem Stall.«

»Was er will, kann er haben«, sagte ich. »Ich kann ihm keine Pferde schenken, aber wenn er die Wachen in Schlaf singt, kann er alle Pferde nehmen, die er haben will.«

»Er will nur zwei gute Pferde«, sagte Clootie.

»Wann können wir gehen?« fragte Nora.

»Es muß heute Nacht sein«, antwortete Clootie. »Es ist vielleicht die letzte Gelegenheit. Ich komme und hole Euch dann, wenn der Weg frei ist.«

»Können wir Clootie trauen?« fragte Nora, als er gegangen war.

»Er *muß* tun, was ich befohlen habe. Ich habe seinen wahren Namen gebraucht,« sagte ich und setzte hinzu: »Sorg dich nicht, Nora.«

Aber ich machte mir selbst Sorgen. Ich lag die Nacht lang wach und grübelte. Es war solch ein einfacher Plan, und einfache Pläne waren die besten. Was könnte fehlgehen? Und immer noch war ich unruhig. Ich mußte sicher sein, daß Nora wohlbehalten daheim ankam. Nora gehen zu lassen, war das Schwerste in meinem Leben. Aber ich mußte es tun, ich konnte sie nicht so unglücklich lassen.

Und nun traf mich ein wahrhaft beunruhigender Gedanke: Nora hatte meiner Mutter ein Versprechen gegeben, und ein Versprechen, das man der Erlkönigin gegeben hatte, ließ sich nicht brechen. Nora konnte nicht fort, ehe ich nicht gelernt hatte, allein zu gehen.

Mir schwindelte der Kopf; alle meine Hoffnungen, ihr zur Flucht zu verhelfen, waren wertlos. Ich versuchte nachzudenken. Die schiere Unmöglichkeit, daß ich rechtzeitig würde gehen können, um ihr zu helfen, überwältigte mich. Ich wußte, ich konnte es nicht ... aber warum nicht? Es mußte seinen Grund haben. War es ein Bann, der auf mir lag? Raekkin hatte gesagt, daß ich eines Tages gehen würde. Er hatte gesagt: »Nur Ihr selbst könnt den Weg freimachen.«

Jemand anderer hatte beinahe dasselbe gesagt ... die Worte kamen wieder, eine heisere, wie verhüllte Stimme, die sagte: »Nur deine Hand wird die Türe öffnen!«

Mein Gedächtnis stürzte zurück durch die Zeit. Ich sah mich als ganz kleines Kind oben auf der Zinne des Turmes sitzen, und rechts und links die beiden großen schwarzen Raben Odins – Gedanke und Gedächtnis, Hugin und Munin! Es war Munin, der das gesagt hatte.

Da wußte ich, was mir den Weg versperrte. Er hatte mir die Tür zu meinen frühesten Erinnerungen verschlossen. Dort lag etwas verborgen, dem ich ins Gesicht sehen mußte.

Nun endlich wandte ich mich in die Nacht meines eigenen Inneren, die Antwort suchend. Schritt für Schritt zwang ich mich vorwärts auf diesem unsichtbaren Pfad. Er führte tiefer und tiefer ins Dunkel, bis ich schließlich zitternd vor der Tür meiner geheimsten Furcht stand. Ich konnte die Hand ausstrecken und diese Tür berühren, fest und glatt und schwarz, endlos schwarz, unsichtbar bis ich sie berührte.

Schon einmal hatte ich die Tür geöffnet, aber nur einen Spalt. Ich wußte, daß hinter der Tür der Hunger war, ein so wütender Hunger, daß der kurze Blick, den ich erhascht hatte, mich völlig verstört hatte. Ich erinnerte mich an den Winterwald auf Owens Insel. Da hatte ich im Schnee gehockt und hatte Hugin um Hilfe gebeten, und er hat mir geholfen.

Konnte ich die Tür nochmals öffnen? Was noch würde hinter ihr auf mich warten? Ich wollte mich umdrehen, in nackter Angst den Weg zurück fliehen, den ich gekommen war. Aber ich floh nicht. Diesmal bat ich Munin. »Munin«, flüsterte ich, »ich muß mich erinnern. Hilf mir.« Und wieder strich eine schwarze Flügelspitze sanft durch meine Gedanken.

Unter meiner Hand schwang die Tür langsam auf. Und innen wartete nicht nur der Hunger, es wartete der Tod, nackt und gräßlich, der Tod, gegen den ich so verzweifelt vom Augenblick meiner Geburt an angekämpft hatte.

Tagelang hatte ich den Kampf geführt, jeder Tag voll nagenden hungrigen Entsetzens. Meine Mutter, die Königin, selbst am Rande des Sterbens hatte keine Milch für mich. Ganz allein mußte ich kämpfen – ein Neugeborenes, schrumpfend, verhungernd, vertrocknend wie ein dürres Blatt, Stunde um Stunde schwächer werdend – bis ich nur noch eine beinahe leere Hülle, eine Hülse, eine vertrocknete Kapsel war, die kaum noch den Lebensfunken hielt. Ich hatte durch die Anstrengung meines Willens mein Weiterleben erzwungen, und es hatte die ganze Kraft meiner kleinen einsamen Seele gekostet. Nora hatte mich gerettet, Nora war von fern gekommen, um mich an ihre Brust zu nehmen und mich zu nähren, *und ich würde sie nie aufgeben, denn das wäre der Tod.*

Doch als ich ihm nun ins Gesicht sah, entdeckte ich, daß es ein abgegoltenes, ein totes Entsetzen war. Ich sah es an und verstand endlich, wie diese verborgene Furcht mein ganzes kurzes Leben verkrüppelt hatte. Nun endlich hatte diese Ur-Angst keine Gewalt mehr über mich. Ich hatte neue Sorgen, neue Schwierigkeiten zu bewältigen; neue und vielleicht ebenso grimmige Kämpfe lagen vor mir.

Ich schloß die Tür des Gedächtnisses wieder, mit sanftem, festem Druck. Ich war frei von dem Bann. Er war verschwunden.

»Danke, Munin«, sagte ich leise.

Und die dunkelgefiederte Stimme antwortete: »Schreite mutig aus, Prinz von Erland. Schau voraus auf die Straße, die du gehen mußt, auf das Leben, das du führen mußt. Du kannst dich nicht wegwenden.«

Ich setzte mich auf und schwang meine Beine über den Bettrand. Langsam stellte ich mich auf meine Füße und stand allein. Mit völliger Selbstsicherheit, gewiß, daß meine Beine mir nicht den Dienst versagen würden, machte ich die ersten Schritte, die ich allein in Erland getan hatte.

Der Harfner: Nora. Bevor ich mein Gedächtnis und meine Sprache wiedergefunden hatte, war der Harfner zum ersten Mal aufs Schloß gekommen. Halevyn war sein Name. Er sang nicht von Helden und Schlachten, nicht wenn er in Königin Elvas Kammer sang, wohin ich mit den anderen Damen des Hofs ging, um sein Harfenspiel zu hören; wir alle eng aneinandergerückt, der kleine Prinz in meinen Armen, alle still um das Bett der Königin sitzend, und nur das Leuchten des Feuerscheins im Zimmer. Ich hatte nie einen anderen Mann als den König in den Räumen der Königin gesehen. Aber in dieser Nacht war der König auf Jagd und die Königin zu krank, um ihr Bett zu verlassen. Sie wollte die Lieder des Harfners hören, und so versammelten wir uns alle bei ihr, um ihr Gesellschaft zu leisten.

Mich bewegten die Harfenklänge zu Tränen – es schien mir die süßeste Musik, die ich je gehört hatte. Lieder, die er sang, ließen mein Herz erzittern, so daß es sich anfühlte, als ob es in kleine Stücke zerspringen wollte wie Kristall. Der Harfner selbst war ein schöner Mann, aber mehr als schön. Er hatte ein seltsam eindringliches Gesicht, lange goldene Haare und einen goldenen Bart und bannende Augen, in denen das Licht des Feuers widerschien – und solch eine wunderbare, tiefe, tönende Stimme, dröhnend wie eine Trompete oder leise und leicht wie Vogelsang. Seine Hände auf den Saiten der Harfe schienen die Töne aus der Luft zu pflücken.

In dem dämmrigen Zimmer war es beinahe, als ob die Figuren der Wandteppiche sich im Takt seiner Musik bewegten und um uns, als wir wie verzaubert saßen, ein magischer Kreis von Tänzern sich an den geblümten Wänden hinüber und herüber schlänge. Aber wir nahmen es kaum wahr, denn alle unsere Augen waren auf den Harfner gerichtet, und ich war nicht die einzige, die im Dunkel seufzte, als er sang:

Singe ich süßer als sonst ein Spielmann
So ist es, weil ich deine Liebe kenne.
Der Gedanke an dich hier in der Fremde
Ist wie der Flug der Vögel über den Himmel
[durch Feuerwolken.
Ach daß meine Füße dem Vogelflug folgten.

Seine Stimme stieg und fiel wie Vogelschwingen und verhallte mit dem Ende des Liedes.

Ich hätte gerne die ganze Nacht zugehört, und wirklich war es schon beinahe im Morgendämmern – das erste blasse Licht war durch das Fenster sichtbar –, als er sagte, daß er zu müde sei, weiterzuspielen. Nur noch ein letztes Lied als Lebewohl, bat die Königin, und er sang es – das traurigste, süßeste von allen:

Haie schwimmen im Meer des Abends, Liebste,
Kommst du zu den mondweißen Wassern,
halt inne,
Das Schiff des süßen Sternensangs wird kommen
Mit stummen Ruderschlägen
Dich überzusetzen.

Triebsand zieht dich hinab am Strand des Abends,
Versuch nicht, über den Sand zu gehen, Liebste,
Warte, bis die Boote gelandet sind,
[der Sang geendet ist,

Bis sie mit ihren Rudern vor dir stehen.

Doch nun, meine Liebste,
[verschlägt mir das Weinen den Sang.
Um mich im Abenddämmer
Höre ich die Barken tönen und singen,
Und du bist mir verloren
So fern – so fern von mir.

Das war das letzte Lied, das Halevyn gesungen hatte, und seine Worte und seine Melodie verfolgten mich noch Tage und Nächte. Es war, als hätte er ein Lot in den Brunnen meines verlorenen Gedächtnisses geworfen, und in der Tiefe zerrte ein Splitter Erinnerung daran wie ein Fisch an der Angelschnur. Ich sang das Lied vor mich hin, stumm, denn in dieser Zeit konnte ich ja nicht laut singen. Aber in meinen Gedanken hörte ich Halevyns Stimme, und wenn ich zu den letzten Worten kam: »Und du bist mir verloren so fern, so fern von mir«, brannten mir die Tränen in den Augen. Es waren mein Mann und mein Kind, die ich verloren hatte, aber mit aller Anstrengung konnte ich diesen Gedanken nicht an die Oberfläche meines Bewußtseins ziehen.

Als ich mich jetzt an diese Nacht erinnerte, wurde mir klar, weshalb ich so starke Sehnsucht und Sorge verspürt hatte, und das Lied des Harfners bedeutete mir nun noch mehr, da ich wußte, warum es mich so bewegt hatte.

Bald darauf hatte er das Schloß verlassen. Wenn er nun zurück war und mir bei der Flucht helfen würde, welche bessere Hoffnung hatte ich? Ich konnte nicht länger bleiben.

Aber es brach mir beinahe das Herz, Eelie zu verlassen. Und gerade in diesem Augenblick, als er endlich gehen konnte. Ich wäre gerne geblieben und hätte seinen Triumph geteilt. Er versuchte, mir zu erklären, wie es gekommen war – ein gebrochener Bann, ein Geheimnis, das ein schwarzer Rabe enthüllt hatte –, aber ich vermochte seine Worte nicht zu begreifen. Auch war es mir nicht wichtig, wie es gekommen war. Für mich war es wie ein Wunder, und ich dankte dafür. Es schien das beste Vorzeichen. Nun konnte ich leichteren Herzens gehen, aber ich weinte trotzdem beim Abschied.

»Bitte komm mit mir, Eelie«, bat ich. Aber er wollte nicht.

»Ich kann nicht mit dir gehen, Nora«, sagte er. Seine blauen Augen wurden ernst und füllten sich mit feierlichem Geheimnis. »Ich bin der Erlprinz. Dies ist mein Land. Ich muß hierbleiben.«

An diesem Abend saßen wir und warteten, in meinen pelzgefütterten Mantel gehüllt, Eelie fest in meinen Armen, bis wir die ersten leisen glitzernden Harfentöne hörten. Eelie sagte: »Wir dürfen nicht zuhören, Nora. Wir müssen unsere Ohren verschließen.« Es war seltsam, dazusitzen und gar nichts zu hören, uns vor den Tönen zu schützen, in Totenstille eingeschlossen, während die dunklen Stunden verrannen.

In den frühen Morgenstunden, als die Dunkelheit kurz davor stand, sich aufzuhellen, kam Clootie, mich zu holen. Vor der Tür lagen die Wachen im Schlaf zusammengesunken, und auch der große graue Hund knurrte und winselte in Jagdträumen.

Obwohl er schlief, machte ich einen großen Bogen um ihn. Und alle Wachen, an denen wir vorbeikamen, lagen in tiefem Schlaf.

Ich fand Halevyn im Schloßhof bei den Stallungen, in einen Kettenpanzer gehüllt, bewaffnet und mit einem Helm. Er hatte zwei Pferde gesattelt. Eines war der große weiße Ornhest, das Pferd des Königs. Das andere war ein graues Pferd mit Namen Greyfrey. Sicherlich waren das die besten Pferde aus dem Stall des Königs! Wie konnte Halevyn so verwegen sein, die eigenen Pferde des Königs zu stehlen? Doch dann bedachte ich, daß er auch die eigene Braut des Königs stahl – mich – und was waren zwei Pferde dagegen?

»Ihr seid zeitig«, sagte Halevyn. »Je früher wir fortkommen, desto besser.«

»Wie lange werden die Wachen schlafen?« fragte ich, als ich ihm den Beutel mit dem Gold gab.

Er steckte ihn in eine von Ornhests Satteltaschen.

»Es war ein langes Harfenspiel«, sagte er. »Sie werden schlafen bis zum Hahnenschrei.« Und er hob mich auf den Rücken des Grauen.

Bis zum Hahnenschrei! Das schien mir nur allzufrüh.

Wir ritten durch das Osttor davon, ein kleines Tor, das auf eine Straße mündete, die zum Wasser hinab führte. Der Himmel war ein kaltes Stahlblau, berührt vom ersten zarten Hauch der Morgendämmerung, und mit nur noch ein paar letzten Sternen, hier und dort verstreut. Ich dachte, wir würden mit einem Boot weiterfahren, aber statt dessen ritt Halevyn das weiße Pferd direkt in den See hinein. Ich zauderte und zügelte mein Pferd; ich sah, wie Halevyn geradewegs in das Wasser hinausritt – dann wandte er sich um und winkte mir zu folgen. Zögernd tat ich es, aber das Wasser ging nur bis zu den Fußgelenken unserer Pferde. In das klare bernsteinfarbene Wasser hinuntersehend, konnte ich unter den Füßen der Pferde einen Weg aus Steinen erkennen – es war eine Unterwasserstraße zwischen dem Schloß und dem Ufer. Wir ritten in gerader Linie in den See hinaus, dann, nach einer Weile, hielt Halevyn sein weißes Pferd an und wartete, bis ich ihn eingeholt hatte.

»Die Wasserstraße ändert hier ihren Verlauf«, sagte er. »Folgt dicht hinter mir, oder das Wasser geht Euch über den Kopf!«

Er lächelte nicht. Er schaute eher grimmig drein. Es war ein langer Wasserritt über den dunklen See, mit kaltem Wind, der um uns blies, und einige Male mit seltsamen Richtungswechseln. Ich war froh über die Dunkelheit und noch froher, daß ich Halevyn als Führer hatte.

»Wann hat man diese Straße gebaut?« fragte ich ihn.

»Vor langer Zeit, als es das Schloß noch nicht gab. So wollte man sich vor Angreifern schützen und hat für das Schloß vorausgeplant.«

Ich schaute zurück auf Schloß Ellorgore, nun weit hinter uns, seine Zinnenmauern schwarz gegen den wolkenstreifigen westlichen Himmel, und plötzlich überkam mich die Reue, daß ich Eelie zurückgelassen hatte, und es kamen die Tränen. Als wir endlich am anderen Ufer ankamen, wo ein Saum von

Wintereis noch am Ufer hing, weinte ich offen.

»Warum die Tränen?« fragte Halevyn. »Bis jetzt seid Ihr sicher fortgekommen.«

»Das ist es nicht«, sagte ich. »Nicht Angst. Es ist, weil ich mein Kind zurücklasse, meinen Prinzen. Ich muß einfach weinen, wenn ich an ihn denke.«

»Ihr könntet Euer Kind haben und den Vater dazu!« sagte Halevyn. »Wenn Ihr umkehren wollt, sagt es besser jetzt. Ich wage mehr, als mir lieb ist. Wenn Ihr es Euch anders überlegt habt, schicke ich Euch lieber jetzt gleich zurück!«

»Nein«, sagte ich. »Nein, ich muß gehen. Ich kann den Erlkönig nicht heiraten.«

»Zu häßlich für Euch?« fragte Halevyn leichthin.

»Ich bin schon verheiratet«, sagte ich.

»Wenn Ihr es nicht wärt, würdet Ihr ihn nehmen? Ihr wärt die Königin und der Prinz Euer Sohn.«

»Nein«, sagte ich. »Um Nichts in der Welt würde ich ihn zum Mann nehmen!«

»Dann laßt uns aufbrechen!« sagte Halevyn. Er gab dem weißen Pferd die Sporen. Ornhest schoß mit einem großen Satz voran und galoppierte den Waldpfad entlang.

Ich folgte, und wir ritten mit aller Geschwindigkeit und ohne anzuhalten. Alles, woran ich mich erinnere, ist das Pfeifen des kalten Windes um uns, der Hufschlag, die Erde, die unter uns dahinraste und verschwimmende blaßgrüne Blätter. Es gab kein offenes Land, nur tiefen wilden Waldesschatten. Halevyn sprach kein Wort und sah sich nie um. Wir wußten beide, daß die Leute des Königs uns verfolgen würden. Jetzt mochten sie unsere Flucht schon entdeckt haben. So ritten wir, als ob sie uns schon nahe wären.

Die Flanken des weißen Pferdes wogten wie weißes Wasser, seine Mähne und sein langer Schweif strömten wie Gischt im Sturm, und mein graues Pferd lief stetig hinter ihm. Greyfrey kam Ornhest nicht gleich, aber er war ein schönes, starkes Pferd und schneller, als ich je ein Pferd geritten hatte.

Als wir tiefer in die Wälder von Erland eindrangen, wurde der Grund immer unebener, mit Hügeln und farnüberwachsenen Mulden, so daß wir langsamer reiten mußten. Oft gabelte sich der Pfad, und Halevyn schien stets den schmalsten und unbegangensten der Wege zu wählen. Ich war froh über das langsamere Tempo, denn der Graue war außer Atem und hätte sonst wohl nicht mit Ornhest Schritt halten können.

Auch ich wurde müde, und das Sitzen im Sattel bereitete mir zunehmende Schmerzen, denn es war lange her, daß ich auf einem Pferd gesessen hatte. In all diesen Jahren hatte ich das Schloß nie verlassen. Nun war mir wie einem befreiten Gefangenen, hier in diesem wilden, vergessenen Wald zwischen den ragenden Baumriesen, wo die ersten blassen Frühlingsblätter gegen das hereinbrechende Dunkel schimmerten. Zwischen dem zarten Grün und Rosa standen dicht die alten schwarzgrünen Tannen, aus deren Wipfeln der Wind einen Nadelregen herabblies.

Wie wir so dahinritten, flogen sechs schneeweiße Tauben an uns vorüber und ließen sich vor uns in einem Haselstrauch nieder.

Flug: Eelie. Es war ein trauriger, tränenreicher Abschied von Nora. Das war mir arg, und es war mir auch zuwider, als sie mit Clootie gegangen war und ich allein in dem großen leeren Raum stand. Ich kam mir so einsam und verlassen vor, daß ich wünschte, ich wäre mit ihr gegangen. Aber ich konnte nicht gehen. Ich war der Erlprinz, und dies war mein Land. Ich mußte bleiben.

Ich sah zum Mondschrank hinüber, und bei dem Gedanken, daß ich sie und Owen in Midgard würde besuchen können, war mir besser. Doch ich fühlte mich immer noch elend, weil ich wußte, sie würde nicht mehr hier bei mir sein. Das Zimmer war jetzt so leer, wo sie weg war.

Plötzlich kam mir der Gedanke: Ich muß nicht allein hier herumsitzen, ich kann gehen und Nora nachsehen! Nicht zu den Stallungen – das könnte Ärger geben. Aber ich würde ihr nachschauen können, wenn ich auf den Südostturm stieg. Nichts hielt mich ab. Ich sprang auf, lief aus dem Zimmer und die Treppe zu den Mauern hinauf und ging hinüber zum Turm. Einige Wachen standen herum, aber sie waren alle wie Schlafwandler. Wenn sie überrascht waren, mich zu sehen, jetzt in der Dunkelheit der frühen Morgendämmerung, so unternahmen sie doch nichts.

Ich stieg die Turmtreppe empor und kam schließlich, mit müden Beinen, oben an. Ich fürchtete, ich würde sie nicht mehr erblicken, aber als ich Ausschau hielt, konnte ich sie noch sehen, gerade noch – ein weißes Pferd und ein graues, weit draußen mitten im See. Hätte ich nicht gewußt, daß es Pferde waren, wären sie mir wie ein paar Möwen erschienen, denn das graue Pferd war beinahe unsichtbar gegen das dunkle Wasser des Sees. Ich hielt die Hand über die Augen und kniff sie zusammen und versuchte, genauer zu sehen. Dann stieg ich auf eine der Zinnen hinauf. Es war immer noch so dunkel und fern, und ich war so hoch oben, daß ich mir nicht sicher sein konnte, wirklich Nora zu sehen. Ich wünschte, ich könnte schärfer sehen; ich beugte mich vor, soweit es ging, und strengte meine Augen an.

Plötzlich – ohne einen Gedanken, ohne Absicht – hatte ich mich in die Luft geschwungen! Ich fiel, verzweifelt um mich schlagend, zappelte mit Armen und Beinen und spürte die Luft an mir vorbeisausen – hinab, hinab fiel ich; ein entsetzlicher, schwindelnder Sturz. Dann fing ich mich und breitete meine Schwingen. Ich konnte sehen, wie sich auf beiden Seiten die großen bronzenen Schwungfedern entfalteten. Sie schnitten mit weiten, mächtigen Schlägen durch die Luft und trugen mich mühelos. Ich mußte nicht fliegen lernen – ich flog! So einfach war es.

Ich flog, als wäre dies die einzig richtige Art der Bewegung. Ich fand mich in der Gestalt eines großen goldenen Adlers; kein gerade flügge gewordener Adler, sondern ein ausgewachsener Adler im vollen Stolz seiner Kraft – und ich wußte, daß dies meine wahre und natürliche Form war. Es war, als hätte ich mein rechtmäßiges Erbe angetreten, als hätte ich eine Welt betreten, die wahrhaft die meine war – die Himmelswelt der Luft, des Windes und der Wolken.

Ich war endlich mein wahres Selbst, ein Wesen des Himmels, leicht wie ein Arm voll Luft, in völliger Freiheit steigend und gleitend, hinabstoßend zur Erde, aufsteigend zur Sonne – auf den Luftströmungen reitend, hoch, hoch über der Erde, die so unendlich weit unter mir lag.

Im Osten konnte ich die rote Sonnenscheibe aus dem Meer aufsteigen sehen. Ich sah Erlands dunkle Wälder und silberne Seen unter mir ausgebreitet. Meine Adleraugen waren so scharf, daß ich jedes Blatt auf den Bäumen und jedes Haar in Ornhests Schwanz und Mähne zählen konnte. Ich konnte jede kleinste Einzelheit sehen, als Nora und der Harfner schnell in den Wald galoppierten. Der Harfner ritt auf Ornhest; wie hatte er es wagen können, des Königs eigenes Pferd zu nehmen! Ich wunderte mich darüber.

Ich sah auch zu, hoch aus dem Himmel, wie ein Trupp Soldaten durch das Osttor ritt und den Flüchtlingen nachsetzte. Das Wasser spritzte unter ihren Hufen auf, und zwei glitten von der Wasserstraße und blieben zurück. Ich segelte hoch oben und sah noch mehr Truppen, die aus dem Schloß schwärmten wie Ameisen aus ihrem Ameisenhaufen.

Aber da hatten Nora und Halcyn den Hauptweg hinter sich gelassen und ritten fern im Osten durch die waldigen Hügel. Den Tag hindurch beobachtete ich sie, hoch über ihnen schwebend, wie sie in weitem Kreis nach Norden ritten. Die Soldaten verfolgten sie, in viele Richtungen losstürmend, aber stets weit, weit hinter ihnen. Es war wie ein Theaterstück, weit von mir entfernt, und doch war ich auch ganz nahe, so nahe bei Nora, daß ich die Tränenspuren auf ihren Wangen sehen konnte. Meine scharfen Augen konnten die winzigste Einzelheit wahrnehmen, aber meine Ohren konnten nicht hören, was so weit unter mir gesprochen wurde.

Ich richtete meine Augen auf den Harfner. Es war etwas um ihn, etwas, was nicht ganz richtig war. Er war etwas anderes, als er schien. Ich konnte ihn nicht mit voller Schärfe sehen, obwohl ich jeden Zug seines schönen Gesichtes klar erkannte, jedes Haar in seinem goldenen Bart, wie es sich lockte. Ornhest warf den Kopf zurück, und weiße Schaumflocken flogen aus seinem Maul nach hinten und bespritzten den Reiter. Halevyn streckte die Hand aus und streichelte den großen weißen Pferdenacken.

Ein Schauer durchlief mich bis in die Spitzen meiner großen Schwingen. Nun wußte ich, warum Clootie nicht wollte, daß ich den Harfner träfe! Er wußte, daß ich erkennen würde, wer und was der Harfner war!

Aber was ich nicht wußte, war, wie ich Nora nun noch retten konnte.

Die Tauben: Nora. Die sechs weißen Tauben saßen immer noch in den Zweigen des Haselstrauchs, als wir vorbeiritten. Ihr kehliges Gurren füllte tönend die Luft, und in ihren weichen Lauten konnte ich Worte hören:

Laß dich nicht betören, du Schöne, du Schöne.
Falsch ist der Ritter, der dich führt.
Wir sind sechs Verlorene, Verlorene,
Du sollst die siebte sein.

»Seid still, ihr Schnattergänse!« rief Halevyn, und die Tauben flohen.

»Was sollte das bedeuten?« fragte ich, weil ich mir nicht sicher war, diese seltsamen Worte tatsächlich gehört zu haben.

»Es ist ein altes Lied, das Lied der Tauben«, sagte er. »Keiner hört den törichten Vögeln zu.«

Die sechs Tauben flogen unseren Pferden voraus und ließen sich wieder in einem kleinen Baum nieder. Ihre gurrende Klage schien noch bedrohlicher zu klingen, denn diesmal war ich sicher, meinen und Halevyns Namen zu hören:

Laß dich nicht betören, Nora, Nora!
Laß dich durch Schönheit nicht irreführen,
Laß ihn in Tiergestalt sich zeigen,
Der Wolf ist kein blutigerer Mörder!
Laß dich nicht betören, Nora, Nora!
Halevyn führt dich ins Verderben.

Mein Herz überlief es kalt. Ich sah unsicher zu

Halevyn hinüber. Hatte ich mir diese Worte nur eingebildet?

»Wie traurig die Tauben sich anhören!« sagte ich.

»Tauben beklagen sich immer«, sagte Halevyn. »Sie beklagen sich, daß ihre Füße rot sind, weil sie im Winter barfuß durch Eis und Schnee gehen müssen.« Und er lachte.

Aber ich empfand keine Lust, mit ihm zu lachen. Ich glaube, er spürte meine Unruhe, weil sein Gesicht hart wurde und ich Kälte in seinen Augen sah.

Wir ritten weiter durch das dunkle Waldland, und kein weiteres Wort fiel mehr zwischen uns. Als sich schließlich der Nachmittag neigte und die Schatten länger und länger wurden, bat ich ihn, anzuhalten, damit wir essen könnten.

»Wir werden bald Fleisch finden«, sagte Halevyn und ritt weiter.

Ein kleines Stück weiter, und ich sah seltsame Figuren, die in einer großen Eiche vor uns hingen. Dann sah ich, daß es drei Gehenkte waren, die da baumelten. Über ihnen kreiste ein Schwarm schwarzer Aasvögel; einige hockten auf den von der Sonne geschwärzten Leichnamen und schlugen ihre Schnäbel in die stinkenden Leiber. Mir drehte sich der Magen um, und ich wandte mich ab, als wir uns dem Galgenbaum näherten.

Halevyn hielt unter den weiten tödlichen Ästen an und lachte im Hinaufschauen laut auf.

»Hier habt Ihr Fleisch!« sagte er.

Ich schauderte und trieb mein Pferd an. Halevyn folgte, immer noch lachend über seinen grimmigen Scherz.

»Ich dachte, Ihr wärt hungrig, meine Dame!«

»Was für ein Spaß soll das sein?« rief ich zornig. »Ich würde lieber sterben, als solches Fleisch zu essen!«

»Ihr würdet besser essen, wie die Aasvögel essen«, sagte Halevyn, »denn Brot werdet Ihr nicht mehr kosten.«

Ich sagte nichts; ich verstand nicht, welch düstere Stimmung ihn überfallen hatte. Es schien, als ob auch er die Worte der Tauben verstanden hätte, und ärgerlich war, daß ich sie beachtet hatte.

Ich wollte schweigen, aber ich fühlte mich so schwach, daß ich schließlich sagte: »Können wir nicht rasten und trinken?«

»Das Mooswasser ist ungesund«, sagte er. »Noch ein Stück weiter, und wir finden Wein.«

Wir ritten, bis er sein Pferd neben einer Quelle anhielt.

»Hier ist eine Quelle, die Wein verströmt«, sagte er, »hier mögt ihr trinken.«

Aber als ich die Quelle mit entsetzten Augen ansah, war es nicht Wasser oder Wein, was da floß, sondern Blut!

»Ich kann nicht aus einer solchen Quelle trinken«, flüsterte ich, »eher würde ich sterben!«

»Wenn Ihr Durst habt, trinkt!« sagte er grimmig. »Denn Wein werdet Ihr nie mehr trinken.«

Kalte Furcht floß mir ins Herz und erfüllte mich; aber was konnte ich tun, als Halevyn folgen, wohin er mich führte? Tiefer und tiefer ritten wir in die dunklen Wälder, tief in die Schattenwelt der Bäume. Halevyn sah über die Schulter und erblickte wohl mein bleiches Gesicht. Da lächelte er mich an, sein rasches gewinnendes Lächeln, und sagte freundlich: »Ihr braucht Euch nicht zu fürchten, Prinzessin Nora. Bald finden wir einen sicheren Ort des Schutzes. Am Müdbrunnen können unsere Pferde trinken, und wir finden dort süße Ruhe.«

Seine seltsame, schreckliche Stimmung schien vorbei. Er nahm auch wirklich seine Harfe zur Hand und spielte eine lustige Melodie, wie wir weiterritten, und er sang:

Schaut auf! Schaut auf!
Über Yandros hohem Hügel
Wo die weißen Täubchen fliegen
Von Zweig zu Zweig
Wo sie mit ihren Liebsten spielen,
Und warum ich nicht mit der meinen,
O süßes Lieb,
Und warum ich nicht mit der meinen?

Aber obwohl sein Gesang fröhlich war, wurde ich nicht heiterer. Seine plötzlich umschlagenden Stimmungen beunruhigten mich. Hatte Clootie gewußt, was für ein Mann das war? Es hätte Clootie ähnlich gesehen, mich mit einem Führer fortzuschicken, dem man nicht trauen konnte.

Die Sonne sank langsam unter die Linie der Baumwipfel und blinkte rot durchs Geäst. Endlich kamen wir zu einer Waldwiese, tiefgrün, deren moosiger Boden mit seltsamen Pilzen in allen Farbschattierungen bedeckt war. Wie Blumen standen sie auf der grünen Lichtung, all ihre merkwürdigen Farben im rosengoldenen Abendlicht glänzend. Inmitten der Wiese lag ein großer Weiher, sein Wasser still und schwarz, glatt wie schwarzes Glas. Ein gespenstisches Schweigen hing über dem Ort, kein Vogel sang in den Zweigen.

Ich war mittlerweile so müde, daß ich nur ausruhen wollte, und ich war froh, als Halevyn sein Pferd anhielt und abstieg. Er hob mich höflich aus dem Sattel, aber als er meine Füße auf den Boden stellte, umfaßte er mich fester mit seinen Armen.

»Nun komm, gib mir einen Kuß«, sagte er, »denn ich habe dich sicher zum Müdbrunnen gebracht. Hier werden wir schlafen, und ehe wir schlafen, werden wir uns lieben, und uns aneinander freuen.«

Aber ich entzog mich seinen Armen und schüttelte den Kopf.

»Nein«, sagte ich, »o nein!«

»Es war ein Teil der Abmachung, Nora«, sagte er, »du kannst mir nicht meinen Lohn vorenthalten dafür, daß ich dir bei der Flucht vor dem Erlkönig geholfen habe!«

»Es war nicht unsere Abmachung«, antwortete ich. »Ich habe Euch mein Gold versprochen, und es Euch gerne gegeben, aber ich werde nicht Eure Liebste sein, oder Eure Frau, denn ich habe schon einen Gatten – doch seid nicht zornig, Halevyn«, setzte ich hinzu, denn ich sah, wie sein Gesicht sich verfinsterte. »Dies ist dieselbe Antwort, die ich dem Erlkönig gab.«

Ich konnte die starre schwarze Wut in seinen Augen sehen, und seine Stimme war nicht länger sanft. Seine Worte waren schrecklich.

»Der Teufel verzehre dich und alle tugendsamen Weiber! Hier ist der Schlund der Hölle!« Er wies auf den schwarzen Weiher. »Ich habe sechs Königstöchter in diesem Weiher ertränkt, und du sollst die siebte sein! Bin ich so häßlich wie der Erlkönig, daß du mich verschmähst?«

Er war nicht häßlich anzusehen, aber seine Worte lähmten mich vor Entsetzen.

»Die Tauben haben dich gewarnt, nicht wahr, Nora! Die sechs weißen Tauben – die Seelen der sechs Frauen, die ich ertränkt habe. Es wäre besser für dich gewesen, du hättest ihnen nicht zugehört! Ich lasse dir dieselbe Wahl wie den anderen: Komm zu mir, oder geh in deinen Tod!«

Ich sah in den Weiher. Er war breit und tief, von einem tödlichen Schwarz, aber er schreckte mich nicht so sehr wie Halevyn.

»Ich gehe eher in meinen Tod als zu dir«, sagte ich und machte einen Schritt auf den Rand des Wassers zu.

Aber er packte mich beim Arm. Seine Stimme war wild: »Zieh dein goldenes Kleid aus! Leg deinen Schmuck ab! Es schickt sich nicht, daß solcher Reichtum in den Wassern des Müdbrunnens verrotten soll!«

Ich zog mein Kleid und mein Hemd aus, wie er befahl, legte die goldenen Kämme ab, mit denen meine Haare hochgesteckt waren, und schritt nackt zum Ufer. Ich holte tief Atem und tauchte in den Weiher.

Hinab, ich sank hinab, durch tintenschwarzes Wasser, und keine Handbreit weit konnte ich ins

Dunkel sehen. Ich tauchte tief in die eisigen Fluten und drehte mich und schwamm wieder nach oben; mein Haar wirbelte um mich. Ich fühlte, wie meine Hände den glatten Stamm eines ins Wasser gestürzten Baumes berührten. Ich hielt ihn einen Augenblick zwischen beiden Händen und wollte mich gerade von ihm abstoßen und weiterschwimmen, als plötzlich, dort unten im Wasser, der Baumstamm sich bewegte, glatt zwischen meinen Händen entlang glitt, und ich das kalte tödliche Leben in ihm spürte. Dann fühlte ich eine andere Windung sich um meine bloßen Schenkel schlingen, sich um mich schließen. In reinstem Entsetzen stieß ich mich frei, schoß zur Oberfläche und brach mit einem Schrekkensschrei durch den Wasserspiegel.

»Hilf mir!« schrie ich in nicht zu beherrschender Angst. »Eelie! Eelie! Hjälper, rette mich!«

Ich wußte nicht mehr, was ich schrie. Aber ich sah Halevyn sich über das Wasser beugen und plötzlich erschien alles besser als der schwarze Schrecken dort unten.

»Halevyn, zieh mich heraus«, keuchte ich. »Ich tue alles! Ich verspreche es! Was du willst!«

Halevyn beugte sich näher und streckte seine Hand aus.

»Wcnn cs so ist, nimm mcinc Hand!«

Verzweifelt ergriff ich seine Hand, und er zog mich ans Ufer, aber er hob mich nicht empor.

»Küß mich, Nora«, sagte er. »Küß mich und besiegele unsere Abmachung.«

Halb zog er mich aus dem Wasser. Wie er am Rand des Weihers kniete, streckte ich meine andere Hand aus und klammerte mich an seinem Kragen fest, und unsere Lippen trafen sich. Meine Augen blickten auf sein schönes Gesicht, und ich dachte, es wäre kein schlechter Tausch – bei weitem besser, zu leben und von solch einem Ritter geliebt zu werden, als von den Fangarmen dieses Wasserungeheuers in den schwarzen Höllenschlund des Weihers gezerrt zu werden.

Doch als unsere Lippen sich begegneten, und ich seinen Mund gegen den meinen gepreßt fühlte, schien sein Gesicht zu verschwimmen, zu schmelzen, sich zu verwandeln, und es war nicht länger Halevyn, an den ich mich so verzweifelt klammerte. Es war das häßliche, fratzenhafte Gesicht des Erlkönigs, das seine Lippen auf meinen Mund preßte, und die Hand, in der meine lag, war ein widerlich warziges und höckriges Ding. Ich schrie auf und warf mich rückwärts in den Weiher. Ich hielt immer noch den Kragen des Erlkönigs umklammert und zerrte ihn mit. Wir zappelten zusammen im Wasser.

Ich sah und fühlte die großen glänzenden Arme des Wasserungeheuers, die sich vor unseren Augen wanden, die sich um den Leib des Erlkönigs schlangen – und ich hörte das furchtbare wütende Kreischen, das es seiner Kehle entriß. Ich war los von seinen Händen und schwamm verzweifelt an Land. Es gelang mir, den Rand des Weihers zu erreichen. Ich warf mich aus dem Wasser, griff krampfhaft nach den Gräsern, die über das steile Ufer hingen und zog mich mit den Fingernägeln nach oben, bis ich mich schließlich keuchend und tropfend wieder auf festem Boden fand. Ich drehte mich um und sah, wie das Wasser des Weihers schäumte, als der Erlkönig hinabgezogen wurde.

»Du falsche Hündin! Du hast dein Wort gegeben!«

Ich zitterte und konnte nicht antworten, aber die Stimme eines kleinen Kindes tat es für mich.

»Sie sagte, sie gehöre dir, wenn du sie herausziehst! Aber sie hat sich selbst herausgezogen – und dich hinein! Da magst du liegen in dem schwarzen Loch mit den sechs Frauen, die du ermordet hast, und magst ihnen Gesellschaft leisten!«

»Ich hätte dich auch umbringen sollen, verdammte kleine Ratte!« brüllte der König. Er versuchte, sich aufzurichten, aber er sank zurück; es zog ihn hinunter, und sein Kopf verschwand unter dem Wasser. Der Wasserspiegel schloß sich über ihm, und er tauchte nicht mehr auf.

Langsam wurden die Kreise auf dem Wasser weiter und weiter, und dann war der Weiher still und gläsern wie zuvor. Ich wandte mich um und sah meinen kleinen Prinzen hinter mir stehen.

»Du hast recht gehabt, Nora«, sagte er. »Wir hätten Clootie nicht trauen sollen. Aber ich werde ihn bestrafen. Weine bitte nicht, Nora.«

Denn ich weinte, als ich neben ihm kniete.

»O, Eelie«, rief ich, »verzeih mir! Ich habe deinen Vater ertränkt!«

»Er war ein böser Mann, Nora!« Und seine Augen waren hart, als er mich ernst ansah. »Es war böse, dich töten zu wollen. Du hast ihn nicht ertränkt, das Wasserungeheuer hat es getan. Ich bin froh, daß du mich gerufen hast, aber du solltest dich anziehen. Es ist kalt hier.«

Die Sonne war ganz untergegangen, nur noch Zwielicht schwebte über der unheimlichen Waldwiese. Ich schauderte.

»Wir können nicht hierbleiben«, sagte ich, während ich mich anzog.

»Ich führe dich fort«, sagte Eelie ernsthaft, »und ich bleibe bei dir, daß dir nichts geschehen kann. Hilfst du mir bitte aufs Pferd, Nora? Es ist zu hoch für mich.«

Ich lachte unter Tränen, als ich ihn – so klein! – auf Greyfreys Sattel hob. Ich lachte, zu denken, daß jemand mit solchen Zauberkräften, der von weither kommen konnte, um mich vom Tod zu retten, daß der so klein und schwach war, daß er nicht auf ein Pferd steigen konnte.

Ich nahm die Zügel des weißen Pferdes und band ihn an mein graues Pferd. Dann stieg ich hinter meinen kleinen Prinzen in den Sattel. Ich schloß meine Arme um ihn, und wir verließen den schlimmen Ort.

Der Feuerkreis: Eelie. Noras Arme waren eng um mich geschlungen, als wir davonritten von jenem Ort. Ich konnte sie immer noch zittern fühlen. Aber ich dachte gerade nicht sehr klar nach. Ich dachte nicht nach, was ich getan hatte und was es bedeuten würde. Ich war einfach froh, daß Nora in Sicherheit war, und stolz, daß ich ihr hatte helfen können. Tief in mir hatte ich das warme, behagliche Gefühl, daß Nora nun nicht mehr weggehen mußte – nun konnte ich sie mit nach Ellorgore zurücknehmen.

Aber der Wald wurde dunkler und dunkler, als das Tageslicht verlosch, und ich war mir nicht sicher, in welche Richtung wir uns fortbewegten. Ich wußte, daß Nora erschöpft war; so schlug ich eine Rast vor.

Wir stiegen auf einer Lichtung ab, und sie hielt die Pferde, während ich mich darauf konzentrierte, Feuer zu schaffen – einen Feuerkreis des Schutzes. Ich stand an einem Punkt, meine Arme gerade nach beiden Seiten ausgestreckt, und reckte mich nach den weitesten Grenzen meiner Macht, und als ich mich um mich selbst drehte, kroch eine ferne Flammenspur durch den Wald und schloß uns allmählich in einem Kreis ein.

Nora schaute auf die Feuerlinie, die durchs Unterholz kroch, und ich merkte, daß sie besorgt war.

»Es ist ein Feuerkreis«, sagte ich. »Es ist, um die wilden Tiere fernzuhalten. Sieh, Nora, es wird den Wald nicht verbrennen, es bleibt in dem Kreis, wie es soll.«

Obwohl sie den Zauber nicht begriff, war sie froh, sicher zu sein. Wir nahmen den Pferden das Zaumzeug ab, damit sie grasen konnten, und Nora lokkerte die Sattelriemen, aber wir ließen sie gesattelt. Der Kreis war ganz groß. Er war wirklich wunderschön, schön wie die flammenden Vogelbeerbäume. All die Baumschatten reckten sich dunkel jenseits des Flammenrings, in dessen Mitte wir saßen. Uns erreichte gerade soviel Hitze, daß es behaglich war. Wir fanden eine Reiseflasche mit Wein und etwas Brot und Käse in Ornhersts Satteltaschen. Nach dem Essen ging es Nora besser, und der Wein gab ihr den Mut, mir alles zu erzählen, was auf dem Ritt mit Halevyn geschehen war. Sie berichtete von den weißen Tauben und dem Galgen und der Blutquelle. Ich wußte, daß der Baum und die Quelle Zauber waren, aber böser Zauber. Und ich war froh, daß die Tauben Nora zu warnen versucht hatten.

Dann legten wir uns schlafen. Tieraugen glühten im Dunkel jenseits des Feuerkreises, aber ich wußte, daß sie ihn nie überschreiten würden. Ich schlief warm und tief, eng in Noras Armen, mit ihrem pelzgefütterten Mantel um uns beide. Ich träumte vom Fliegen, vom Schweben hoch über den Bäumen. Ich stieß gerade auf eine große Eiche nieder, als ich ein entsetzliches Aufkreischen hörte.

Ich fuhr auf, hellwach, und Nora hielt mich fest in den Armen, als Ornhest aus der Nacht herausgaloppiert kam. Er kam bis ganz zu uns, wild schnaubend. Er warf seinen großen Kopf hin und her, seine Mähne schwang weißleuchtend in der Dunkelheit. Er wieherte laut und stampfte mit den Hufen. Wieder zerriß ein schriller kreischender Schrei die Nacht.

»Was ist es, Ornhest?« keuchte ich.

Nora und ich standen beide auf, starrten in das Dunkel. Ornhest zitterte und stieß schnaubende Laute aus den Nüstern. Es wurde mir plötzlich klar, daß ich Greyfrey nirgendwo innerhalb des Feuerkreises sehen konnte. Nicht, weil ich tapfer war, mehr aus Torheit rannte ich sofort auf den Flammenring zu und rief den Namen des grauen Pferdes. »Greyfrey! Greyfrey!«

Greyfrey war nicht da, aber am Rand des Kreises rannte ich beinahe in eine große Blutlache. Rot und klebrig war überall Blut verspritzt, über den Waldboden und den Farn, mehr Blut, als ich je zuvor gesehen hatte. Ich konnte sogar den dicken Geruch riechen, der mich würgen machte. Ich wußte, es war Greyfreys Blut.

Ich starrte die Blutpfütze an, und im Dunkel außen hörte ich fauchendes Knurren und Schnappen und Knacken von Knochen. Dann plötzlich ein unvorstellbar schreckliches Geheul – nicht ein Kreischen wir vorher, sondern ein hohes winselndes Rufen –, das mich in schierer Angst hochspringen ließ. Mein Haar sträubte sich. In diesem Augenblick unbeherrschter Angst kam in meinem Kopf die Stimme, die ich mehr spürte als hörte. Es war eine höhnische böse Stimme. Sie sagte:

Erst das graue Pferd,
Dann das weiße Pferd,
Dann die Amme,
Und dann das Kindlein!

Da wußte ich, was es war, und das Wissen ließ ein Gefühl der Schwäche in mir aufsteigen. Es war ein Geistertier, das mich verhöhnte – und ich wußte, welches Geistertier das sein mußte.

All dies geschah in weniger als einer Minute. Dann rief Nora nach mir und kam auf mich zugelaufen, auf den Rand des Kreises zu. Ich fuhr herum und rannte zu ihr zurück und schrie: »Bleib dort, Nora! Bleib dort!«

Sie riß mich an sich, ihre Augen weitgeöffnet vor Entsetzen.

»Was ist das?« sagte sie. »Was ist dort draußen?«

Ich schämte mich vor mir selbst, sie so zu erschrecken.

»Es ist nichts, Nora. Nur der Wind heult, das hat die Pferde erschreckt. Greyfrey ist fortgelaufen. Aber wir finden ihn morgen schon wieder. Komm nur«, lockte ich, »wir schlafen wieder. Wir müssen morgen einen langen Weg reiten.«

Aber als Nora dann einschlief, war es, weil ich die Rune des Schlafs gesungen hatte. Ich selbst wagte es nicht, einzuschlafen. Ich blieb wach und gab acht. Ornhest blieb dicht bei uns, und ich konnte über mir seinen Atem hören, ein und aus, wie der Blasebalg in einer Schmiede.

Ich hatte viel nachzudenken in dieser Nacht. Ich erinnerte mich an Dinge, die mich Raekkin gelehrt hatte – wie ohne Fortgang im Feuer die Seele eines toten Gestaltwandlers nicht frei wird. Sie kommt als Tier oder Vogel zurück und durchstreift Erland, bis sie den getötet hat, der ihren Tod verursacht hat.

So waren die weißen Tauben die Seelen der

ertränkten Prinzessinnen, und sie hatten meinem Vater den Tod gebracht. Nun war er auch ein Geistertier – jenes Tier dort draußen jenseits des Flammenkreises, das war mein Vater, der Erlkönig. Und ich wußte nun, daß Nora in Erland nie sicher sein würde. Ich konnte sie nicht zurück nach Ellorgore mitnehmen. Ich mußte zusehen, daß sie in Sicherheit übers Meer in die andere Welt gelangte – nach Midgard – wohin kein Geistertier folgen konnte.

Selbst wenn das Geistertier sie nicht bedroht hätte, wußte ich, daß es nicht recht gewesen wäre, sie länger hier in Erland festzuhalten. Sie war schon zu lange hier, und all das Böse war das Ergebnis. Sie war Owens Mutter, nicht die meine. Er brauchte sie. Ich lächelte und dachte, wie die beiden endlich einander in Midgard treffen würden! Und Eben auch – ich mußte Eben von seinem Bann befreien. Ich dachte nach; es würde vielleicht nicht einfach sein. Der Zauberbann Erlands ließ sich nur schwer aufheben.

Nicht nur darüber hatte ich nachzudenken. Ich mußte bedenken, wie es war, König von Erland zu sein – denn das war ich jetzt. Ich war es seit dem Augenblick, als das Wasserungeheuer meinen Vater im Müdbrunnen ertränkt hatte.

Ich hatte noch nie richtig darüber nachgedacht, was es bedeutete, König zu sein. Es war mir fern und weit erschienen. Es würde nicht leicht sein. Ich wußte, daß ich zu jung war, aber es gab keine Möglichkeit für mich, nun nicht König von Erland zu werden; es gab keinen anderen Thronerben.

Mein Vater war ein mächtiger König gewesen, aber man hatte ihn mehr gefürchtet als geliebt. Ich hatte Geschichten erzählen hören, wie er seine Macht mißbraucht hatte. Man mußte Macht mit Vorsicht gebrauchen; selbst die eigene Macht konnte sich gegen einen selbst wenden und einen zerstören. Macht hatte meinen Vater böse gemacht.

Ich konnte mir klar vorstellen, was für ein König ich sein wollte. Ich wollte mächtig, aber weise sein. Ich war auf Adlerflügeln hoch über dieses Land hinweggeflogen, über die silbernen Seen und schwarzen Wälder, und es war mir klargeworden, ein wie großes Reich es war. Es war ein schönes Land, aber das Land war mehr als Seen und Wälder – es waren die Leute, mit ihren Sorgen und Wünschen und Schwierigkeiten. Ich wollte den Menschen in Erland helfen. Ich war der Helfer! Das bedeutete mir mehr als eine Krone oder ein Thron.

Ich dachte lange darüber nach und war froh, daß ich Raekkin und Grypyr als Ratgeber haben würde. Außer Clootie mochte es noch andere geben, die mich betrügen wollten. Ich dachte über die Treue nach und was sie bedeutete. Treue bedeutete Liebe. Ich liebte Raekkin und Grypyr, und sie liebten mich. Ich würde ihnen immer völlig vertrauen können. Nora hatte gesagt, daß Clootie sie haßte. Aber ich hatte keinen Haß in ihm gefühlt – auch keine Liebe, nur eine Art Bosheit. Ich hatte ihn mit Befehlen binden wollen, Befehlen denen er gehorchen mußte, aber irgendwie war es so nicht gegangen. Vielleicht würden solche Befehle nie einen Sinn haben. Immer würde es einen Weg geben, zu gehorchen und gleichzeitig Verrat zu üben.

Ich dachte über diese Dinge nach, bis sich mir der Kopf drehte und meine Augen nicht mehr offenbleiben wollten. Ich weiß nicht, wann ich einschlief, aber ich schlief schließlich, und Ornhest stand Wache über uns.

Ornhest: Eelie. Ich erwachte in der nassen grauen Morgendämmerung; alle Bäume tropften vom Nachtnebel, aber um uns brannte noch immer der Flammenkreis. Ich erwachte mit dem Gefühl drohenden Schreckens und der Notwendigkeit, zu handeln. Ornhest wieherte, als ich mich aufrappelte; Nora schlief noch, und ich wollte sie nicht wecken – nicht, bis ich nicht die Trense in Ornhests Maul und die Zügel um seinen Kopf gelegt hatte, denn ich wollte sehen, ob ich es selbst konnte. Er schien mir helfen zu wollen; er neigte seinen Kopf bis zum Boden, so daß ich hinreichen konnte, und öffnete sein Maul und nahm selbst die Trense. Dann stampfte er die Erde, als wollte er sagen: »Los geht's!«

Ich weckte Nora, und wir aßen unser Frühstück und warteten auf den Sonnenaufgang, damit wir wußten, wo Osten war. Ich wußte, daß das Meer im Nordwesten lag; dort hatte ich es auf meinem Flug gesehen.

»Wir werden auf Ornhest reiten müssen«, sagte ich zu Nora. »Ich kann Greyfrey nicht finden.« Daß ich nicht nach ihm gesucht hatte, sagte ich nicht; ich brauchte nicht zu suchen.

Nora betrachtete das weiße Pferd zweifelnd.

»Er ist so groß und stark«, sagte sie. »Ich weiß nicht, ob ich ihn beherrschen kann. Grypyr hat immer gesagt, nur der König könne auf ihm reiten. Ich nehme an –« Sie brach ab und sprach dann weiter. »Ich nehme an, ich hätte wissen müssen, daß Halevyn in Wirklichkeit König Elrik war – weil er auf Ornhest ritt. Aber wie konnte er so anders aussehen, Eelie? Ich verstehe nicht, wie er seine Erscheinung so verändern konnte.«

»Er war ein Gestaltwandler«, sagte ich. »Alle Könige von Erland sind Gestaltwandler und auch ein paar andere – wie Clootie. Wir sind nicht alle so hier in Erland, aber alle aus königlichem Geblüt sind es. Ornhest wird uns tragen, weil ich jetzt König von Erland bin.«

Die Sonne stieg nun wie weißes Feuer durch die Bäume auf. Wir setzten uns auf Ornhests Rücken; ich ließ den Flammenring ersterben, und wir ritten los nach Nordwesten, in Richtung Meer. Es war wichtig, daß wir die See vor Einbruch der Nacht erreichten. Ich hatte Angst, daß wir bei einer zweiten Nacht in den Wäldern ebensowenig hinter dem Flammenring geschützt sein würden wie das erste Mal, und daß das Geistertier seine Drohung wahrmachen und Ornhest töten würde. Dann würden Nora und ich zu Fuß im Wald zurückbleiben, und Nora würde ihm auch zum Opfer fallen, bevor wir die See erreichten. Sogar das Erreichen des Meeres würde uns ohne Ornhest nichts nützen, oder so dachte ich doch zumindest. Heute weiß ich, daß wir auf vielen Wegen hätten reisen können, aber damals schien es, als würde alles von Ornhest abhängen.

Wir ritten, so schnell wir konnten, und galoppierten die Waldpfade hinunter – manche so schmal, daß sie sich wie Fußwege zwischen den hohen Baumstämmen hindurchschlängelten. Ich rief immer wieder: »Schneller, Ornhest! Trag uns ans Meer!«

Er schien zu verstehen, denn er wieherte und warf

den Kopf hoch, daß seine Mähne uns umschäumte. Wie ein weißer Wind in den Bäumen fegte er durch den Wald. Wenn ich über meine Schulter zurückblickte, konnte ich eine ferne Bewegung sehen, einen Schatten gerade jenseits der Schärfe meines Blicks. Ich konnte es nicht genau erkennen, aber ich wußte, es war immer da – nachfolgend, stetig und grimmig auf unserer Fährte.

Ich sagte Nora nicht, daß wir verfolgt wurden.

Wir machten keine Rast. Wir ritten den ganzen Tag. Ornhests Nacken und Schultern waren schweißnaß, und die Zügel waren weiß vor Schaum, aber er wurde nicht langsamer. Schließlich, als die Sonne sich senkte, stieß er ein lautes triumphierendes Wiehern aus, und ich wußte, daß wir uns endlich dem Meer näherten. Bald roch ich einen seltsamen salzigen Geruch und sah das Glitzern von Wasser durch die Bäume. Der Geruch war anders als der des Seewassers, und das Meer, als wir aus den Bäumen herausritten, weiter als irgendein See. Endloses Wasser erstreckte sich bis zum Rand der Erde, und es erstaunte mich, daß dort draußen noch anderes Land sein konnte, ein Land, das wir nicht sehen konnten.

Ein rauher Strand voller Kiesel führte zum Wasser hinunter, und die großen Wellen brandeten landeinwärts, formten Kämme, die wieder zerflossen, schäumten weiß und krochen den Sand empor.

Ich war froh, daß wir vor der Dunkelheit hier angekommen waren. Aber Nora starrte nur in die Runde, den steinigen Strand hinauf und hinunter, mit dem wilden Wald, der sich nach beiden Richtungen breitete, und fragte: »Wo sind die Boote? Wie finden wir ein Schiff, Eelie?«

»Du reitest auf Ornhest heim«, sagte ich zu ihr. »Er ist ein Wasserläufer. Er trägt dich übers Meer.«

Nora sah mich an und lachte, aber es war kein glückliches Lachen.

»Eelie, ich weiß, daß du zaubern kannst. Aber das ist zuviel Zauberei! Beim Zauber kommt es vor allem darauf an, daß man daran glaubt – und ich kann nicht glauben, daß ein Pferd mich über den Ozean trägt!«

»Nun, er kann es«, sagte ich. »Und das Daranglauben hat mit wirklichem Zauber nichts zu tun. Wenn du es nicht glaubst, tut das nichts. Er kann es doch.«

»Ich glaube, ich hätte vielleicht den Mut, es zu versuchen, wenn du mit mir kämst, Eelie. Bitte, komm doch mit.«

»Ich kann nicht mit dir gehen, Nora. Ich wünschte, ich könnte es. Aber ich muß in Erland bleiben und König sein. Das muß ich. Aber du wirst sicher und heil ankommen. Wenn du zu sehr Angst hast, schließ die Augen und schau nicht hin. Halte einfach die Augen geschlossen, Nora, bis du dort bist.«

Nora schaute auf das weite Meer hinter den schäumenden Brechern hinaus, auf das Wasser, das im Licht der untergehenden Sonne lavendelfarben glänzte. Eine niedrige Nebelbank in der Ferne wurde flammendrot, und ein Schwarm Seevögel flog weit draußen schwarz gegen die fließenden roten Wolken vorbei.

»Wenn ich etwas Unglaubliches tun muß«, sagte Nora langsam, »tue ich es lieber mit offenen Augen.«

Da wußte ich, daß sie sicher hinüberkommen würde.

»Ich muß dir noch ein paar Dinge sagen, Nora, bevor du gehst. Zweierlei darfst du nicht tun. Du darfst niemals das dunkle Horn berühren, das an Ornhests Sattel hängt, und du darfst nicht zu deinem Haus zurückkehren, bis du Eben gefunden hast.«

»Aber wie kann ich Eben finden, wenn ich nicht zu unserem Haus gehen kann?« fragte Nora.

Ich versuchte, mich möglichst genau und vorsichtig auszudrücken.

»Du mußt genau zuhören, was ich sage, und du mußt dich erinnern, denn jetzt kann ich es nicht erklären.«

»Es ist gut, Eelie«, sagte sie. »Sprich weiter, ich höre.«

»Ornhest wird dich übers Meer bringen. Er bringt dich zu einer Insel, wo du Owen finden wirst. Du wirst Owen erkennen, weil du ihn schon einmal gesehen hast, und er kennt dich. Aber Eben mag dort sein oder mag nicht dort sein. Du mußt auf der Insel warten, bis Eben kommt. Dann wird euch Ornhest alle nach Hause bringen. Owen wird Angst davor haben, aber sag ihm, ich hätte gesagt, es sei jetzt sicher. Kannst du das alles behalten?« fragte ich besorgt.

»Ich werde mich erinnern«, sagte sie. »An das Horn und Eben und Owen. Aber es ist alles so durcheinander, daß ich es niemals verstehen werde, also brauchst du keine Erklärungen versuchen. Ich habe nur sehr wenig von dem verstanden, was geschehen ist, seit ich in dieses Land gekommen bin.«

»Du brauchst nicht zu verstehen«, sagte ich.

»Ich weiß. Ich muß es nicht einmal glauben – aber ich glaube, daß du unmögliche Dinge geschehen lassen kannst. Ich liebe dich, Eelie, und werde dich immer lieben.«

»Nora«, sagte ich, »ich bin Hjälper. Erinnere dich auch daran. Wenn du mich je wieder brauchst, ruf mich, und ich werde kommen, übers Meer und noch weiter.«

»O Eelie«, flüsterte sie, und ihre Augen füllten sich mit Tränen. »O Eelie, wie kann ich dir nochmals Lebewohl sagen?«

»Weine nicht«, sagte ich – obwohl es mir auch nahe am Weinen war. »Weine nicht. Ich werde kommen und dich besuchen, auch wenn du meine Hilfe nicht brauchst.«

Da lachte sie und umarmte mich fest. Dann glitt ich aus dem Sattel zu Boden. Ornhest senkte den Kopf, und ich legte meine Hand auf seinen Zügel und flüsterte ihm ins Ohr.

»Ornhest, ich will, daß du Nora sicher übers Meer zur Vogelbeerinsel in Midgard trägst. Bleib bei ihr, bis sie wieder in ihrem eigenen Haus in Sicherheit ist, und dann komm zurück nach Ellorgore.« Dann gab ich ihm das Zeichen – die Wasserläuferworte: »Støkk yfir vatn!«

Ornhest stampfte die Erde. Ich wußte, er verstand, so ließ ich ihn los. Er sprang den steinigen Strand hinunter zum Wasser. Nora schaute zurück – ihr

Gesicht war blaß, aber ich winkte fröhlich. Ornhest stürmte durch das aufspritzende Wasser, durch den kochenden milchigen Schaum am Rande der Flut und sprang über die erste große aus dem Meer rollende Woge wie über eine Mauer. Seine Hufe schlugen auf dem Wasser jenseits mit donnerndem Hallen auf, und er galoppierte auf die Wasserfläche hinaus, als wäre er auf festem Boden. Er fegte wie vom Winde verwehte Meergischt über das lavendelschimmernde Wasser, sein weißer Schweif und seine weiße Mähne flatterten mit Noras schwarzen Haaren im Wind. Nora hielt sich fest im Sattel und sah nicht mehr zurück.

Ich sah ihnen nach, bis sie weit draußen auf dem Wasser waren, das gegen den Horizont purpurn wurde, und Roß und Reiterin immer kleiner und kleiner wurden, bis sie wie eine der weißen Schaumkronen wirkten – und bis ich sie gar nicht mehr erkennen konnte.

Das Geistertier: Eelie. Ich ging zurück in den dunklen Wald und wartete. Ich wußte, der Verfolger würde mich bald finden. Ich wußte nicht, in welcher Gestalt er kommen würde, aber ich mußte ihm entgegentreten. Ich war jetzt König von Erland, und ich konnte nicht vor dem Geist eines toten Königs fliehen, in welcher furchtbaren Gestalt er auch erscheinen mochte.

Ich wartete unter einer großen schwarzen Tanne; der Abendhimmel färbte sich zu einem tiefen Grünblau. Um mich war atemloses Schweigen. Sogar die wilden Waldvögel schwiegen, kein Laut regte sich in den Wipfeln.

Und er kam, er lief rasch durch die Bäume. Ich sah die dunkle Gestalt sich nähern, stumm, mit der Schnauze nahe am Boden auf unserer Spur dahinrennend. Ein vierfüßiges Tier, zuerst mit gesenktem Kopf laufend; dann, als er meine Nähe spürte, hob sich das große Haupt, die spitzen Ohren richteten sich auf, und er stürmte aus der Dämmerung auf mich zu. Seine Augen glühten wie goldenes Feuer im Zwielicht. Eine große furchteinflößende Wolfsgestalt, größer, als ich erwartet hatte. Ich spürte die Furcht, die durch mich ging, ein eisiges Schaudern in meinem Blut, aber ich blieb fest stehen, und er hielt an. Wir sahen einander tief in die Augen.

Er zog seine Lefzen zurück, zeigte seine großen gelben Reißzähne und starrte mich mit den bösen Feueraugen an.

»Renn weg!« knurrte er. »Lauf! Lauf, wenn du kannst. Du wirst nicht weit laufen.«

»Ich kann laufen, aber ich werde es nicht tun«,

sagte ich. »Ich laufe nicht vor einem toten König davon. Ich lebe und bin jetzt der König von Erland, und du bist nur ein Geisterwolf. Du hast keine Macht über mich!«

»Ich werde dir meine Macht zeigen!« knurrte er fauchend, und die grauen Haare seines Rückenfells sträubten sich. »Ich habe die Macht, dich hier und jetzt zu töten. Ich habe die Zähne, dir die Kehle herauszureißen!«

Ich hatte gewußt, daß er Macht haben würde, aber nicht, daß ich immer noch ohnmächtig ihm gegenüber sein würde. Dies erkannte ich zu spät. Aber eines fiel mir rechtzeitig ein – ich erinnerte mich an Grypyrs Geschenk. Ich hatte eine Waffe, die ich rufen konnte, und ich rief laut ihren Namen: »Vegandi!«

Sie sprang in meine Hand – eine lange, wie Feuer zitternde Klinge. Der große Wolf stand völlig still. Er wich nicht zurück, aber er kam auch keinen Zoll näher. Seine Augen bohrten sich in meine, und sein Knurren war so wild wie zuvor, seine Zähne lang und glänzend. Und das Knurren stieg tief aus seiner Brust auf, ein wildes Knurren, immer lauter und drohender. Er wollte mich zurückdrängen, mich unsicher machen, wollte, daß ich eine Schwäche zeige. Es hörte sich furchtbar an, aber ich wich nicht. Ich machte einen Schritt auf ihn zu. Ich schritt ihm entgegen und hieb mit dem Schwert nach ihm. Er sprang zurück, und da wußte ich, daß er größere Angst hatte. Geistertod zwang ihn rückwärts, und ich zwang ihn, sich Schritt für Schritt zurückzuziehen – vielleicht zehn Schritte oder so. Dann hielt ich an und stach die Schwertspitze in den Boden. Die trockenen gefallenen Tannennadeln begannen zu rauchen und zu glühen, wo die Klinge die Erde berührt hatte.

Der große Wolf starrte böse. Er hatte aufgehört zu knurren und sagte langsam, drohend: »Nun gut. Nun gut, mein Kleiner. Aber denk daran: Ich verzeihe nicht und vergesse nicht. Du hättest mir helfen können, aber du hast statt dessen diese Hündin von einer Amme gerettet. Du wirst mir in vielen Nächten in vielen Träumen begegnen. Ich werde dir folgen und dich in den Träumen töten, wieder und wieder, und kein Flammenschwert wird dich beschützen oder retten. Ich bin nun ein Dämon der Nacht, und ich werde dich nie in Frieden schlafen lassen, niemals mehr!«

»Du vergißt etwas«, sagte ich. »Du vergißt immer wieder, daß ich nun König von Erland bin. Ich reite das weiße Pferd Ornhest in der wilden Jagd. Wenn du wiederkommst, und sei es nur in einem einzigen Traum, jage ich dich durch das Dunkel und über den Himmel und über das Ende der Zeit hinaus. Die Hunde des Windes werden dich bis an die Enden Erlands jagen und plagen, bis über die Grenzen von Feuer und Eis, und die schwarzen Dämonen des Flugs werden dir keine Ruhe gönnen.«

Die Ohren des Wolfs lagen flach zurückgelegt, und ich sah das goldene Feuer in seinen Augen ersterben. Aber er starrte mich immer noch an.

»Vater«, sagte ich, ruhiger jetzt, »was du getan hast, hast du getan, und ich verzeihe dir. Was ich getan habe, wirst du hinnehmen müssen. Es ist besser, wir machen unseren Frieden. Ich muß leben und König sein, oder das Königtum von Erland stirbt mit mir, denn ich habe noch keinen Sohn. Ich weiß, daß ich noch nicht meine volle Macht habe, aber ich werde wachsen und lernen, und eines Tages werde ich ein ebenso mächtiger König sein wie du. Wenn du mir helfen willst, meine Macht zu erlangen, werde ich froh über deine Hilfe sein. Wenn du mir nicht helfen willst, so laß mich zum mindesten in Frieden, denn ich will nicht ewig gegen dich kämpfen.«

Die toten glasigen Augen des Wolfes starrten mich an, und dann sprach er.

»Ja«, sagte er leise, »du bist nun König. Du bist wert, mein Sohn zu heißen. Ich füge mich.«

Ich ließ mein Schwert verlöschen. Die Flamme wurde grau und kalt und zerfiel zu Asche. Langsam schritt ich vorwärts, meine Hand ausgestreckt, und der große Wolf wartete still, während ich mich näherte. Seine Ohren waren immer noch zurückgelegt, und sein Schwanz hing herab. Ich berührte seinen Kopf und streichelte ihn langsam. Seine Schwanzspitze bewegte sich, eine schwache Bewegung, und dann, zu meiner Überraschung, zuckte seine Zunge hervor und leckte mir übers Gesicht! Nur der eine kurze Kuß, und er drehte sich um, und sprang davon in die tiefe Waldnacht.

Ich stand da, mein Herz hämmerte, und ich schauderte, nun vor Erleichterung, nun mit einem Gefühl, gemischt aus Freude und uraltem Kummer.

Ich sah auf die schwarze Wand des Waldes, wo er verschwunden war. Nur die dunklen Baumstämme waren noch sichtbar. Ich hielt meinen Blick starr, bis die Stämme kurz wie grüne Flammen erzittern – und ich war, wo ich sein wollte, und stand vor einem Bauernhaus aus Stein, aus dessen Fenstern weiches Kerzenlicht schien.

Gericht: Eelie. Die großen Eichen ragten turmhoch über mir, und der Nachtwind raschelte in den dürren Blättern. Es war April in Erland, aber hier in Midgard war es schon Oktober, und das gefallene Laub roch süß in der Dunkelheit. Dies eine blieb mir noch zu tun, bevor ich nach Schloß Ellorgore zurückgehen konnte.

In dem steinernen Bauernhaus sah ich Bab Magga hin- und hergehen, und ihr Schatten bewegte sich mit ihr an den Wänden. Sie trug eine brennende Kerze zum Tisch und schlug ein großes schwarzes Buch auf. Ich konnte innerlich die Seiten des Buches sehen, während sie umblätterte und nach einer bestimmten Formel suchte. Das Buch enthielt eine gewisse Macht, aber auch einen riesigen Haufen wertlosen Unsinns. Die Seiten, die Macht besaßen, knisterten, aber es war wie eine kleine, zukkende Flamme in einem Haufen dürrer Blätter. Bab Magga spürte die Macht in dem Buch – ich merkte es an der Ehrfurcht, mit der sie die Seiten umwandte –, aber sie schien nicht in der Lage, zu erkennen, wo die Macht war und wo nicht.

Ich stand vor dem Fenster und beobachtete sie und überlegte, wie ich mich am besten ihr nähern könnte. Raekkin hatte mich gelehrt, daß die Annäherung alles war – wie auf der Jagd: Es war wichtig, ob man mit dem Wind oder gegen den Wind kam. Ich wußte, daß Clootie der Bote war, und ich wußte genau, wie Clootie sprach und aussah. Als ich über Clootie nachdachte, wurde mir klar, daß ich als Dohle kommen mußte, Clootie so ähnlich wie ein Zwilling. Es fühlte sich sehr klein an, nach einem

Adler eine Dohle zu sein. Ich flatterte auf das Fensterbrett und klopfte mit meinem Schnabel gegen die Scheibe.

Bab Magga sah auf und bemerkte mich. Sie schloß des Buch sorgfältig und kam und ließ mich herein.

»Ach, mein lieber Jack«, sagte sie, »da bist du endlich wieder, beinahe ein Fremder! Ich hätte deine Hilfe arg gebraucht.«

Ich verbeugte mich mit einem Ruck und flog auf den Tisch. Ich sah mich im Zimmer um; all die Schreckensdinge, die sie herumhängen hatte, waren noch schlimmer als Owens Beschreibungen. Ich blinzelte zum Buch hin und lachte Clooties hohes, boshaftes Lachen.

»Blödsinn, Unsinn, Hokuspokus!« sagte ich spöttisch. »Alles eitel! Nützt dir nichts, Bab Magga! Du steckst tiefer drin, als du glaubst!«

»Keine von deinen Späßen, Jack. Benimm dich unter meinem Dach. Wenn ich in Schwierigkeiten bin . . .«

Das fand ich komisch.

»Dein Dach! Taube auf dem Dach! Das ist Eben jetzt. Kein Spatz in der Hand mehr – und vielleicht nicht einmal mehr eine Ziege.«

Ich beobachtete sie scharf, wie das auf sie wirken würde. Sie lachte.

»Das kann nicht sein«, sagte sie. »Selbst wenn er auf der Vogelbeerinsel ist, wo ich ihm mit Zauber nichts anhaben kann, wird er nie meinen Bann abschütteln können. Du hast es mir selbst gesagt, als du mir das Amulett der Macht gebracht hast. Oder hätte ich dir nicht trauen sollen, Jack?«

Das war es, was ich wissen mußte. Ich mußte herausfinden, wo das Amulett der Macht versteckt war.

»Ich hab die Wahrheit gesagt«, sagte ich mit hoher Dohlenstimme. »Jack lügt nicht! Jack lügt nicht! Aber hast du es jetzt, Bab Magga? Vielleicht ist es gestohlen!«

Ihre Hand glitt an ihren Hals und zögerte dort.

»Nein!« sagte sie, ihre Augen wurden schmal. »Nein, ich habe es noch!«

»Das glaubst du. Ist's gestohlen, ist der Bann gebrochen, ist Eben kein Bock! Wieder ein Mann, wieder ein Mann! Oh, ein schöner Mann, Bab Magga! Aber nicht mehr deiner. Vielleicht hat Owen dein Amulett gestohlen.«

»Owen!« rief sie. »Owen! Das ist unmöglich. Wie könnte diese Göre es stehlen? Er hätte es nie gewagt. Er könnte mir nie nahe genug kommen!«

»Vielleicht hat man ihm geholfen!«

»Wer würde ihm helfen?«

»Vielleicht war es Nora!«

»Nora! Nun weiß ich, daß du mich nur plagst. Böser Jack, mich so zu verspotten! Ha, Nora! Was wüßte sie von meinem Bann oder davon, wie man ihn lösen könnte!«

»Vielleicht hat sie es gelernt. Hat Zaubern gelernt in Erland. Glaubst du, sie könnte dort elf Jahre bleiben, ohne Zaubern zu lernen? Und nun ist sie wieder da, Bab Magga. Nun ist sie heimgekommen!«

»Nie würden sie sie gehenlassen!«

»Warum nicht? Unser Prinz braucht sie nicht mehr. Sie ist frei, und sie kommt heim, und sie wäre die, die Owen hilft, das Amulett zu stehlen!«

Bab Maggas Hand fuhr in den Hals ihres Kleids, und sie zog einen kleinen, dunklen kompliziert verschlungenen Knoten hervor, der an einer Schnur um ihren Hals hing. Ich konnte die bösartige Macht spüren, und sie auch, denn sie lachte laut auf.

»Ich hab's also verloren, ja? Hier ist es, und es hat noch seine Macht! Und damit werde ich dir eine Lektion erteilen, Jack! Du mußt mehr Respekt lernen.«

Sie zog die Schnur über den Kopf und warf das Amulett auf den Tisch. Ich sprang zurück, denn ich konnte fühlen, wie tödlich es war. Was es genau war, wußte ich nicht; aber wie ich zusah, begann sich der dunkle Knoten aufzulösen, begann, lebendig zu werden, und langsam wurde er blutrot. Ein kleiner Schlangenkopf erschien; die Zunge zuckte nach mir. Das war es die ganze Zeit gewesen – eine hellrote Schlange, getrocknet und verknotet. Es schien klein, sehr klein, für eine solche Ausstrahlung. Ich wagte kein Auge von der Schlange zu lassen. Konnte ich sie mit meinem Schnabel ergreifen und töten?

Doch während ich dies erwog, merkte ich, daß es zu spät war. Die Schlange wuchs, wurde größer – zu groß für eine Dohle. Sie richtete sich auf und zischte tückisch. Ich konnte gerade noch auf die Seite springen, als sie zustieß. Ich hackte nach ihr, und sie zog sich zischend zurück. Dann, rascher als ich sehen konnte, schnellte sie wieder vor und umschlang meine Füße. Nun war sie noch größer. Ich schlug mit den Flügeln, aber ich konnte mich nicht befreien. Ich hatte das schreckliche Gefühl, gefangen in der Falle zu sitzen. Zum Denken war keine Zeit. Ich verwandelte mich, schneller als ein Gedanke. Ich war ein Adler, keine Dohle, und eine rote Schlange war um meine Krallen gewunden.

Ich öffnete meinen Krummschnabel und biß ihr den Kopf ab. Einen Augenblick lang hielt ich ihn im Schnabel, dann verschlang ich ihn. Ich fühlte den Schlangenkopf wie eine glühende Kohle brennen, als er meine Kehle hinabglitt. Er brannte in mir weiter, und ich fühlte, wie mich seine Macht durchströmte. Ich war stärker als je zuvor. Ich stand auf dem Tisch, meine großen Schwingen halbgeöffnet, und hielt immer noch den sich windenden Schlangenleib umklammert, der langsam verblaßte, schwarz wurde und zusammenschrumpfte.

»Der Bann ist gebrochen!« sagte ich mit meiner tiefen Adlerstimme. »Eben ist frei. Deine Macht ist vorüber.«

Ich richtete meine Kopffedern auf und sah Bab Magga mit meinen scharfen Adleraugen an, und sie schrak zurück, zusammengeschrumpft und machtlos wie die dürre Schlangenhaut.

»Wer bist du?« flüsterte sie. »Du bist nicht Clootie!«

»Nein. Ich bin Prinz Elver von Erland. Ich bin das Kind, das Nora aufgezogen hat. Ich bin nun König von Erland, und ich befehle dir, still zu sein, während ich beschließe, was mit dir geschehen soll. Du verdienst Strafe!«

Die Furcht in Bab Maggas Augen war deutlich zu sehen.

»Was habe ich Böses getan?« fragte sie. »Welchen Schaden habe ich dir zugefügt?«

»Du hast Nora und Owen und Eben geschadet. Aber ich habe dir gesagt, du sollst still sein!«

Schweigen herrschte zwischen uns, bis sie es nicht länger ertrug.

»Was wird es also sein?« fragte sie in entsetztem Flüsterton.

So sprach ich mein Urteil.

»Du wirst elf Jahre als Schlange leben für das Leid Noras, elf Jahre als dreibeinige Katze für das Leid Owens, und elf Jahre als Ziege für das Leid Ebens. Das ist mein Urteil über dich.«

»Ah! und das Gute, das du mir zu verdanken hast? Ich habe dir Nora geschickt, als du sie brauchtest, um zu leben. Du schuldest mir dein Leben! Welche Belohnung verdiene ich dafür?«

Bab Magga war wie die Schlange, sie konnte zu einem unerwarteten Gegenstoß ausholen. Sie hatte Mut, mich das zu fragen, und ich mußte es erwägen. Sie hatte nicht unrecht. Sie hatte Nora zwar nicht nach Erland geschickt, um mein Leben zu retten, aber es stimmte, daß ich ohne Nora nicht überlebt hätte. Ich faßte meinen Entschluß.

»Wenn du in all den Jahren nichts Böses tust, wenn du als Schlange und als Katze und als Ziege niemand etwas zuleide tust, werde ich dich nach Erland kommen lassen, wo du wahren Zauber lernen kannst. Aber du wirst nie mehr zurückkehren können. Das ist alles, was ich dir anbieten kann.«

»Das ist recht«, sagte sie, »das ist genug. Darauf warte ich gerne. Ich warte als Schlange und als Katze und als Ziege und werde mich auf die Gelegenheit freuen, die du mir gibst.«

Aber sie war noch nicht am Ende.

»Was ist mit Clootie?« fragte sie. »Welche Strafe wird er bekommen? Er war auch daran beteiligt!«

Ich sah sie böse an; ihre Wendungen und Finten nahmen kein Ende.

»Clootie hat seiner Königin gehorcht«, sagte ich ungeduldig. »Darin hat er nichts Unrechtes getan. Aber für Noras Leid, von dem du nichts weißt, und für seinen Verrat an meinem Vertrauen – dafür wird er bestraft werden. Aber Clootie ist ein Erländer, und seine Strafe kannst du nicht verstehen.«

Dies waren meine letzten Worte, denn ich wollte keine weitere Zeit mit ihr verlieren. Ich schlug meine großen Flügel und wollte schon zum Fenster hinausfliegen, als ich zurückblickte und auf dem Boden eine Schlange dahinkriechen sah. Das war Bab Magga, und ich wollte sie lieber nicht hier zurücklassen. Nora und Owen und Eben würden bald zurückkommen, und Bab Magga könnte ihre guten Absichten vergessen. Ich kehrte um und hob sie mit meinen Krallen auf.

»Hör auf, dich zu winden«, sagte ich, denn sie drehte sich angstvoll hin und her. »Ich nehm dich mit fort, denn hier traue ich dir nicht.«

Ich flog weit durch die schwarze Nacht, hoch über Höfen und Wäldern und Flüssen, bis ich, als die Sterne im sich erhellenden Himmel verblaßten, ein felsiges und ödes Land unter mir sah. Ich stieß nieder und ließ die Schlange dort in der Einöde fallen.

Ich flog durch den morgendämmernden Himmel zurück, und als ich über das Bauernhaus flog, sah ich, weit unten, das weiße Pferd Ornhest erscheinen, und auf seinem Rücken drei Menschen – Owen vorne, dann Eben, und dann Nora.

Ich war glücklich für sie, aber ich flog nicht hinab zu ihnen. Ich kreiste tief über ihren Köpfen und sah sie voll Erstaunen emporsehen, denn sie kannten mich nicht. Dann drehte ich um und flog aufs Meer hinaus.

Das dunkle Horn: Eelie. Das Meer lag unter mir, die schwarzen Wellen überglänzt von zuckenden Flammen, als die Sonne wie ein roter Feuerball aufstieg und die Nacht unter den westlichen Horizont versank. Ich flog voll Triumphgefühl und Freude. Das Gefühl des Fluges war mir immer noch ein Genuß. Meine großen Flügel trugen mich vorwärts, aber aus Nordosten blies ein starker Wind. Die Wolken fegten vorbei, rasten vor diesem Wind wie ein Lauffeuer über den Himmel. Der Wind wurde stärker und drängte mich aus meinem Kurs. Ich kämpfte den ganzen Tag gegen die Gewalt dieses Nordlandsturms. Es war schwer, so weit und so lange gegen den Wind zu fliegen. Ich wurde müde und fand mich herabsinken, weiter, immer weiter hinunter auf das weite, rollende Meer zu. Ich hätte die Reise als Fisch machen sollen, aber die Freude des Fluges hatte mich gelockt, und nun konnte ich nicht mehr genügend Fischgedanken zusammenbringen, um mich zu verwandeln. Ich konnte nur darum kämpfen, in der Luft zu bleiben.

Aber als ich tiefer und tiefer sank, bis die Salzgischt mein Gefieder näßte – da sah ich plötzlich Ornhest kommen, über die Wellen sprengend, wiehernd, mich rufend. Ich hätte vor Freude weinen können, als ich ihn sah. Ich wandte mich ihm zu und segelte hinunter und hielt meine müden Flügel an, um sicher auf seinem Rücken zu landen. Und dann war ich froh, ich selbst zu sein, nicht länger ein Adler. Es war eine Erleichterung, sicher im Sattel zu sitzen, während Ornhest die großen, schwanken Hügel des Meers hinauf- und hinablief. Er galoppierte dahin wie auf festem Grund, und wenn seine Hufe auf die Wellen trafen, tönten sie wie Stein.

Ich lehnte mich über seinen Nacken und spornte ihn an.

»Schneller!« rief ich. »Flieg, Ornhest, flieg!« Aber er flog nicht, obwohl ich wußte, daß er es konnte. Ich konnte mich nicht an das Zeichen erinnern – ich wußte, es gab ein Zeichen, damit er flog. Dann erinnerte ich mich an das dunkle Horn, das an einer goldenen Kette am Sattel hing – das Horn, das zu berühren ich Nora gewarnt hatte. Ich griff nach dem Horn und hob es an die Lippen. Ich nahm einen tiefen Atemzug und blies – einen langen tönenden Hornruf.

Ornhest sprang in die Luft. Er schoß wie ein Blitz weißen Lichts durch die Luft. Und hinter uns, wie der Donner dem Blitz folgt, kamen die bellenden Hunde des Windes!

Die Himmel öffneten sich vor uns und sprangen entzwei. Der ganze Himmel kehrte sich um, wie die Raben in der Nacht des Fortgangs der Königin. Große Wände von Licht rollten über den östlichen Himmel, und Wellen des Dunkels eilten ihnen entgegen. Sie trafen mit lautem Krachen aufeinander – lauter als jeder Donner. Licht und Dunkel zersplitterten; die Teile weißen Lichts fielen in Schauern um uns nieder, und die des schwarzen Lichts wie Splitter schwarzen Glases.

Doch wir fegten so schnell voran, daß mir keine Zeit zum Staunen blieb. Um uns waren brausender, krachender Wind und galoppierende Pferde. Die Wählerinnen der Gefallenen kamen herangesprengt, und die Helden – und da sah ich, durch den Himmel rollend, den Wagen des Mondes, wie er den Sonnenwagen ein- und überholte, und die Vorbeifahrt ließ die Sonne schwarz wie eine Kohle werden und nur ein Rand tanzenden Lichtes wirbelte wie ein helles Rad durch das seltsame Zwielicht des Himmels. Über uns, hoch in der unnahbaren Weite des Raumes, gingen die Sterne der Nacht in zahllosen Galaxien auf.

Ornhest sprang auf das Sonnenrad, und wir, auch wir, drehten uns schwindelerregend schnell durch den Raum. Von allen Seiten strömten Flügeldämonen auf uns ein, niederstoßend und durch die Luft um uns schießend – Basilisken, Drachen, Chimären und all die tausend Tiere der Mysterien. Sie wirbelten und drehten sich wie Funken im Sturm. Auch mir war, als ob ich in Brand stünde – mein Kopf ein Feuerball, meine Augen Flammen. Ornhest war ein heller Blitzschlag, der durch den Himmel zog. Ich schrie laut, erfüllt von Jubel und einer verrückten Freude. Wir waren jenseits von Feuer und Eis, tief im Zwielicht der Zeit, und der ganze Himmel war unser!

Dann standen Skol, Hati und Maanagram, die großen grauen Wölfe des Zwielichts, auf und kamen heulend hinter uns her, doch die Hunde des Windes stellten sich ihnen entgegen. Ich hörte das Bellen des Packs, als es verschwand, weit in der Ferne.

Doch das Feuer meiner Erregung verlöschte. Mein Kopf wurde müde und sank herab, bis ich mit dem Gesicht eng an Ornhests mächtigem Nacken lag. Ich hörte die blaffenden Hunde wieder näherkommen, und ihr bellender Chor wiederholte immer wieder meinen eigenen Namen: »Hjälper, Hjälper, Hjälper . . .« Meine Augen waren schwer, und als ich sie schloß, hörte ich eine Stimme befehlen: »Bring meinen Sohn nach Hause, Ornhest!«

Ich schlug die Augen auf und sah einen großen Geisterwolf neben uns dahinrennen. Ich konnte nur noch lächeln bei seinem Anblick.

Ich schloß die Augen wieder und legte meinen Kopf auf die große, weiße, sich im Wind bauschende, Mähne.

Inhalt

CIP-Kurztitelaufnahme
der Deutschen Bibliothek
Ipcar, Dahlov:
Der Ruf ins andere Land /
Dahlov Ipcar.
[Aus d. Engl. übers.
von Joachim Kalka]. –
Stuttgart: Klett-Cotta, 1981.
(Hobbit-Presse)
Einheitssacht.:
A dark horn blowing <dt.>
ISBN 3-12-903621-0